谨以此书向改革开放40周年献礼

改革开放以来，一大批优秀企业家在市场竞争中迅速成长，一大批具有核心竞争力的企业不断涌现，为积累社会财富、创造就业岗位、促进经济社会发展、增强综合国力作出了重要贡献。营造企业家健康成长环境，弘扬优秀企业家精神，更好发挥企业家作用，对深化供给侧结构性改革、激发市场活力、实现经济社会持续健康发展具有重要意义。

　　　　——《中共中央 国务院关于营造企业家健康成长环境
　　　　弘扬优秀企业家精神 更好发挥企业家作用的意见》

于果

当代赣商

江西省民营经济研究会 组撰

许林 著

江西人民出版社
Jiangxi People's Publishing House
全国百佳出版社

江西科技学院——蓝天阁

总序

以党的十一届三中全会召开为重大标志，中国改革开放的大幕徐徐拉开，一个波澜壮阔的伟大时代奔涌向前。

时代宏音犹在耳际，改革开放的伟大进程已经走过了整整四十个年轮。

四十年来，民营经济从无到有、由弱而强，写就了我国经济社会发展中令人瞩目的辉煌篇章。改革开放的历史，在某种意义上就是一部民营经济发展壮大的历史。

企业是市场的重要主体，企业和市场的发展都有赖于创新实干的企业家精神。这种精神是企业成长的原动力，也是发展社会主义市场经济最为宝贵的稀缺资源和强大竞争力。习近平总书记指出："全面深化改革，就要激发市场蕴藏的活力。市场活力来自于人，特别是来自于企业家，来自于企业家精神。"

改革开放以来，党中央、国务院和社会各界一直高度重视对企业家的培育和鼓励。进入新时代，培育好企业家队伍，弘扬好企业家精神，已经成为坚持和发展中国特色社会主义的重大选择。2017年，在中央全面深化改革领导小组第二十四次会议上，习近平总书记又指出："企业家是经济活动的重要主体，要深度挖掘优秀企业家精神特质和典型案例，弘扬企业家精神，发挥企业家示范作用，造就优秀企业家队伍。"2017年9月，中共中央、国务院发布《关于营造企业家健康成长环境　弘扬优秀企业家

精神 更好发挥企业家作用的意见》，这是中华人民共和国成立以来中央首次以专门文件明确企业家精神的地位和价值。

伟大时代对企业家地位和企业家精神的充分肯定，不仅促使中国民营经济在发展的过程中涌现出一大批优秀企业家，为企业发展开辟了广阔天地，更赋予了企业家奋力开创事业的强大力量。

伟大的时代也使江西民营经济如沐春风。在历届江西省委、省政府的领导下，江西民营经济迅猛发展，如今已占据全省经济的"半壁江山"。民营经济现已成为江西市场经济中最有活力、最具潜力、最富创造力的主体，成为推动江西省加速崛起的主力军、改革开放的主动力、增收富民的主渠道。伴随着江西民营经济的发展，在江西这片红土地上，一批创业先行者以敢为人先的勇气汇入了时代洪流。他们顺应时代发展，勇于拼搏进取，艰苦创业，锐意奋进，在伟大时代的进程中成就了人生事业的精彩。同时，在企业不断发展的进程中，他们积极履行社会责任，把企业的发展和社会责任的履行自觉统一起来，展现出企业家良好的时代精神风貌。

抚今追昔，我们在被当代赣商精神感染的时候，不由想起了以敢为人先、艰苦创业、义利兼顾等商业精神与商道品格著称的江右商帮，并深切地感受到赣商精神的传承和发扬光大。江右商帮曾纵横中华商界九百年，明清时期达到鼎盛，以人数之众、操业之广和讲究贾德著称于世，与晋商、徽商等并列为中国古代十大商帮。

历史深处有未来。

任何一个国家的崛起，都是政治、经济、文化、科技等领域的整体崛起。对社会发展和人类文明进步作出杰出贡献的代表者，历史总是以铭记的方式表达着敬意，其卓越贡献与思想精神的不断衍续，也成为永远闪耀于历史长空的精神启迪之星。

然而纵观历史，人们不难发现这样一个事实：青史留名的历史卓越贡献者多为思想家、文学家与科学家；而对社会物质文明进步作出了巨大贡献的企业家，在浩瀚的历史著述中却寥寥无几。

商道长河谁著史。

正是基于这一视野高度，江西省工商联（总商会）在雷元江主席领导下，于2014年研究重塑赣商大品牌、引领赣商新崛起的工作部署，把发掘、传承、弘扬江右商帮精神和树立新时代赣商文化自信紧密结合。具体而言，就是把历史上誉满华夏的江右商帮和改革开放进程中稳健崛起的新时代赣商群体整体纳入历史与现实的宏大视野，把传承与弘扬赣商精神作为立意高远方向，把激励赣商群体在改革开放新阶段更加奋发有为作为新起点，着力开创赣商在改革开放新阶段、新时代的大发展格局。

在此过程中，雷元江同志又进一步提出，激励赣商群体在改革开放新阶段更加奋发有为，不但要体现于财富创造上，而且要体现于精神风貌上。他强调在打造同心谷·赣商之家（商联中心）物质载体大厦的同时，还要打造一座赣商精神载体大厦，把改革开放以来赣商与时代脉搏同跃动、共奋进的壮怀激烈创业历程与精神风采真实完整再现出来，汇聚成一部宏大的赣商创业奋进史。由此，形成了组织撰写《当代赣商》大型报告文学丛书的整体创作构想。

在雷元江主席的直接领导和悉心指导下，这部体制宏大的报告文学系列丛书作品，选取一批在改革开放进程中敢为人先、勇于探索、成就大业且具有深厚家国情怀的优秀企业家作为赣商杰出代表，每位企业家自成一卷，以报告文学的形式再现他们的创业历程，展现他们的商业智慧、商道品格和人生情怀。其全部的归旨，就在于忠实呈现改革开放四十多年来的宏大赣商人物志与奋进史。

从2014年至2017年，《当代赣商》大型报告文学系列丛书的组织撰写工作展开样本创作。在形成蓝本的基础上，于2018年正式全面展开。

《当代赣商》大型报告文学系列丛书的组撰工作，既为改革开放进程中崛起的赣商群体著录了宏大创业史，同时也与江西省工商联（总商会）

部署实施的《赣商志》《赣商会馆志》《江右人家》《历史的铭记》等编撰创作，共同构建起一部完整而宏大的赣商发展传承史，矗立起一座赣商文化精神大厦。

为改革开放进程中的赣商群体著录宏大创业史，本就是一项具有开创性的工作。更为重要的是，在新时代大力弘扬优秀企业家精神的主旋律中，构建赣商文化精神大厦这一深远立意，又赋予了《当代赣商》大型报告文学丛书深刻的历史与现实意义。

赣商尤其是以江西知名民营企业家为代表的优秀赣商，他们以与江右商帮一脉相承的艰苦创业、义利兼顾精神，在开拓奋进、勇于担当中积淀了宝贵经验和深厚感召力，厚德实干、义利天下是当代赣商最明显的特征。因此，本丛书的出版，必将汇聚成激励和引导广大江西非公经济人士健康成长的强大正能量。

在改革开放的新时期，江西省工商联（总商会）在引领赣商奋发有为、再创新辉煌的整体谋划部署中，通过赣商精神大厦的打造，也必将为全体赣商在新的奋进征程中注入强大动力。

《当代赣商》大型报告文学丛书在江西省工商联（总商会）的领导部署下，由江西省民营经济研究会承担组织撰写和出版工作。其间，得到了各级领导的大力支持和热情指导，作者们付出了大量心血，在此一并表达诚挚感谢！

江西省民营经济研究会

2018 年 5 月 28 日

目录

概述

　　他曾历经苦涩艰难的年少时光，仿佛是命运的刻意安排，要让他在跋涉漫长崎岖之路的过程中，磨砺出顽强而坚毅的个性品格。

　　当站在赢得光辉成就的舞台，凝望那渐行渐远的往昔岁月，他对自己曾经亲历的所有磨难，在平静中有了更加丰富而深刻的领悟。

　　是曾经的生活苦难磨砺，给了他人生的宝贵馈赠，赋予了他生命中永不言败的不屈精神。

　　而正是这永不言败的精神，支撑着他在从童年、少年到青年一路走来的过程中，在为改变苦涩命运、赢得人格尊严，尤其是在为实现人生理想而拼搏的行进中，得以始终坚毅地向着一个又一个人生目标坚定迈进。

　　此后，他在确立创办民办高等院校的荣光事业目标时，在为抵达"蓝天下有为人生梦想"彼岸而执着向前的风雨路途中，同样是那珍藏心底的永不言败的精神，给了他风雨兼程的无畏勇气和奋进不止的无穷力量。

　　磨难是一本人生启智的书，只有真正读懂的人，方能领悟其中深邃的哲思。

　　"人不能成为战胜痛苦的强者，便将成为屈服于痛苦的弱者。"他坚定地选择要做一位生活的强者，让生命在不懈的奋进中绽放一次又一次的绚丽和精彩。

　　斑斓的彩虹总在风雨过后。

回望他执着进取的事业历程，一路都缀满了绚丽的人生风景，而每一处的人生风景，都如一首意义隽永、催人奋进的诗章。

"心怀永不言败的奋斗精神，追寻奋进不止的蓝天梦想。"这样的人生品格与事业境界，让人们自然而然地想到了江西红土地上一位杰出的赣商代表人物。

他就是于果。

对于于果的成功，有人做过这样的高度概括和深度总结：尽管不同的人看待于果成功人生与事业的视角各有不同，但有一点却几乎是惊人的相似，那就是，于果是一位深具事业品格和人格魅力的成功者，他打动人们的，不仅仅是因其成就卓越的事业，更有他身上那种催人奋进的向上力量。

显然，在于果人生与事业取得成功的背后，带给人们的深刻启迪是多维而又富有深厚内涵的：

在莘莘学子的情感深处，于果是令人肃然起敬的人生导师；

在万千青年人的眼里，于果是一位始终传递正能量的时代楷模；

在许许多多残障人士心里，于果是身残志坚、奋发有为的学习榜样；

在全国教育界同仁充满敬意的目光中，于果是对中国民办教育事业做出了开创性贡献并积极探索和有力推进了中国民办高等教育发展的标杆式人物；

在大江南北，于果那催人奋进的事业求索心路历程，犹如铿锵激越的生命音符，激励着无以计数的社会各界人士，努力走向自己人生事业的精彩天地。

这种感染人心、催人奋进的力量，不断激励着有志者奋力追求卓越，迷茫者重振精神载着希望前行，软弱者鼓足勇气，直至驱散开人生的阴霾，奋力走出现实的困境……

于果的人生奋进历程和他在民办教育事业领域取得的卓越成就，产生出无穷的榜样力量，是无数学子、青年少年以及残障人士的楷模，让教育界同仁由衷地心生钦佩。

在当今整个赣商群体为不负伟大时代赋予的宝贵机遇，勇于担当、开拓奋进的进程中，于果始终以自己的坚定信念、坚毅品格与人格魅力，执着行进于这个不断崛起和壮大的群体前列，成为在这个伟大时代里激励着赣商群体奋发有为的杰出代表。

生命就是进击！

于果用他那为实现有为人生而奋进不止的创业事迹，以其在民办教育领域开创的卓越事业成就，昭示出惊人的影响力和感召力，如此深刻地影响着数量庞大、领域广泛的人群，激励着人们为不甘平庸而奋进拼搏。

与此同时，在与这浪潮激荡的时代同行的过程中，于果又始终以不平凡的人生阅历与事业追求，深刻地诠释出个体生命的意义与价值。

一

沿着于果进击人生的脚步回溯岁月时光，人们无不心生感佩。他成就的事业荣光与人生梦想，一路而来，与多少苦难艰辛和风雨跌宕相伴相随。

1962年，于果出生于江西省景德镇市的一个普通职工家庭。

或许，对于生活的强者，命运总是要安排一些非同寻常的困境与磨难，生命伊始就砥砺出他们坚毅的精神品格和强大的生存意志。

当幼年的于果才一岁零六个月，步履正蹒跚之时，一次再平常不过的高烧，却将不幸悄然降临到他的身上。因为医生的误诊，于果高烧退去后，却不幸患上了小儿麻痹症。

少年于果的成长道路因为身体的残疾而变得艰辛与困苦，伴随着歧视与白眼，他的性格日渐隐忍而独立。

但是，优异的学习成绩和颇得老师赏识的绘画天赋，渐渐地让少年于果充满了自信，他的内心世界也开始变得阳光和丰富起来。

也正是在这时，被关闭的全国高考大门重又开启，无以计数的年轻人梦想重又被唤起，于果为之振奋不已！

少年于果深深懂得，要想充满自信地活着，要想拥有未来精彩的人生，没有比认真念书、寄希望于通过高考进入大学更好的现实途径了。

考上大学，改变命运，这是少年于果默默埋藏在心中的唯一梦想。

为了实现这一梦想，于果异常勤奋刻苦、废寝忘食地学习，还为此而忍痛暂放下了手中的画笔。在那些孤独、清苦的岁月里，于果对自己的未来充满了憧憬，高高扬起了人生理想的风帆！

然而，造化弄人。

1978 年，于果参加高考，取得了足足超过当年高考录取线 40 多分的好成绩。但是，由于身体的原因，却没有一所大学愿意录取他，于果不得不直面这残酷的现实和破碎的大学梦。

这是一次无比沉重的打击，于果长久心伤难愈。高考落榜的切肤之痛，在多年以后，深深地影响着于果对自己人生事业目标的确立。

"如果将来有朝一日，我有能力，我要创办一所大学，去圆天下许许多多如我这样境况的学子的大学梦！"这是于果在经历高考落榜的打击之后，在内心深处默默立下的人生誓言和志向。

落榜后的于果感到无比压抑和沮丧，前途一片迷茫，但命运似乎并未将他彻底抛弃，在关上了高考之门后不久，命运为他开启了另一扇幸运之窗。一个崭新时代的到来，为历经无数生活磨难仍能直面人生困境的青年于果敞开了一个精彩的人生舞台。

1980 年代初，改革开放的春风扑面而来，面对日渐多元化的文化消费方式，江西省赣剧团意识到，要保持传统赣剧在多元化文化消费格局中的旺盛生命力，必须要从样式到内容都推陈出新，而推陈出新的关键是要招揽到适应新时代的有用之才。于果的绘画才能和对戏剧道具制作的领悟天赋，偶然被江西省赣剧团领导发现。经过多重考核后，江西省赣剧团决定打破常规、不拘一格选人才，于果得以幸运地被招录进江西省赣剧团，成为剧团里的一名美工。

凭藉勤奋钻研的精神和扎实的美术功底，从来没有学习过舞台剧目美工专业知识的于果，在进入剧团工作不久，很快就展露出令人惊讶的美工才华。仅仅一年左右的时间，于果就成长为剧团里公认的美工"台柱子"。

在走过长长的沮丧、困惑、失落与迷惘之后，命运对于果开始变得眷顾和慷慨起来——在江西赣省剧团，于果还收获了甜美的爱情，拥有了幸福的家庭。

于果的聪慧、才华、谦虚和勤奋刻苦，在此后为自己赢得了一次次被派往外省学艺和去大学深造的机会。他先后进入了南昌职业技术师范学院、上海戏剧学院、中央戏剧学院进修学习。

个偶然的机会，于果转战商场，跨越千山万水前往异国他乡，靠着诚信和智慧，赢得了商业合作伙伴的高度信赖和愉快合作，从而获得了远超意料的巨大商业成功。

曾饱尝人生苦难与命运艰辛的于果，在获得商业上的成功后，心生要去实现未酬壮志的情怀。

1994 年的春天，于果最终实现了由来已久的夙愿，走上了办学之路，创办起了江西省高级职业学校。

二

怎能忘，办学之初，历经了多少艰难。

一开始，在租来的一处简陋楼房办学，于果顶着烈日和工人一起进行装修改造。一到下雨的天气，通往学校的路上积满了泥水，学校的场地上成了一个大水塘，去教室的路上要用凳子和砖头搭"渡桥"。于果的校长办公室就在厕所旁，于果忙里忙外，一天三餐几乎顿顿都是方便面，过度的劳累和缺少正常的饮食，让他的胃数次出血……

但再大再多的困难，也难不倒于果，因为他心中有着把学校办好、办出特色、办出影响力的坚定信念，他克服了正常人都难以承受的种种困难，满怀激情地向着他的办学目标奔去！

这年春季招生，江西省高级职业学校首批招生仅 300 多名学生。然而，第二个学期，在校学生人数便迅速增长到近千人。

这样的现象，最主要的是源于学校的特色办校影响力。

"学校有特色，专业有特点，学生有特长。"于果要把学生培养成外向型、应用型、复合型的新型人才，使学生进得来，学得好，出得去，用得上。"不但有文凭，而且有能力，让他们有一种自强不息的精神，有勇于做好任何工作的责任感、使命感，有一颗感恩的心。"于果对学生们的成才，寄予了深切的厚望。

对学校办学特色的自信，尤其是社会、家长和莘莘学子的高度认可，让于果深信学校发展的未来。

1994 年下半年，于果决心投资 1000 万元，在南昌市京东地区征地，建设属于江西省高级职业学校自己的校舍。

一边是学校的创办和管理，一边是新校舍的建设，于果的整个身心全部投入了夙夜忙碌之中。经过一年的奋战，江西省高级职业学校崭新的校园矗立在人们眼前。

这一年，全国各地 3000 多名好学上进、不甘沉沦的青年涌进了省高职的校门。

1996 年，学校在校学生增至 5200 多名。也就在这一年，经江西省教委批准，于果又创办成立了江西东南进修学院。1997 年经国家教委备案、省教委批准，学院成为江西省民办高校中首批国家文凭试点院校。

短短几年时间，于果创办的民办大学，就成为江西民办高校中的"领头羊"！

1999年，是于果办学历程中的一个重要转折点。

这一年，经教育部批准，江西东南进修学院升格为全国民办高校中的首批高职院校，纳入国家统招高职院校之列。同时，学院改名为江西蓝天职业技术学院。江西蓝天职业技术学院，由此成为江西省第一所纳入国家统招计划的民办高职院校，也成为江西民办高校中的一面旗帜。

　　…………

进入新世纪，中国民办教育迎来了发展的又一个春天，《民办教育促进法》的颁布与实施，更是让于果对创办全国一流民办高校充满了信心。

2003年，于果再投巨资，建设了学院又一个新校区——瑶湖新校区。

在学院建设的关键阶段，正值"非典"时期和盛夏季节，于果硬是在工地上住了40多天没有回家，现场坐镇指挥，全力推进施工进度。

占地2000余亩、建筑面积18万平方米的瑶湖新校区建成后，江西蓝天职业技术学院无论是在办学规模上还是办学环境上，在江西乃至全国民办高校中都可谓首屈一指。

在此基础上，江西蓝天职业技术学院从师资到办学特色，也开始享誉全国民办高校。

于果办学的丰硕成果，引起了社会的广泛关注和高度赞誉！

2005年，江西蓝天职业技术学院以全票通过获得教育部批准，升格为普通本科高校，并将学校名称改为"江西蓝天学院"，实现了学院从专科教育到本科教育的又一次历史性跨越。几年后，江西蓝天学院又获得了学士学位授予权。

历经十余年，于果创办的学校实现了从中专层次的民办高职，到学历文凭试点单位，再到纳入国家计划统招的本科层次高等院校这三大跨越，在校学生人数达到5万多人，跻身为中国一流民办大学行列。

2012年3月，经教育部批准更名为江西科技学院。2015年获批江西第一所实施综合改革的民办高校。

由此，办学趋于成熟的"蓝天"迈进"科技"时代，向着综合科技型大学的发展目标铿锵迈进！

二十度春华秋实，凝聚着江科人的激情与心血。二十载峥嵘岁月，见证着民办教育的一个传奇。

对于果而言，从"蓝天"跨入到"江科"，又意味着一个全新征程的开始。

走向成年的"蓝天"，终于告别了金色的童年和少年，迈进了崭新的"科技"时代，将朝着"打造中国应用型本科教育一流品牌"的美好愿景，胸怀博大的"科技之梦"，为实现"中国梦·江科梦"的征程而扬帆起航。

生命就是进击，生命不息，奋进不止！

于果深知，江西科技学院未来发展的前景无限美好，但任重而道远，他将带领全体江科人再度踏上求索奋进的新征程。

三

疾风骤雨过后的虹霓，总是如此绚丽多彩，正如于果在大潮激荡的精彩时代里，奋进与搏击的征程上印留下的一串串闪光的足迹：

他先后荣获"江西省十佳民营企业家""江西省五一劳动奖章""中国十大杰出青年""全国民办教育十大杰出人物""全国优秀教育工作者""全国劳动模范""中国光彩事业奖章""江西省改革开放三十周年十大杰出建设者""新中国60年来江西最具影响力的60位劳动模范"等诸多荣誉，多次受到党和国家领导人的亲切接见……

他连续当选为第九、十、十一届全国人大代表，并担任全国工商联执委，全国青联常委，中国民办教育协会副会长，江西省工商联副主席，江西省青联副主席，江西民办教育协会会长等诸多社会职务。

回望一路与荣誉相伴而来的人生事业足迹，于果始终沉稳而平静。

珍藏在于果心底最深处的怀想，却是经年累月不变的深情感怀——我感恩于我的生活和我走过的路，生活给我最大的恩赐，就是一种永不言败的精神!

永不言败的精神，给了于果奋力前行的不竭力量，这强大得惊人的力量，又为他支撑起一片灿烂而壮阔的民办教育事业天空。

而于果内心深处，他更深深懂得，自己拥有的一切人生与事业精彩，最为重要的，都归结于因为自己身处这样一个伟大的时代。

"如果没有国家赋予我创办民办大学的机遇，我便永远圆不了自己人生事业的梦，也不可能圆那么多青年人的大学之梦。自己人生之所以有今天的成就，是因为有党的改革开放好政策，有党和政府对我的关怀和支持。"于果动情地说，自己唯有付诸真情回报社会，方能不负党和政府的关怀和支持!

于果是这样说的，也是这样做的。

坚持教育的公益性原则，坚持"助残扶弱，平民教育"的办学方向，从办学一开始，于果就确立了这样的办学理念。

"贫困生、残障生、落榜生……他们同样有受教育的权利，为什么要把他们拒之门外呢? 只要好好地培养他们，他们一样可以成才，为社会做出贡献!"于果热诚地表示: 我校愿与失意的人交朋友。

在办学之初，于果就设立了"于果助残扶弱奖励基金"，后来又在这笔基金基础上发展为江西蓝天学院基金、江西科技学院基金。通过基金会的方式，于果在办学 20 多年中，让数千名贫困学子和身有残疾的学子圆了大学梦，为此耗资数千万元。

与此同时，20 多年来，于果以广博的大爱情怀，践行着一位企业家的社会责任担当。从捐资兴建希望小学，向希望工程捐赠巨款，到积极参与社会救济救灾、热心扶贫，于果从来都是慷慨而为。

"捧着一颗心来，不带半根草去。"于果把著名教育家陶行知先生的这句名言，作为自己人生事业的座右铭，

心怀永不言败的奋进精神，在与时代同行的过程中，于果早已把自己人生价值的实现与责任担当、使命奉献紧密相连。

第一章
岁月的丰饶恩赐

直到许多年之后，当于果历经漫长的逆境坎途，一步一步走向事业成功的舞台，知晓了他从不言弃、不畏艰难，历经无数艰辛坎坷跋涉而来的人们，无不对他深为感佩。

走进于果奋进岁月的历程，在他年少成长和后来成就事业的时光里，那每一段路程与每一段往事，都蕴藏着一种打动人心的力量。

而其中最触动人心灵的，就是他身上那永不言败的精神！

"逆境在给人们带来种种苦痛和意外打击的过程中，也往往将与平庸拉开距离的人生机遇，悄然恩赐给了那些从不屈服于人生逆境的强者。"

也是在这种意义上，人们才总结出了这样的至理名言——生命过程里的苦难，并非都是人生中的不幸，有时反而恰恰却是生活对一个人的丰饶恩赐。

在于果的内心里，自己从幼年时起就开始历经的种种生活苦难，正是岁月馈赠给他人生的宝贵精神财富。

难以忘怀的苦难岁月里，有着难以忘却的不尽记忆。

在年少的成长岁月里，在那些无声的倔强抗争中，曾有过无言的伤痛，也有过对命运不公的呐喊，甚至还有过激越的愤懑和迷茫无助。然而，年少的于果却从未放弃过努力去改变自己的人生命运，在他心中，始终充满着对未来人生的炽热希望。

少年心中对未来的炽热希望，支撑着于果走过了那些鲜为人知的一道道艰难坎坷。

后来，于果也终于透悟，一个身处逆境而不断挣扎与抗争，奋力走出人生困境的人，才能促使其不断去挖掘自己的生命潜能，主动汲取智慧充实自己，将自己的生命之根扎得深且稳，为日后的脱颖而出打下坚实的基础。

而今，在于果的内心深处，每一次回望岁月的历程，仿佛都能谛听到那段久远时光里的生命高歌。

对他而言，那是生命历程中的铿锵音符。

第一节　苦涩的童年时光

　　我感恩于我的生活和我走过的路，生活给我最大的恩赐，就是一种永不言败的精神。

——于果

　　"在这个世界上，幸福的人总是相似的，而不幸的人，却各有各的不幸。"在总结自己笔下那些人物经历的各种不幸人生遭遇时，世界文学巨匠托尔斯泰曾这样写道。

　　而我们本书中的主人公，在他童年时光里所经历的种种生活磨难，同样是那样令人感叹不已。但不同的是，在阅读那些关于他童年岁月里的磨难经历中，人们内心深处却又被一种坚韧的力量所深深打动。

　　时光回溯到 1962 年。

　　这年盛夏七月里一个普普通通的日子，江西省景德镇市长途汽车站的一个普通职工家里，迎来了他们可爱儿子的降生。

　　于果蹒跚而来的人生脚步，开始的一切平常、顺利且充满着幸福。

　　在出生后的一年半时间里，年幼可爱的于果给家中带来了幸福温馨。在父母的疼爱呵护中，他一天天地健康成长起来。

　　可以想象，如果不出意外，这个普通职工家庭平静而又不失幸福的生活，将会继续在时光岁月中日复一日地平静前行。

然而，这一切在 1963 年那个寒冬里的一天戛然而止。

不幸，也就是在这一天悄然降临到了年仅一岁半的于果身上。同时从这一天开始，这个普通职工家里的平静开始被打破了。

这一天的整个上午，躺在摇篮里的年幼的于果不哭也不闹，十分安静。

一开始，在忙着家务的母亲并没有太在意。因为，从出生后儿子一直都十分乖巧，很少哭闹。吃饱了，母亲把他放在摇篮里，他就甜甜地入睡，醒来了，就睁开他那双好奇的眼睛张望着周围的一切。

但稍后，母亲却似乎突然隐约感觉到，儿子今天和平日里有些不一样。

"乖孩子，你今天不高兴么……"

母亲放下手头的活，怜爱地将摇篮中的儿子抱起。

就在下意识地用手去摸儿了于果的额头后，母亲的心里陡然一紧。

"哎呀，怎么这样烫！"母亲这才得知，儿子发烧了。

孩子生病了，每一位做母亲的都会心生怜爱和焦急。但一开始，于果的母亲也没往其他方面去多想。这一则是因为幼年的孩子感冒发烧是常见的事情。二则，普通人家的孩子，感冒发烧了，一般就是去小诊所，医生开几剂退烧的药丸，或者到在小诊所里打一针退烧针而已。之前，于果也曾发过几次烧，都是吃几粒退烧的药丸或者到诊所里打一针退烧针就很快好了。

母亲赶紧抱着儿子于果去家附近的一个小诊所里看医生。

"不要担心，开点退烧药回去吃，孩子的烧很快就会退的。"诊所里那位医生在察看问诊一番之后，很有把握地告诉于果的母亲。

母亲长舒一口气，心自然也就放下来了。

母亲回家后按照医嘱给儿子于果喂了药。可是，直到次日于果的烧依然还没有退下去。

母亲好像意识到儿子这次发烧与以往不一样，她心里不禁又很是担心起来，再次抱着儿子来到了那家小诊所。

"医生，麻烦您再看看，我孩子的情况怎么样……从昨天到今天都按时吃了你开的退烧药，可是怎么还是烧得这么厉害呢，浑身发烫啊……"于果的母亲十分担心地向诊所的那位医生说道。

"哦，莫着急，莫着急……让我再看看……"

"不要太担心！就是一般的感冒发高烧而已，马上再打一针退烧针，再开些退烧药丸带回去吃，烧就会退下去的……"小诊所里这位医生在为于果看过一番后，给出了他认为十分肯定的诊断结果。

这样的诊断结果，再一次打消了于果母亲心里的焦虑。

可是，接下来的情况却是越来越严重。

一连几天，于果的高烧几经反复，退了又再起，起了又退下去，如此反复无常，始终不见半点好转。

而在此过程中，小诊所里那位给于果看病的医生，却一直认为于果的情况就是一般的感冒发烧。

几天之后，于果的病情依旧没有得到好转。一天深夜时分，感觉到儿子于果的额头烧得烫手，紧张的母亲意识到情况并不像医生说的那么简单。

"是不是诊所医生误诊了？！"一种万分的担忧突然在心里掠起，母亲顾不上极度的疲惫，立即果断地抱起儿子于果赶往景德镇市的大医院。

"怎么到现在才带孩子到医院来呢？！早该来啊……"

在一番询问病情和诊疗之后，不知为何，市医院那位医生急切地对于果的母亲责怪道，而且他的脸上也随之显露出一种怜惜的神情来。

母亲仿佛明显察觉出了医生的这种神情变化，于是心里更是紧张担忧起来。

紧接着，几个检查项目的结果陆续都出来了。

医生不得不冷静地向于果的母亲告知孩子的病情了——"从你小孩现在的情况看，初步诊断是患上了小儿脊椎灰质炎。"

"小儿脊椎灰质炎……这是什么病？严重么？要紧么？不难治好吧……"于果的母亲这样急促地追问医生。

"小儿脊椎灰质炎，也就是我们平时大家所说的小儿麻痹症，将来他的这条腿有可能会残疾，影响走路，你做母亲的心里要有点准备……"医生继而又补充道。

原来，正如母亲万分担忧的结果那样，儿子于果被诊所的那位医生误诊了！

最令人心痛的是，因为延误了最佳治疗时机，景德镇市医院的医生表示，现在很难治愈。

这突如其来的诊断结果，无异于晴天一声霹雳！对于一位母亲而言，怎能接受得了这样的残酷现实啊！

"医生，请你们一定要帮我把儿子的腿治好，一定要帮治好……我儿子还不到两岁，他将来还有很长很长的人生路要走啊……"

景德镇市人民医院里，一位年轻母亲这样痛彻心扉的央求，令所有的医生为之深深动容。

然而，医生们心里又很清楚，改变这残酷现实的可能性已是微乎其微了。

经过景德镇市人民医院的医生努力治疗后，于果的左腿还是因小儿麻痹症而落下了残疾。

母亲一开始实在无法接受这样的结果，她仍对治愈好自己孩子那条残疾的腿抱着一线希望。尽管家中经济窘迫，在后来一段时间里，母亲仍想尽办法，带着儿子于果先后去了一些大城市的医院问诊，而结果无一例外都是那样的残酷。再后来，只要听说哪里有治疗小儿麻痹症的郎中，母亲都会带着儿子于果前去试一试，母亲是多么期盼能出现奇迹！

而在所有的尝试和努力过后，母亲不得不接受和面对这残酷的现实——儿子于果那条残疾的腿，没有治愈的可能和办法了。

"老天呀，怎么对我的孩子这样残酷无情……他长大以后，怎么去面对生活，他的人生还只是刚刚开始啊……"多少次，怜爱地看着怀抱里的儿子，想到孩子将来的人生长路，母亲总是伤心难抑，泪水涟涟，悲叹人生的苦楚。

于果的病情打破了这个家庭原本的平静。对于年幼的于果而言，他还只是那般幼小的孩子，他当然无法知道发生在自己身上的这一切是源自于自己那条残疾的腿。

但一个年幼的孩子对周围环境的本能感知，也在不知不觉地影响着他那幼小的心灵，悄然影响着他的成长。

"一定要让孩子有个快乐和健康成长的童年，一定要让他心灵充满阳光，健健康康地长大。"母亲把所有的悲伤深深藏进心底，在用心保护儿子于果不受到身心伤害的同时，也把更多的精力用在了细心呵护他的身上。

此后的日子里，在工作和家务之外，母亲开始把全部的心血倾注在儿子于果身上，细心照料他，给他讲童话故事，尤其是有意识地讲那些能带给儿子童年快乐气息、启蒙他心灵阳光的童话故事。

就这样，年幼的于果在母亲无微不至的呵护中一天天成长。

然而，随着于果一天天长大，快乐的童年气息也开始渐渐远离。

随着心智的成长，懂事的于果不仅越来越感知到了自己与别的同龄人的不同，而且他似乎开始意识到自己所遭受的一切与自己的身体状况有着直接的关联。

相互追逐着伙伴们耍闹与嬉戏，是每一个孩童与生俱来的天性。童年里的于果一样也不例外。

在景德镇长途汽车站的职工宿舍大院里，有一大群和于果一般年纪的孩子。每天，这些孩子都会群聚在大院里追逐打闹，相互嬉戏，让整个院子里好不热闹。

到四五岁年纪时，每当听到屋外有小伙伴们追打嬉闹的声音，看到院子里有伙伴们嬉戏的身影，于果那内心里的童稚与天真，随即就会被拨动起来，他总是无比兴奋地要加入到嬉戏玩耍的小伙伴们中去。

然而，身体的残疾不仅仅是给于果带来行走的不便，而且，还总是会让他幼小的心灵屡屡受伤。

　　几乎在每一次趋近小伙伴们，渴望融入小伙伴时，于果总是成为被小伙伴们捉弄和嘲笑的对象。

　　天真稚气的于果怎么会想到，这是因自己身体的残疾所招致的；又怎会知道，身体残疾对他未来的人生将意味着什么！

　　一天，景德镇长途汽车站职工宿舍大院里，又传来左邻右舍小伙伴们的嬉闹声，于果听到后，很是兴奋起来：

　　"妈妈，我想下楼去院子里和大家一起玩，你带我下楼去玩嘛。"

　　"孩子，我们不去，就在家里，妈妈给你讲故事。"

　　"不嘛，我想下楼去玩，我想去……"于果缠着妈妈不停地央求。

　　孩子的央求，母亲于心不忍，只好牵着兴奋的于果来到楼下的院子里。

　　不一会儿，于果就和大院里那群同龄小伙伴们疯玩在了一起，在那雀跃的一群孩子中间，开心的笑声此起彼伏。

　　看着儿子于果和孩子们玩得这样开心、如此融洽，母亲认为自己的担心是多余的。

　　然而，在母亲刚上楼不久后，就突然听到窗外传来一阵童声的喧嚣。她的心头猛地一紧，冲到窗口朝下望去，随即看到的却是令她无比伤心的一幕：

　　刚才还与于果一起玩得正欢的那群孩童，此时，他们中有五六个孩子手拉手，把于果围在了中间，齐声朝着他一遍又一遍地大声唱着："拐子拐，喝牛奶，跟牛睡，做牛的崽……"

　　原来，这是那些孩子在用唱顺口溜的方式嘲笑于果。

　　被围在那几个同龄孩子中间的于果，他稚嫩的内心深处显然感受到了强烈的被欺侮感。他极力想挣脱出来，然而，他一次次的努力，又一次次被小伙伴们围住。最后，始终无法冲出小伙伴们围困的于果，在情急之下大声呼喊向母亲求助。

母亲闻声飞奔下楼，那些嘲弄于果的孩子们见状立即撒腿四散而去，他们一边跑还一边回头冲着于果做鬼脸，嘴里仍然一边唱着刚才的顺口溜。

望着一个个边做着鬼脸，边唱着嘲笑自己顺口溜而远去的小伙伴们，于果静静站在原地，神情里流露着无限的委屈。

在一次次的欺侮中，年幼的于果开始渐渐明白，小伙伴们是在拿他那残疾的腿捉弄和嘲讽他。

于是，年幼于果倔强的性格开始表现出来——对于来自外界的言语和行动欺侮，他开始通过行动进行反抗。然而，这样的举动往往招致的，是同龄孩子对自己身体与心灵上程度更深的欺侮。

没有人能够体会到，人格和身体双重被欺侮所带来的心灵伤害，对于一个逐渐懂得因自己生理缺陷而产生深深自卑的孩子来说，该是多么大的情感创伤。

小小年纪，于果似乎就真切地感受到，自己与身边的同龄人是不一样的。

在稍稍懂事之后，于果极力地反抗着这些来自外界的心灵伤害，他宁愿承受肉体上的伤痛，也不愿屈受那些人格上的侮辱。后来，他逐渐学会了以沉默和孤独的方式，来守护自己童心里那脆弱的自尊。

无法渴求到有伙伴相伴的快乐童年，唯有希冀得到父母的关爱和家的温暖。然而，即便是这样再正常不过的渴盼，也成了童年于果的一种遥不可及的奢望。

…………

母亲每次看到儿子于果无端遭遇到这样的欺负和嘲弄的情景，心中都涌起无限的感伤。

母亲能做的，就是默默地抱起儿子于果，默默回到家中。

孩子委屈的泪水，每一滴都好像重重地撞击在她的心上，让母亲清楚地感受到，自己内心里是那样的生疼难忍。

而类似的情况，后来时有发生，每一次，都让母亲心里如刀割一般生疼。

渐渐的，于果开始变得沉默而安静起来，不再吵闹要跟着小伙伴们一起玩了。

母亲知道，孩子幼小的心灵其实已经隐约懂得了心伤，他知道了自己的身体残疾和由此而招致的别人异样的眼光……

想到这些，让母亲的心里更加感伤。

但后来，母亲从儿子于果身上越来越感受到欣慰。

于果渐渐懂事起来，心智也比一般同龄的孩子要成熟很多。他不再羡慕同龄伙伴们的集体嬉戏，他习惯于待在家里独自一个人玩。当然，每当母亲为他讲童话故事时就是他最开心的时候了。

"只有首先让孩子的内心坚强起来，今后，他才能有直面人生可能遭遇的种种磨难的勇气，只有这样，将来他才能在社会上立足生存下去。"

在母亲心里，除了给予儿子于果母爱的温暖，还必须要培养他健全的心智，尤其是自强不息的精神，只有这样，长大之后，他才能拥有直面生活的勇气，继而才能像正常人一样去生活。

为此，母亲开始有意识地讲那些自强不息的人物故事给儿子于果听。

苦涩的童年时光里，母爱的温暖和那些自强不息的人物故事，如一缕缕阳光悄然照进了他的心灵，让童年的于果内心渐渐被丰富的色彩填满。

…………

第二节　遥远而温情的乡村记忆

或许，命运总是要安排非同寻常的严酷方式，一开始就砥砺出一位不甘平庸者的坚毅精神品格和强大意志力。

命运带给于果的人生磨难，从他苦难的童年与青少年时期开始，是叠加式的。

那些交集于一颗弱小、无助心灵中的种种不堪承受之痛，总是让人听来内心交织着沉重与震撼。

在于果 5 岁那年，家中发生了变故。

一切都开始于 1966 年那个燥热的初夏。

从这一年初夏而起的"文化大革命"狂潮，迅速席卷了全国各地。

几乎是在一夜之间，刚从睡梦中醒来的景德镇市民们惊讶地发现，整个城市的一切变得嘈杂纷乱且陌生起来。在街头巷尾和许多单位的大门上、宣传栏里，到处横七竖八张地贴满了用粗黑的毛笔写的各种大字报。

年幼的于果并不知道，这是一那场史无前例、声势浩大的"无产阶级文化大革命"，而自己接下去的童年与少年时光的成长岁月，将因此而受到那样深切的影响。

"文革"运动随后在景德镇轰轰烈烈开展起来，"打倒某某某""砸烂某某某"这类带有浓重激愤色彩的口号声和标语，开始从机关单位、工厂或是学校传出，此起彼伏。

随后，"派系"斗争愈演愈烈，彼此间的武斗也渐渐上演。

很快，景德镇长途汽车站也开展起了批斗和派系斗争。

…………

一天晚上，母亲做好了晚饭，一家人等候父亲回家来吃晚饭，却迟迟不见他下班回家。

"于果，你快去你爸爸单位看看，叫他早些下班回来吃晚饭。"母亲盼咐儿子于果道。

于果来到父亲的办公室，却只见办公室的门关着，里面并没有人。

就在于果准备要返回家时，却在父亲单位大院里的一棵树下，突然看见自己的父亲双手被反绑在了树上。

"爸爸，你怎么啦……"眼前的情景，让于果感到十分惊讶和惶恐，他不明白，父亲为何会被捆在了树上。

于果立即跑上前去，想要为父亲解开绳索。

"儿子，你赶快回家告诉妈妈，让她带着你和两个妹妹，快些回到临川乡下的老家去，回去后就不要回来了……"父亲催促儿子于果赶紧回家。

当于果回家把这一切告诉母亲时，仍不停地追问着母亲："妈妈，爸爸怎么啦……"

"儿子，不要问了，妈妈要带着你和两个妹妹去你爸爸的乡下老家生活了。"

于果的母亲立刻明白了这其中发生的一切——丈夫卷入了单位的派系斗争，现在丈夫所处的一派被另一派给打倒了，那接下来，被打倒一派的家人也会因此而受到牵连卷入其中了。丈夫一定是担心家庭会受到牵连，所以让他们赶快离开景德镇去往临川乡下的老家。

为了保护 3 个年幼的孩子，母亲只能选择带着自己的孩子尽早地远离这混乱的处境。

离开景德镇的那一天，母亲眼神里满含忧伤。

就这样，年少的于果与两个妹妹一道，跟随母亲艰难行进在去往老家临川乡下的路途上。他不知道，等待他的，将是艰辛沉重生活磨难的漫长时光。

家乡临川淳朴的乡亲，以实诚的热情迎接母子四人的到来。

然而，由此开始的辛酸苦楚生活，这母子四人必须全部去承受。

由于于果的父亲离开家乡多年，此时的临川乡下老家，并没有直系的亲人。

母子四人到此，首先必须得有一个栖身之处。可是，于果的父亲在老家连一间土坯房子也没有了。

最后，母子四人就只得在老家那间年久失修的破庙侧房安身。不曾想，就是在这间风雪可穿墙而入的破庙侧房里，母子四人一住就是数年。

初来时，见母子四人的境况如此艰难，村里的左邻右舍们，东家为他们送来几件旧家什，西家为他们拿来些碗筷，"家"总算就这样安置下来了。

父亲成了被打倒的对象，母亲又受到牵连，家里所有的经济来源就这样突然切断了。

为了一家四口人的生活，出生于城市、从来没有做过农活的母亲，不得不和队社员一样，下田劳作去挣工分。

然而，母亲拼尽全力，每天所挣的工分都是社员中最少的。

在那样的年月里，一个农家几个农村壮劳力同时挣工分才勉强能让一家人吃饱饭，那一个在生产队挣最少工分的社员要靠挣工分来供四个人吃饭，这样的生活窘境和艰难，是可想而知的。

于果至今仍清楚地记得，一家人刚到村里的头一年时间里，家里总是不时就没有了米下锅。

这样的时候，母亲只好到田头地角去扯些荠菜、马齿苋之类的野菜回来，把这些野菜剁成菜末，和着糠皮面揉在一起，蒸成一个个的糠菜粑粑。

这种糠菜粑粑，不但味道难闻，而且吃起来难以下咽，在吞咽的过程中，让人有一种割喉咙的感觉。

连成年人在吃下这种糠菜粑粑后，都难以排泄，更何况是年少的孩子。

因而，每当母亲把这绿乎乎的糠粑粑端上桌时，于果的两个妹妹总是摆着小手哭闹起来："不，妈妈，我们不要吃这个糠粑粑，这个不好吃，吃了还屙屎屁股痛，我们要吃饭，要吃米饭嘛……"

两个年幼女儿的哭闹，让母亲伤心与愧疚不已，那每一声哭喊，都仿如锥子扎入自己的心头一般生疼啊！

"乖，听妈妈的话，我们先吃菜粑粑，等到时我们从生产队里分了口粮，妈妈再给你们做饭吃……"母亲除了流着泪劝说孩子，其他还能有什么办法呢？

看着伤心的母亲，懂事的于果总是抓起碗里的糠菜粑粑，大口大口地嚼起来，用力往喉咙里吞咽。他一边吃一边大声哄着两个妹妹："妹妹，好吃，妈妈做的菜粑粑真好吃。你们再不吃，我就会把菜粑粑全吃完啰！"

见到哥哥津津有味地嚼着菜粑粑、又香又好吃的样子，两个妹妹也就不再哭闹了，也拿起糠菜粑粑，跟着哥哥于果一起大口嚼吃起来。

这一切，母亲看在眼里，辛酸的同时却又有着万分欣慰。

家中这样艰难的生活境况，直到母亲担任起村里学校的老师之后，才逐渐有了一些改善。

当时，于果老家方圆几里的村子都没有一所小学，村里几十个和于果一般年龄的孩子，都没有上学，成天不是帮大人放牛、打猪草，就是四处撒野疯玩。

孩子们不上学，那将来长大了就是大字不识的文盲啊！

于果的母亲看到这样的情况，心里很是忧虑。于是她向村里干部提出，自己来办一所学校，教村里的孩子们读书识字。

村里的干部和社员们对此十分赞同和支持，社员们自发凑了一些桌椅板凳，把村里的那间破庙简单整修之后，一所简陋的村里小学就这样办起来了。

于果的母亲既是学校的校长，又是这里唯一的老师。

村里很穷，没有钱发工资，按照村里干部和社员们的一致意见，决定给于果的母亲按生产队的主劳力计算工分，以此抵她做老师的工资。

如此，这份来自乡亲们关照的温情，终于可以让这母子四人能勉强吃上米饭了。此后，家里基本的生活有了着落。

随着于果三兄妹渐渐长大，他们的饭量也慢慢大起来，母亲在生产队按一个主劳力所得的工分口粮，逐渐又不够了一家人吃了，生活又转而回复到一年中几乎有半年时间要靠吃糠菜粑粑为主了。

十多岁的于果，正是长身体的年龄，长期吃不饱饭，使得他的身体显得十分单薄。

吃饭都如此艰难，那就更别说添置衣服和买肉吃了。有时，就连买盐和火柴的钱也没有。

小孩子个子长得快。到老家生活一两年后，于果和两个妹妹的衣服愈发不合身了。大冬天里，三兄妹不但衣着单薄，而且手脖子、脚脖子都露在外面。而对于穿袜子是什么感受，于果很久没有体会过，因为他的脚上总是穿着双破布鞋。

见一个母亲带着3个孩子艰难度日，左邻右舍的乡亲都十分同情，这些朴实的乡亲，便找出一些自家孩子穿过的旧衣裤送来。

那时，在乡村，尽管生活十分艰难，但逢年过节，农村人也还是要想方设法给孩子做件新衣。

可这对于果兄妹三人来说，却是从来不敢去奢望的。

每在过年时，看到村里同龄伙伴们一个个高高兴兴穿上了新衣，懂事的于果，从来不会在母亲面前表露出任何的羡慕，更不会向母亲提出要做新衣服的要求。

但在母亲的心里，她又何尝不知道，年节里对一件新衣服的向往，那是一个孩子多么大的渴望。只是，她实在没有能力满足孩子这样简单的一个心愿。

…………

生命如乡间土地上顽强生长的望春花，年复一年地蓬勃生发。

在年少的于果渐渐成长的日子里，他发育的心智中不知不觉萌发出了越来越坚强的个性，他开始慢慢显现出明显超越同龄人的自立、自强和独立的个性。于果那越来越强烈的自尊心，也悄然促使着他拥有超越同龄人感知人事物的能力。

那些异常艰辛的乡村往日时光，在于果的心底，至今刻骨铭心的，还有难以忘怀的温情记忆：

在村里的同龄人中，有个叫毛仔的小伙伴，比于果大三岁。他父亲是大队的会计，家里经济状况比较好。他看到于果家里生活那么苦，经常连白米饭都没有吃，就在自己家里吃饭时，盛了一大碗白米饭，夹上好多菜端给于果吃。

"不，我不饿，我怎么好吃你家的饭呢……"看着那香喷喷的白米饭和饱含油分的菜，于果忍不住直咽口水，但强烈的自尊心，却让他一再推辞，怎么也不肯吃。

"你就吃了吧，我知道，你家好多天都是在吃糠菜粑粑，你快吃，吃完了不够，我再回家去给盛来……"

此后，在乡村艰难的时光里，毛仔每一次端给于果吃的香喷喷的白米饭和饱含油分的菜，都那样深深地烙印在了于果的记忆深处。

这样的记忆，直到现在，都有如冬日午后暖暖的阳光映照在身上，像氤氲缭绕的茶香沁人心脾，似不缓不急的清溪涓涓流淌在于果的心间。此后经年，于果在发达之后，他没有忘了毛仔，用自己的方式去厚实地回报着毛仔，一直到今天。

…………

"只要父亲回来了，一切都会好的。"在乡村艰难时光的期待与守望中，孩童悄然长成了少年。

于果终于把父亲给盼回来了。

1973 年，于果被打成"现行反革命"的父亲，终于平反了。

"只要父亲回来了，一切都会好的。"是的，的确如此，一切的情况随后开始好转——父亲平反后很快被重新安排到弋阳县长途汽车站工作，母亲随后也落实了政策并同父亲一起调到弋阳县长途汽车站工作。于果三兄妹也在弋阳县城的学校念书了，于果一家人又重新返回了城市生活。

这一切欣喜的变化，让少年于果顿然感受到内心一片豁然澄亮，对开始的新生活和自己的未来充满着憧憬。

然而在 1975 年，父亲和母亲因为感情问题决定离婚。这一年，于果正在弋阳县中学读初中二年级。

最终，于果跟随母亲一起生活，两个妹妹跟了父亲一起生活。

于果的母亲终因难以承受苦难生活的打击，精神和身体的状况十分堪忧。为此，于果远在江苏无锡的舅舅来到弋阳县，将于果的母亲接回江苏无锡的娘家去休养。

在离开弋阳县之前，舅舅给于果留下一些钱，同时将他安排到了弋阳县中学住校读书。

刚刚失去父亲的照拂，母亲现在又要离开自己。与亲人分别的痛，少年于果只能是默默地放在心底。

当年和母亲分别的情景那样刻骨铭心。

在弋阳火车站，当母亲乘坐的列车缓缓启动，渐行渐远，少年于果置身于空荡荡的火车月台上，突然之间，一种巨大的孤独和无助感占据少年于果的心间⋯⋯

那一天，少年于果仿佛也突然觉得自己长大了，他知道了自己生活里的残酷，更知道了自己和其他同龄孩子是不一样的，他懂得自己必须要去独自承担一切的人生风雨，必须独自去面对一切的残酷现实。

从此，少年于果远离了父母，远离了两个妹妹，在弋阳县中学开始了他孤独而坚强的求学历程。

第三节 "黑色七月"的残酷一击

"今后的路，就只能靠自己去走了！"少年于果在内心深处这样默默告诉自己。

为努力去忘记孤独和远离父母与妹妹的辛酸，继而淡忘家庭变故给心灵深处带来的伤痛，于果开始把全部的身心都沉浸在了学习之中。

刻苦努力和天资聪慧，让于果的各门功课成绩在班上总是名列前茅。

因为于果学习刻苦努力，成绩优异，因而深得老师们喜爱。教于果数学的许鸿厥老师就是其中的一位。

许鸿厥老师当年是大学里的高材生。说起来，他还是美术大师徐悲鸿的弟子，"文革"中因为所谓的个人历史问题，从大城市被下放到了弋阳县中学当老师。

许鸿厥老师的数学课上得十分精彩。他在黑板上随便画一个圆，就像是用圆规画出来的一样；信手弹出一支粉笔头，就是一个优美的抛物线。加上他上课的风格善于寓教于乐，形象风趣，所以，同学们都很喜欢上他的数学课。

而且，许鸿厥老师的美术课也同样上得精彩。

少年于果，对富有才华的许鸿厥老师很是崇拜。

一次，于果去许老师寝室里玩。当时许老师正在画画。只见许老师在一张白纸上挥洒自如地挥毫泼墨，不一会儿，一匹纵越奔鸣的骏马就栩栩如生地跃然纸上了。

许老师作画的情景，深深吸引了于果，他看得全神贯注且惊叹不已。

"于果，你想学画画吗……"许鸿厥老师似乎看出了自己十分喜爱的学生于果的心思。

其实，许鸿厥老师了解到于果的情况后，对他喜欢的这位学生心生同情，他也想通过教于果画画，让于果对于自己的未来充满自信。更为重要的是，许老师认为，聪明刻苦的于果一定能学好绘画，如此，待他成年后走上社会也就有了一技之长。

"当然想！"于果欢喜雀跃地回答许老师。

"那好，你课余时间就跟着我学画画吧！"许老师对于果说。

只是，学习绘画过程中需要购买毛笔、纸墨等工具，而舅舅每月寄给于果的钱，仅够他吃饭，没有钱用于购买绘画的这些必需品。懂事的他深知母亲的难处，也不忍再向母亲开口要钱用于学习绘画。因而，于果一度又无奈打消了学习绘画的念头。

后来，许鸿厥老师得知这一情况后，告诉于果，让他一切都不用担心，学习绘画过程中的毛笔、纸墨等工具都会为他准备好。

"许老师不但课余教我画画，而且还贴钱买毛笔、纸墨等工具给我用于学画。"对此，少年于果的内心里充满了感激之情，他也下决心一定要好好跟着许老师把绘画学好，不辜负老师的一片良苦用心。

由此，于果在课余就跟随着许老师学习绘画。

在学绘画过程中，许老师发现，于果竟然在绘画方面有很好的天资禀赋，悟性很高。于是，许老师开始逐渐从专业绘画角度教于果学绘画，并鼓励他用心朝着这一方向去努力。

于果也没有辜负许老师的殷切希望，学得专心致志，入迷刻苦，渐渐掌握了绘画的扎实基本功。绘画，也在那些孤独、寂寞辛酸里的时光里慰藉着他的心灵。

一次，于果班上出黑板报，根据板报主题内容，需要画一幅雷锋头像，而班上其他同学都不会画，于果就主动向老师表示由他来画。

结果，于果画出的这幅雷锋头像，看上去几乎和画报上的雷锋一模一样，且更传神，这也是人物肖像画中最难的绘画功底。

这幅雷锋肖像画，让班上和学校的同学老师们赞叹不已。

而作为于果的绘画老师，许鸿厥老师则更是感到由衷的高兴和欣慰。

整个初中到高中阶段，于果学画不辍。绘画不仅让他增长了才能，也是寄托他丰富情感和人生梦想的精神方式。那一幅幅从风格稚嫩到意境渐显成熟的绘画作品，充分展现出了于果对于绘画甚至是广义范畴艺术的禀赋。

于果的绘画功底渐显扎实沉稳，加之他画画得好的名气渐渐由学校传开，因而学校和其他单位在出板报、制作宣传专栏等过程中有需要画伟人画像或其他人物肖像时，就纷纷来找于果去画。每一次，于果的画作都得到好评赞赏。其中，于果还有好几幅伟人肖像画被放进橱窗里展览。

渐渐的，于果也就成了弋阳县城小有名气的小画家。

优异的学习成绩和绘画才气，渐渐地让少年于果充满了自信，他的内心世界也开始变得丰富多彩起来。

于果怎能想到，扎实的绘画功底，在此后将成为他打开精彩人生之窗的第一把钥匙！

…………

时间悄然行进到了 1977 年。

在中国高等教育发展的历程上，这是有着特别重大意义的一个年份。

这一年的冬季，从中国北方到南方都异常寒冷。然而，很多人却说，在那一年的中国，从北方到南方都没有冬季。

在于果的记忆里，1977 年曾是给了自己人生莫大希望的一个重大时间节点！

这是因为，已关闭了 11 年的高考大门，在这一年的冬季里突然再度打开，这让许许多多的青年人百感交集，他们的人生，如此惊喜地迎来了姹紫嫣红的春天。从此，"知识改变命运"的号角响彻这个寥廓国度的每个角落，与改革时代的浩荡潮流竞相呼应。

"世界给我们打开了一扇窗，我们好像能真切地看到未来人生的精彩世界……"恢复高考，让多少青年奔走相告，为之欢呼雀跃。

好像暗夜行路中的黎明破晓，那远方依稀隐现的一缕光，若隐若现却那样耀眼。如果说之前的努力学习是于果为忘却痛苦和赢得自尊的一种方式，那么，现在在他心底，努力学习就成了他要去赢得人生未来希望的巨大动力。

于果知道，高考，为自己打开了通往人生希望的窗。他对于高考之于改变自己命运的现实意义，理解得那般深刻——对于自己的身体情况，再也没有比通过高考改变自己命运更好的路径了！

1977年后，江西与全国各省市一样，高考报名人数高达数十万，而录取率却不足2%。千万考生的眼睛都盯着全国有限的大学资源和有限的学习名额，这是名副其实的"千军万马过独木桥"。

"我要百倍努力，考上大学，改变自己的命运！"于果在心底发誓。

从寒冬到酷暑，废寝忘食地看书学习。早晨晨光微现时分就起床捧卷而读，夜晚一盏枯灯看书到深夜，于果仿佛真切地看到了自己美好人生的未来。

在冬天，因为专心致志的学习，于果手上和脚上冻得满是疮疤，可他全然不顾。在夏季，炙热的太阳让教室里变成了大蒸笼，又不通风，闷热得让人透不过气来，而于果却聚精会神地坐在教室里看书，往往一看就是整整一上午或一下午。而到了晚上，潮闷的寝室里蚊虫肆虐，为能减少干扰，于果就索性把自己整个包裹在床单里潜心学习。

于果心中只有一个清晰而坚定的目标，那就是考上大学！

考上大学，成为于果心中志在必得的人生坐标。他每天都在用并不充盈的体力但十分顽强的意志力，向着心底的那个目标奔去。

1978年，于果带着满腔自信，走进了高考的考场。

高考成绩和录取分数线终于出来了——于果的高考总成绩，超过录取线整整40多分！

这意味着，于果被大学录取已经毫无悬念。

梅花香自苦寒来。老师们为于果感到由衷的欣慰和高兴，他们都知道，这个有着艰难身世和不幸遭遇的学生，通过无比的勤奋努力，终于即将迎来他人生中崭新的开始。而为了这样的期待，中间又有着多么令人唏嘘的历程。

班上的同学们，纷纷向于果投来羡慕和钦佩的目光，大家几乎都认为，于果取得这样好的高考成绩，既在意料之中，却又是那样来之不易。

日夜发奋苦读，终于如愿取得了超越录取线40分的高考成绩，这也意味着，自己即将圆了大学梦，走进令人无限向往的大学殿堂了……想到这一切，于果难抑兴奋，内心激动不已，以至于一连好多天，他长夜难眠，夜深人静时，他总是沉浸在对大学生活与未来明丽人生之路的憧憬之中。

接下来，填报高考录取志愿，按照通知参加体检。

对大学录取志愿中的学校和专业选择，那是每一位学子立志未来为实现人生理想的价值取向。

或许是因被庸医误诊而给自己所带来的身心之痛如此深切，于果内心生出这样强烈的渴望——在大学里学医，将来当一名好医生，用高超的医术去为患者祛除病痛，驱散他们人生天空的阴霾。

于是，在选择填报录取志愿时，他郑重而坚定地把医学院校作为自己不二的选择。在第一志愿录取栏中，他郑重地填上了江西医学院；在第二志愿录取栏中，他又工工整整地填写了无锡医学院。

一切都顺利完成。

于果怀揣期待喜讯的那份焦急，在燥热的夏日里，静静地等待录取发榜到来的那一激动人心的时刻。

终于，各大高校录取发榜的时间到了。

然而，于果却怎么也没有料到，自己最后等来的，竟然是现实那样残酷的一击！

那是记忆里刻骨铭心的一天。

那一天，于果站在弋阳中学校园里张贴出的那张鲜红的高考录取"喜报"前。心怀激动和期待的他，在那张自信"一定写有自己名字"的"喜报"上寻找。

"自己只是为了印证这'喜报'上的喜悦消息而来！"于果甚至这样自信地认为。

但随后的情况完全出乎于果的意料。

　　望着学校张贴出的高考成绩榜，于果在上面从头到尾寻找自己的名字。他的目光从一个个熟悉的同学名字上掠过，可就是不见有自己的名字。于果焦虑万分，大颗大颗的汗珠从额头上渗了出来……

　　"你考这么高的分数，录取是没有任何问题的，可能是把你的名字漏写了……"

　　"你这么高的分数，录取是绝对没有问题的……"

　　…………

　　看着榜前的少年这般焦灼的情状，众人不忍道出实情，纷纷示以劝解。

　　于果也企盼是如此。

　　但其实，这仅仅只是一个善意的谎言而已。

　　后来，当于果一遍遍地追问学校老师"到底是什么原因"之后，老师不得不把最为残酷的真相告诉了于果：虽然他的考分很高，但是由于身体有残疾，录取过程中，他的档案被退档了，不予录取！

　　倏忽之间，大学的那扇门，就这样无情地在于果面前关上了。

　　那一瞬间，于果整个人完全懵了。他的心猛地一沉，呆呆地站立在那里，大脑里一片空白，仿佛感到自己陷入了漫无边际的巨大黑暗之中。

　　不知道过了多久，于果才慢慢缓过神来，清醒中的他真正意识到——自己落榜了！自己的大学梦破灭了！

　　那正是酷暑中最为炙热的日子，但于果觉得自己整个人似跌进冰窖一般，从身到心，冰冷一点点透彻地浸入体内，让他感到瑟瑟发抖。

　　兴奋难抑、激动无比的日子，就在眼前，自己曾那么近距离地接近幸福。然而，命运之手竟如此翻云覆雨，顷刻之间，就让自己与那本以为即将来临的一切失之交臂……

　　于果无法接受这样残酷的事实。

　　一连多日，他把自己关在房间里，整日躺在床上，不吃也不喝，不言也不语。

内心里蓄满的压抑和痛苦，全部融进了泪水之中，任凭其恣意横流。这位 16 岁的少年，只能由自己去承受和化解这对人生命运的苦思和剧痛。

是啊，寄全部的人生希望于这一考，积百成千日子里的苦读与热切企盼，顷刻之间化为乌有，这不堪承受的一击叫一个少年如何能承受。

"命运为何对我如此不公平？！这到底是为什么？！为何要将这样多的人生不幸让我来承受……"

于果一遍遍地在心底呐喊，没有安慰，没有劝导，更没有谁告诉他任何的答案。

纵使那一年刻骨铭心的高考渐离渐远，然而，在经年累月间，于果却无论如何对"高考"难以释怀，这曾是他无法抹去的心中之痛。

这"黑色七月"里的一击，让于果伤得如此之深、如此之重。

"在那些刻骨铭心的每一个漫长日子里，仿佛自己孤独穿行于茫茫的荒漠之中，看不到边际，也不知自己将向着何方行进而去。"于果只觉得，迷茫把自己团团包围住，任凭他如何，可却怎么也走不出那无边无尽的大漠……

"我将来怎么办，又依靠什么去养活自己……"在寂静的深夜里，于果的思绪，总是不知不觉地陷入一种巨大的恐惧之中。他感到，自己已被梦想抛弃，也被社会所抛弃。

又是一个无比漫长的深夜，被孤独感与恐惧感包裹得严严实实的少年于果，神情哀伤，眼睛默默盯着自己那条残疾的腿。

"就是因为这条腿！"所有的屈辱，各种苦难的遭遇，还有这突如其来的高考落榜，都是因为这条残疾的腿啊！

"为什么会是这样？！为什么命运要对我这样残酷？！为什么要我承受这一切……"突然，于果抬起两只手，紧攥成拳，疯了似的不停地用力猛捶那条残疾之腿，直到自己精疲力竭。

这是心中苦痛蓄积得太久、太满后的爆发式发泄，也是一个人被突如其来的残酷现实重重打击之下，内心崩溃后的悲情释放。

　　伤感，沮丧，失落，消极的情绪，渐渐塞满了于果的心。

　　在这样极度消沉的情绪里，于果心里甚至还一度产生了可怕的轻生念头。但最终，那些在苦难生活中磨砺成长的坚强个性，让他内心渐渐恢复了平静。

　　…………

　　"纵然生活里有再多的苦难，我也绝不向命运低头！"被大学拒之门外的打击，让于果在痛苦中再次磨砺出了更为坚强的个性。

　　高考落榜的刻骨铭心之痛，在多年以后，深深地影响到了于果对自己人生事业目标的确立。

　　"如果将来有朝一日，我有能力，我要创办起一所大学，去圆天下许许多多如我这样有着同样境况的学子的大学梦！"这是于果在经历高考落榜打击之后，在内心深处默默立下的人生誓言和志向。

　　如果说，自己高考之后上大学的梦被击得粉碎，是于果无法左右个人命运的无奈结果。那么，接下去一个崭新时代的到来，则终将为历经了无数生活磨砺、勇于直面人生困境的青年于果敞开另一个精彩的人生舞台。

　　在于果因人生梦想遭受重大挫折而显现出苦痛、沉寂的外表之下，是不屈从于命运的倔强。在他的内心深处，对于自己走出人生沼泽地的坚强信念，非但没有丝毫的消退，反而愈发地强烈。

　　从幼年一路经历的生活苦难和不幸遭遇，在带给于果数不尽的苦痛和磨砺中，也就这样悄然赋予了他丰饶的人生蓄积。

　　这正是于果心底决不向命运低头，永不言败的精神！

第二章
在逆境中进击人生高度

　　在历经了被大学拒之于门外的难以言说的苦痛之后，于果被母亲重新接回了身边。

　　在心灵极度脆弱的那些日子里，于果渐渐重拾起对于人生未来的勇气与自信——大学之门无情地对他关闭了，但他坚信，自己一定能走向其他方向的人生之路。

　　于果决定做生活的强者，面对人生的挫折决不轻易言败！

　　对于生活的强者而言，逆境所带来的痛苦越是深切，往往其心中被激起的进击逆境的力量也就越是强大。

　　从被大学无情拒之门外的苦痛中走出来的于果，开始变得积极乐观起来。

　　此时，江西赣剧团得知于果具有扎实的绘画功底后，于是便建议他去考剧团美工。而凭借着在考试中的出色表现，以及江西省赣剧团和江西省文化局不拘一格大胆用人才的决定，于果最后得以顺利进入江西赣剧团担任美工。

命运终于向于果打开了一扇明亮之窗。

于果于是就从这样一扇明窗中放飞了自己的人生理想，无比珍视这来之不易的机遇和不甘平庸的他，开始了一次次去不断超越和突破自己的奋飞。

在人生逆境中出发的于果，从江西赣剧团的一名普通美工到全剧团的技术骨干，从取得美工专业大专文凭，到进入戏剧道具制作、布景和服装设计专业的著名高等院校深造，不仅一次次走向更高更广的人生舞台，而且收获了自己的爱情、圆了自己的大学梦。

数载的踏实工作和勤奋求学，也让于果成为江西戏剧道具制作、布景和服装设计专业领域中屈指可数的优秀人才。

由此，于果也开始渐向越来越高远的人生目标，奋力进击！

第一节 命运打开了另一扇窗

不知从何时起，读书和画画，成了于果慰藉内心孤独和痛苦的一种方式。

于果尤其喜欢看一些人物传记类的书。

其时，于果不曾意识到，在读那些名人传记的过程中，一种人生进取的勇气和力量也逐渐悄然在他内心深处生发。他感佩于传记中那些主人公直面人生不幸和困境的勇气，他感动于那些主人公不屈服于命运的奋进……他也自然而然地会联想到自己的处境，想到这些传记中的主人公就是自己的精神榜样。

一天，于果读到了一本讲述美国当代著名女作家海伦·凯勒的书。

出生于亚拉巴马州北部一个小城镇的海伦·凯勒，是美国杰出的女作家、教育家、慈善家和社会活动家。

然而，有着杰出事业成就的海伦·凯勒却是一位聋盲人。

海伦·凯勒在一岁半时突患急性脑充血病，连日的高烧使她昏迷不醒。当她苏醒过来，眼睛烧瞎了，耳朵烧聋了，嘴巴也不会说话了。由于失去听觉，不能矫正发音的正误，她说话也含糊不清。对于一个残疾人来说，世界是一片黑暗和寂静，在这样的情况下要学会读书、写字、说话，简直是难以想象的。海伦·凯勒没有向命运屈服。她为了能清楚地发音，用一根小绳系在一个金属棒上，叼在口中，另一端拿在手上，练习手口一心，写一个字，念一声。为了使写出来的字不至于歪歪扭扭，她还自制了一个木框，装配了一个滑轮练习写字……

最终，海伦·凯勒不但学会阅读和说话，还以惊人的毅力完成了哈佛大学拉德克利夫学院的学业并于 1904 年毕业，成为有史以来第一个获得文学学士学位的盲聋人。成年后，她继续广泛阅读刻苦学习，成为掌握了英语、法语、德语、拉丁语和希腊语的作家和教育家。

之后，她致力于残疾人事业，四处募捐以改善残疾人的生活环境和受教育水平。她的事迹使她入选美国《时代周刊》"人类十大偶像之一"，被授予"总统自由奖章"。

海伦·凯勒那富有传奇色彩的人生故事，深深打动了于果，这位身残志坚的杰出女性，不向命运低头的勇气与精深，更是震撼了于果的内心。

…………

"海伦·凯勒在一岁半时突遭人生的不幸，但海伦·凯勒却在后来成就了连许许多多正常人都难以企及的巨大成就。我也是在一岁半时遭遇人生不幸的，那我为什么不能像她那样，不向命运低头，将来成为一个生活的强者，成为一个对社会有益的人呢？！"一种巨大的感召力量随即在于果的内心升起。

与此同时，于果又为自己在高考落榜后的失落、绝望，甚至心生对未来的彻底灰心而感到深深愧疚———一个自强不息者的背后，包含了多少顽强，我不能再以消极来面对人生的困境！

"纵然有再多的原因和理由让自己黯淡消沉，那你也要选择坚强地振作起来！"这天的深夜里，于果久久无法入睡，海伦·凯勒的故事一次次浮现在脑海里，而强烈的精神震撼，一次次撞击着心扉，他在内心告诉自己，一定要以海伦·凯勒为榜样，学习这位强者不屈不挠的战胜命运的精神。

"一个勇敢的人，一个真正的强者，是在苦难中昂首挺胸，身残志坚的人。他敢于面对任何苦难，嘲笑任何厄运。苦难并不足以损她毫发，反而增强了她的力量……这便是《海伦·凯勒》一书带给我的启迪。"后来，于果在笔记本上这样写道。

这是发自于果内心深处的话语，更是他重拾人生自信的开始！

阳光照进心里就会驱散阴霾，就会催发奋进的精神力量。

不知不觉中，刚把儿子接回身边的母亲发现，于果一天天变了，他变得渐渐乐观开朗起来，心里无比高兴。

后来，于果有时还会主动跟母亲讲他对于自己将来的一些想法和打算。比如，他说，自己很想去学一门技术，至少将来可以独立谋生。

于果知道，通过高考改变命运，对自己而言已是不可能了。但他不再为此而感伤了，他告诉自己，既然高考改变命运的路走不通，那就去走别的路！

得知于果内心已发生如此巨大的变化，母亲感到莫大的慰藉。

"我一定要重新鼓起生活的风帆！"从内心迸发而出的奋起力量，让于果决定振作起来。

于果渐渐开始懂得，生命的意义和内容就是为了战胜困难和战胜自我，精彩的人生是在挫折中造就，只要按照自己的禀赋发展自我，不断地超越心灵的绊马索，你就会发现自己生命中的太阳闪耀着光彩！

命运的无助，在于那些让人拼尽气力却怎么也走不出困境的泥沼，而命运的美妙，也恰恰在于它永远会有出乎意料的惊喜。

正如那句哲语所说的："在很多时候，命运之神在向一个人无情关闭一扇门的同时，往往也会为他（她）悄然打开另一扇窗。"

对此，于果的感悟是那样真切。

这一切，还要从曾让于果深深入迷的绘画说起。

因为将全部的希望和梦想寄于改变命运的高考上，在读高中二年级时，于果就很少画画了，尤其是在高考备考前的几个月里，于果更是把心爱的画笔封存了起来。

然而，绘画是深深融入了于果内心情感的挚爱，他是无法舍弃的。更为重要的是，绘画与读书一样，不仅都赋予了他人生的希望，而且也是激起他奋进的动力。

被拒绝于大学门外的于果，又重新拿起了画笔，他期望能书画出自己崭新的未来。

同样是一支画笔，同样是画画，不同的人有着不同的收获。

这一次拿起画笔，或许于果仅只是为了点亮黯淡生命里的靓色。然而，他却不曾想到，这一次拿起画笔，将为他赢来困境人生里的第一次重大转机。

一开始，绘画又再度让于果沉浸在了色彩斑斓的世界里，只要画起了画，他就会暂时把一切心中痛苦忘却。慢慢地，绘画也让于果与被拒之于大学门外的心伤渐行渐远。

于果浑然不知，就在他全身心沉浸于绘画的时候，一扇通向另一个崭新人生舞台的明亮之窗也正向他徐徐打开。

不久，一个机会就出现了——江西赣剧团要招录一批演职人员，其中就有负责演出道具制作的美工人员。剧团里负责制作演出道具的美工人员，最为重要的就是其艺术天赋，于果的绘画才能就充分表现出了这一点！经过剧团工作人员推荐，于果获得了参加选拔考试的资格。功夫不负有心人，考试成绩出来，剧团领导对于果专业与文化的成绩均十分赏识！也正因如此，多年以来，于果的内心里深藏着无比的温暖与感激，在他的理解里，其中饱含着剧团领导对他人格上无言的尊重。

江西赣剧团决定，拟破格录用于果为剧团美工，但这必须要向剧团上级主管部门——江西省文化厅打报告，请示批准。

江西省赣剧团的录用报告，很快就递交到了江西省文化厅。

人才确实难得，可就是这身体……江西省文化厅领导在看到剧团递交上来的报告后，看到于果各项考试成绩优秀，唯一美中不足的就是身有残疾，一时左右为难。

这并非是文化厅领导对残障人抱有歧视，而确实是这剧团的美工工作，既有心灵手巧的艺术活，也有些环节和演出比如布景、巡回演出等体力活。

一个腿脚行动不便的人，能否胜任这工作，文化厅领导心里吃不准。再说，从江西省赣剧团成立以来，一直就没有招进残疾人为工作人员的先例。

因而，江西省文化厅对于赣剧团打来的报告，迟迟不作批复。

于果心里无比焦虑，他渴望能拥有这个自食其力的工作，更渴望能拥有展现自己绘画能力的舞台，以证明自己是个对社会有用的人。

江西赣剧团的负责人，心里也开始发急了。

"迟迟不批，那就证明还有余地！"剧团负责人是这样想的，如果不同意，那应该早就批复下来了，而厅领导犹豫不决，就证明他们对于果这小伙子的才艺是认可的，迟疑的只是他的身体情况而已。

求才心切的剧团负责人，决定采取主动争取的方法。

"这个小伙子很优秀，很有绘画的艺术天分，还心灵手巧，如果因为他身体原因而将他拒之门外，实在可惜……"见报告迟迟得不到批复，江西赣剧团负责人于是找到省文化厅的领导，极力说服上级领导不拘一格同意录用于果。

江西赣剧团负责人一番言辞恳切的话语，终于让江西省文化厅领导的态度有了改变。

"那这样吧，改天我们去亲自面试一下你们说的这个优秀的小伙子，看看他能否胜任工作。如果没有问题，那就录用！"江西省文化厅领导这样决定下来。

"剧团为自己争取来的这次面试机会，多么不容易！"于果在心里暗暗告诉自己，一定要好好把握住这次机会！

很快，江西省文化厅领导一行人就来到江西赣剧团面试于果。

当着江西省文化厅一行领导的面，于果不仅行走自如，而且登台、攀梯均矫健而敏捷……

这让所有在场的省文化厅领导们十分满意。

于果的表现没有辜负江西赣剧团负责人一番苦心。

而在江西省赣剧团负责人看来，他们为自己发现了一位后来成就卓越事业的人才而倍感欣慰。"只要给他机会，他就会把最完美和最坚强的内在展现给机遇。"这是多年以后，江西赣剧团一位当年的老领导谈及对于果印象时说的一句话。

这次面试的最后结果是：面试现场的江西省文化厅领导，一致欣喜地点头通过，批准江西赣剧团录用于果为剧团美工。

随后，批复录用的正式文件就到了江西省赣剧团，于果正式进入了江西赣剧团担任美工工作。

至此，在大学之门向于果无情关闭之后，命运终于向他打开了一扇明亮之窗。

第二节　从普通美工到剧团骨干

纵然是再莽阔的沼泽地，在勇敢前行者的脚下也终有边际。

于果终于走出了沉重而漫长的人生沼泽地！

走进江西赣剧团，正式成为这里的一名美工，顿时，于果仿佛看到，自己人生的天空竟是那样的澄明而敞亮。

青春的激情，从长久压抑的心底迸发而出。

于果从来没有感受过如此的酣畅淋漓，他告诉自己，要把满腔的热情投入到全身心的工作中去，以追回那些曾在苦痛、自卑、消沉和迷茫中逝去的宝贵青春时光。

童年的生活辛酸，少年的求学坎坷，逐渐让于果学会了从多维的视角看待人生，从不同的角度感悟和理解人生。更为重要的是，所有历经的磨难挫折，已让于果习惯于严肃思索人生应该怎样度过。因而，他一步一个脚印的生活目标踩得那样坚实。

是的，于果已拥有了坚毅的品格，他懂得了人生中有些东西必须去承受，更懂得了有为有尊严的人生，必须要靠自己去追求，去奋斗，去超越。

凭藉勤奋钻研的精神和扎实的美术功底，从来没有接受过舞台剧目美工专业知识学习的于果，在进入剧团工作不久，就很快展露出令人惊讶的美工才华。

剧团美工的具体工作内容，主要是负责团里各种演出道具、服装的设计与制作，还有对演出效果的创意和设计。

美工，对于任何一个剧团来说，都是一个极富创造性的重要工作。

一出戏剧的正常演出及演出效果如何，都要根据其剧情的需要，设计和制作相应的舞台布景、服装、道具及相匹配的灯光音响等等。只有充分利用好这些辅助设施和手段，才能使演员们塑造出鲜明生动的舞台形象。舞台的表演空间是有限的，而艺术表现和反映的生活范围是无限的。舞台美术，就是要在有限的舞台空间表现无限的演出空间。

"演出道具，包括灯光、舞美、服装和实物道具，让舞台更加具有生动实在的美感，在表演中发挥着不可替代的作用……"上班第一天，剧团美工组资深师傅耐心细致的讲解，让于果深知自己今后的工作对于剧团的重要程度。

"工作岗位重要，那才能体现自己的人生价值！"于果非但不认为这是压力，反而认为这是自己的机遇。

"别人能做到的事，我通过努力一样也能做到！"要知道，于果内心是多么渴望有机会证明这一点啊！

在一场戏剧的演出过程中，如何让道具烘托出惟妙惟肖的效果，最终在观众面前呈现出一种美轮美奂的戏剧意境？

于果从这个角度，开始琢磨与推敲自己的道具设计和制作。

"道具的表意要善于虚实结合，以实化虚，以虚表实，人物相通，力求形象与表意的统一，使舞者不仅在表演中能够融入舞台，还能够意味深长地让观众产生联想，融入其中。"

"在舞台表演中，使用道具时最重要的是发挥它的特定作用，让戏剧表演效果更为形象，增加舞台表演的气氛，增强观众的情感共鸣。一场由优秀演员主演的演出，辅以恰到好处的道具运用，往往能大大加强了表演效果，更好地突显表演主题。"

…………

按照这样的思路，于果琢磨设计出来的道具，在江西赣剧团的多场演出中不但具有强烈的视觉冲击力，而且往往还能在较好展现剧情的同时配合演员展示完美的舞蹈动态美。

于果刚入美工这一行，就以大胆的道具创意设计，赢得了江西赣剧团上下的刮目相看。

…………

古装戏曾是江西省赣剧团的一类特色表演节目。

于果进入江西赣剧团不久，恰逢剧团决定恢复古装戏的演出。

然而，江西省赣剧团古装戏演出的"行头"也就是道具，很多已在文化大革命过程中被"破四旧"破得荡然无存。

为此，剧团特地以高薪从上海请来了一位70高龄的老师傅，请他制作古装戏中各种"行头"。

与此同时，江西省赣剧团领导考虑，如果剧团能将老师傅制作古装戏"行头"的技艺学到，那今后剧团也就有了自己的古装戏"行头"美工，不用再花高薪从外面聘请师傅了。

于是，剧团领导特意派了于果和另一名美工，以"打下手"为名跟在上海老师傅身边"偷着"学艺。

可人家上海老师傅心里"精"得很，他一看就知道，自己身边这"打下手"的两名年轻美工是想跟在他身边偷着学艺。

这无异于是夺饭碗呀。因而，上海老师也使出一招——在制作古装戏"行头"过程中，每当做到关键部位，他就借各种理由把于果他们支开，待做好后才叫他俩进来。

"一定要把老师傅的手艺学到手！"于果心里生出一种倔劲来。

为了攻破老师傅技术"壁垒"，于果除了白天认真揣摩老师傅制作的每一件道具之外，晚上还在家中极力地模仿着做。实在琢磨不透的，白天在给老师傅打下手的过程中就不停地问……老师傅尽管不愿露底，但却渐渐被于果勤学好问的韧劲打动了，于是慢慢教起他来了。

几个月后的一天，于果独立制作的一件古装戏"行头"，让上海老师傅大为惊叹：同样一个古装戏演出的头盔，相比自己制作的，于果做的不但轻巧而且更有新意。

"青出于蓝而胜于蓝！"上海老师傅这样感叹道，他怎么也没有想到，这个给自己打下手的江西省赣剧团年轻美工，能在几个月时间里，把自己制作古装戏道具几十年的工夫学到手。

让于果也没有想到的是，也就是从那一天起，上海老师傅一边为江西省赣剧团制作道具，一边精心教他制作古装戏道具制作的技艺！

半年过后，江西省赣剧团辞掉了上海老师傅，大胆起用于果。

于果果然不负众望，他做的头盔后来在江西省文艺界很有名气。此后不出两年，在全国古装戏道具制作领域里，年纪轻轻的于果已是颇有名气的古装戏"行头"制作的"老"师傅了——只有17岁的他会做"全堂"的头盔。

江西赣剧团的领导们十分高兴也十分感慨——于果这小伙子，没有辜负剧团破格录用的惜才之心呵！

于是，江西省赣剧团领导开始有意重点培养于果，希望他将来成为剧团美工中的骨干人才。

时间进入到1980年代初，改革开放的背景之下，一些新的文艺娱乐样式渐渐兴起。人们审美兴趣正发生的悄然变化，对传统剧团的发展也慢慢产生了压力。

渐渐感受到剧团发展压力的江西省赣剧团领导，也随之在考虑应对之策。

经深入研究，江西省赣剧团做出了改革举措：在传统赣剧种类节目演出之外，逐渐增加一些新的戏曲种类节目，通过推陈出新的方式来改变赣剧演出上座率有所下降的问题。

江西省赣剧团经调研发现，近年来川剧中的变脸节目在全国很受欢迎。为此，剧团决定把川剧变脸节目作为剧团节目内容推陈出新的一个重要内容。

川剧的变脸绝技，属四川传统地方戏剧中的一个绝活。在长期的发展演变过程中，已成为一种具有独特魅力的全国戏剧品牌剧种。看过川剧变脸的人，无不为其变幻莫测的技艺而叫绝——台上演员的一张脸，在很短的时间里竟然可以变幻出十几张，甚至几十张神情各异的脸谱来！

要增加川剧变脸节目，那就得要有这方面的演员。

然而，要从四川请一位川剧变脸演员来剧团，那费用不菲。其时的江西省赣剧团，因赣剧演出出现下滑，已开始有一定经济困难。

最终，江西省赣剧团决定派出一个人前往四川学川剧变脸绝活。

于果没有想到，剧团最后选定的去学川剧变脸的人选竟然是自己。

学戏剧节目表演，本应派一位有演艺基础的演员过去学，而为何却派于果去？这也着实出乎江西省赣剧团很多人的意料。

江西省赣剧团领导集体讨论的意见是：川剧变脸是运用在川剧艺术中塑造人物的一种特技，正所谓"车身含胸脚手动,稳准到位心有数"。车身、含胸、脚手动，是指全身各个部位都要紧密配合，心中有数，力求规圆矩方，以形传神，神形兼备，"变脸"才能又稳，又准，又快。因而，非悟性极高且对道具机关精巧深得要领之人难以学到真功夫。而在江西赣剧团，符合这些基本条件的人，只有于果！

于果明白了剧团领导们的良苦用心，更懂得了自己此次受委派责任重大！

"我一定会把这门'绝活'学成回来！"于果坚定暗下了决心。

在于果看来，这也是自己以实际行动，来回报剧团为自己打开人生希望之窗的一个机会。

"但川剧'变脸'大师们，一直有着概不向外传授技艺的规矩，此去学习，你可能会遇到很大的困难。如果是实在没有办法学到，那也不必勉强，就回来。"于果出发去四川之前，江西赣剧团领导这样嘱咐他道。

"就是有再大、再多的困难，我也要想办法克服，一定不能辜负剧团领导和同事们的这份信任和嘱托……"

在前往四川成都的一路上，于果设想了关于达到成都学习"变脸"的种种困难，并对这些设想中的困难一一认真琢磨，想出了克服的对策。

然而，等于果到达四川成都，几乎把川剧"变脸"名角全都拜谒了一遍之后，他才发现，自己拜师学艺所面临的现实困难，与设想中的完全不一样。

第一关最大的困难，果真就是横亘在川剧演艺圈中的那道"行规"——在川剧梨园，变脸技艺一直是一种行内秘密，"传内不传外"，"传男不传女"，凡川剧演员，彼此间都墨守着这一条不成文的规定，更不得向其他任何剧种的演员传授"变脸"绝技！据说，1978 年，四川省川剧表演团在日本东京表演川剧"变脸"后，有日本艺人表示愿意一次性出资 5 万美金买走他变脸的秘密，被当场拒绝。1980 年代初，香港不少演员慕名前往四川也想学"变脸"，可却没有一个如愿的。

在民间，行规就是一个地方同行业从业者的最高生存法则，人人必须遵守。俗话说："谁要是擅自打破行规，行规就打破谁的饭碗。"

随后，在成都川剧演艺界，于果一提到自己是来学"变脸"的，便四处碰壁。不管于果如何的态度诚恳和虔诚，也无论于果再怎样的道尽心声，就是没有一位川剧演员肯答应向他教授"变脸"技艺。

这样，于果在成都川剧界苦苦奔波了 20 多天后，仍是一无所获。

眼看自己所带的钱粮（票）已剩不多，如果再这样耗费下去，恐怕是学艺不成，就是连回去的路费也没有了。

"这样的情况该如何是好……"困在小旅馆里的于果，一连好几天整夜无眠，内心里焦虑无比。

就这么两手空空打道回府，于果怎会心甘。更为重要的是，他觉得那样自己无法面对剧团领导及同事们的信赖与托付。

"我绝不能无功而返！"于果下定决心，再去登门拜师，直到找到愿意教自己的老师，把"变脸"绝活学到并全部掌握为止。

这一次，于果选择了一位曾对自己动过恻隐之心的川剧名师，他决心锲而不舍地拜其为师，无论遇到怎样的困难，都要以百般的虔诚去打动这位名师的心。

接下来的一连多日，于果一次次极为虔诚地登门造访，然而，每一次都无一例外地都被那位川剧表演名师拒之于门外。

每一次，不管遭遇到的是怎样方式的拒绝，于果却始终心怀诚恳和渴盼。

精诚所至，金石为开。

终于，这位川剧名演员被于果执着学艺的精神打动了！

"好吧，那我今天就只好破一回行规教你了！"这位川剧名演员答应了于果的请求，但同时也向于果提出了自己的底线，那就是，他只能在自家客厅里表演"变脸"给于果看，不会向于果作任何技艺方面的讲解。也就是，于果要从他的现场无声表演中用心记下一招一式，方能得其技艺要领。

这位名演员躲到里屋去穿衣服、戴面罩，装扮停当后，在客厅里表演给于果看。于果全神贯注地盯住他的双手和"亮相"，几张脸变过去之后，他终于看出了秘密所在。

可是，当于果请教他有关技术问题时，他却再也不肯讲片言只语了。

"那我就自己来试着弄明白！"于果回到旅馆，用丝绸做成面罩，用手上的线来拉，可是，一遍一遍地尝试，却依然不行。

怎么办？再去请教！

于果又一次次上门求教，每一次，他都是言辞恳切。

可同样，又是一次次被拒绝。

被拒绝后，于果再去。如此往复，又是一连数次的奔波。

"你这小伙子学艺可真是执着啊！"最终，那位川剧名演员为于果这种精神深深打动了！

"用某种东西……你再去试试看。"那位川剧名演员把最后的"底牌"告诉了于果。

其实，核心"秘笈"就在这里。

于果喜出望外，回到宾馆后，他按照那位川剧名演员指点的方法一试，果然成功了！

又经过一次次试验，于果终于成功地掌握了"变脸"绝活的关键所在。

1980年代初，川剧变脸正是"誉满全国，名扬四海"之际，一场戏剧演出中，如果有"变脸"这一压轴节目，往往就会使观众的上座率大大提高。

学成川剧"变脸"回来，于果对江西省赣剧团经济和社会效益的提升，无疑起到了重要作用。

随后，由于有了"变脸"这一节目穿插其中，江西省赣剧团的演出，演一场火爆一场！

而看演出的观众中，很多就是为了看"变脸"节目而来的。

进入江西赣剧团初期，于果在演出道具的制作上，起初是精心和恰到好处地配合剧情制作出了一系列道具。后来，他又在道具制作独具匠心的创新上令人刮目相看。

比如，古装戏《邯郸梦》中的卢生，在梦中要骑驴。在传统的演技中，是演员用个驴鞭虚晃。赣剧团决定要用演员来演小毛驴。因此，要有个能让演员戴上的驴头和穿着的驴身。

于果精心设计，用泥巴捏，用石膏倒，再用纸模做，造型丰满，活灵活现。导演一看妙极，马上决定给驴子加戏！在《邯郸梦》中的卢生，得到吕洞宾的指点，做黄粱美梦。吕洞宾送了个瓷枕头给卢生。

于果就巧妙地用白色的有机玻璃做成拱形，表面上绘有古色古香的青花瓷图案。更妙的是于果在枕头两头内装置了能闪出各种颜色的频闪灯，可以在卢生做梦时根据音乐频率来一闪一闪，同时喷出缕缕青烟……舞台进入连吕洞宾都会"叹为观止"的梦境！

1986 年，江西省举办首届戏剧节，那位以扮演通人性的驴子的演员荣获优秀表演奖，于果也同时从这届戏剧节上捧回了唯一的一项道具设计奖。

此外，于果设计的"瓷枕头"道具，因造型之精巧和充分借助、融入科技含量的独具匠心设计，还获得了江西省科技进步奖。

演员演出时的着装，在整个演出道具中占据着十分重要的作用。一位演员出色的舞台表演，总是与服装道具密不可分。

令人惊讶的是，于果在美工工作中施展出的天赋和敏睿才智，不仅淋漓尽致体现在演出道具的制作上，也充分体现在演员演出的服装设计和制作中。

这同样基于他对一门知识聪慧的感悟能力，还有勤奋刻苦的钻研精神，再加之艺术才智赋予的对服装设计的精巧构思，使得于果总能根据剧情，设计出令演员叹服的演出服装，让他们的舞台表演收到意想不到的效果。

江西省赣剧团，为于果提供了一方充分展示才华的舞台，他心底的热情被激活，于果其他方面的才华也随之陆续展现出来。

后来，剧团领导把富有奇思妙想、才华出众的于果安排进了由导演、编剧、作曲、舞美组成的创研室，负责舞台设计。

而且，于果待人真诚、热情又十分乐于帮助他人，工作中总是格外舍得出力，肯吃亏……剧团出外演出，笨重的道具箱子搬上搬下，舞台装台拆台、爬天桥装吊景……他都拣重活干，灵巧超过正常人。剧团在乡下演出步行几十里时，他总是走在前面，而且还帮年纪大的同志背行李、搀扶体弱的同志……

这更赢得了大家对他的称赞与友善。

于是，在江西赣剧团，大家眼里已经看不到于果腿有残疾，他们看到的是于果的刻苦、向上、勤奋、智慧、友善、谦和、大度……

从当初刚进江西赣剧团的一名默默无闻的美工，到逐渐成长为剧团里的一名业务骨干，在时光里前行的于果，收获着人生境况改变所带来的欣喜。

同时，于果也收获了令人羡慕的幸福爱情。

江西赣剧团里有个叫喻小梅的女演员，是唱文武花旦的。她长相俊美，练功特别能吃苦，是剧团演员中的"台柱子"之一，更难得的是，喻小梅性格温柔娴静，善解人意。

随着工作中接触和相识渐深，于果和喻小梅相爱了。

1985年3月，于果和喻小梅在彼此真挚相爱很长时间后终于喜结良缘，组成了他们幸福的家庭。

第三节　机遇垂青终圆大学梦

俗话说，内行看门道，外行看热闹。

在戏剧道具设计的过程中，于果渐向戏剧服装设计，继而视野又拓展到了大众服装设计领域。

他逐渐"入行"了，也逐渐对服装专业设计领域产生了专注。

而让于果没有意识到的是，机遇也由此又一次开始垂青他。

成为江西赣剧团里的骨干美工后，在工作过程中，于果却越来越深刻地感受到，美工设计是一门博大精深的艺术，远远超出绘画的技艺。而且，他也越来越意识到，要在美工这一领域有自己独到的领悟和见解，成为这一行业领域的专家，就必须要在理论水平上有很高的造诣。

比如，赣剧演出中美轮美奂的人物服装都会赞不绝口，独具匠心的道具设计让一出剧目的演出精彩不断，而不懂戏的人们往往不清楚剧中怎样用到服装设计和美术道具设计这一概念。赣剧里有传统戏、新编历史戏和现代戏。传统戏中用到的传统赣剧服饰是有一定规制的。在赣剧悠长的发展过程中，流传了很多经典的戏服，传统戏中赣剧演员所穿的服装并不需要重新设计，而每部戏中所穿戴的服饰只需要根据演员的身高、戏中的需要进行微调。戏在内容上有了变化，就需要将传统与现代结合，在服装与服饰上也就需要重新设计。而这一设计所包含的传统元素、时尚元素、戏曲元素又要与人物的性格、身份相结合，这本身就是极具挑战性的创作过程，对设计师要求极高，需要既懂戏曲，对传统服装规制了然于胸，又要具有创新的眼光，敢于去尝试创新。

于果开始渐渐以专业的视角来审视自己的工作领域，并慢慢产生了去超越和突破自己的强烈愿望！

"如果想进一步提升自己，可以通过考试去大学进行半脱产学习。"江西省赣剧团热情鼓励、支持好学上进的于果。

"有上大学的机会，那太好了！"这是于果心底多么渴望的梦想！

为了让自己的理论文化水平得以进一步提高，以在服装、道具设计水平上得以提升，于果报考了南昌职业技术师范学院美术专业。

通过努力复习，于果最终顺利考取。

虽然说不是全脱产的大学进修班，但于果却是百倍珍惜。

毕竟，他终于圆了自己的大学梦啊！

就读南昌职业技术师范学院（今江西科技师范大学前身）美术专业期间，于果在江西赣剧团的工作十分繁忙，但他克服重重困难，几乎将业余的全部时间精力都投入到了学习之中。

最终，于果以优异的成绩取得了南昌职业技术师范学院美术专业的大专文凭。

于果工作出色，又如此勤奋好学，这深深打动了江西赣剧团的领导们。

"以于果的聪明头脑和勤奋好学、积极上进精神，他将来一定能在服装、道具设计这一领域大有前途，这个年轻人不简单，这样的人才实在难得啊！"江西赣剧团的领导们在着意重点培养于果的意见上达成了一致——送于果进入更高层次的大学深造！

在于果取得南昌职业技术师范学院美术专业的大专文凭后，江西赣剧团随后特地送于果到上海戏剧学院进修舞美布景设计。

于果无比珍惜这一机会。他深知，这是江西赣剧团多少人渴望而不可及的机会。

1980年代初，大上海的繁华对于任何一个未曾来过的人而言，外滩、豫园、黄浦江等等这些景点都是具有难以抗拒的吸引力的。然而，在上海戏剧学院求学期间，于果始终心无旁骛，潜心学习，无论是节假日还是周末，都从不肯耽误哪怕是半天的时间去逛逛大上海。

这样的专心致志，加上上海戏剧学院名师众多，使得于果从理论到实践水平得以快速提升，他的成绩在班上始终是名列前茅。

一次，上海戏剧学院的老师给班上学员们布置了一道难度颇大的作业，要求学员们按照一张提供的照片去复制一件古代的青铜器，并要求学员们所做出的复制品与刚出土的文物不相上下。

经过思考摸索，于果使用纸盒与石膏粉做青铜器的材料，然后用古旧的颜色涂抹上去，制作出的这件复制品几乎达到了以假乱真的地步。

于果的这件作业习作，在所有的学员作品中脱颖而出，最后还被上海博物馆收藏了。

从上海戏剧学院毕业后，鉴于于果在服装设计方面体现出的良好禀赋，江西赣剧团又送他到中央戏剧学院进修服装设计。

中央戏剧学院是新中国第一所戏剧教育高等院校，学院的服装设计专业教学水平实力全国一流。

可想而知，进入中央戏剧学院服装设计专业进修，对于果而言真可谓是如鱼得水。

勤奋好学与对服装设计极强的领悟能力，让于果在中央戏剧学院服装设计专业进修过程中很快脱颖而出。

因为不同剧目演出的人物是多空间的，可塑性强，服装需要有可变性、多义性。于果在设计中总是在对剧本和人物性格进行深入分析的基础上，从主角到配角，所有服装服饰全部都是"新鲜"的，加入戏曲元素又适合舞台演出。

而中央戏剧学院服装设计专业进修班的同学说，看于果的服装设计图，是一种享受。他设计的每一件服装、从款式到图案几乎都是自创的。

中央戏剧学院服装设计专业的一位教授，在发现于果舞美、服装和道具制作三方面的扎实功底之后，惊讶地说道："没有想到，你这么年轻，就门门精通，真是难得！"

因为当时北京各大剧团都奇缺这种门门精通的人才，不少剧团到中央戏剧学院千方百计延揽这种人才，所以这位教授在发现于果后，惜才心切，多次和于果促膝谈心，力劝于果毕业后留在北京。

然而，于果念及江西赣剧团的培养深情以及妻子来京后也未必有适合事业发展的剧团，等等这些原因，终于还是谢绝了那位教授的好意深情，毅然决定回到江西赣剧团。

从取得美工大专文凭，到进入戏剧道具制作、布景和服装设计专业的著名高等院校深造，于果不仅圆了自己的大学梦，而且也在理论与实践水平的一次次提升中，悄然完成了自己在专业造诣上的华丽转身。

数载的勤奋求学，也让于果成为江西戏剧道具制作、布景和服装设计专业领域中屈指可数的优秀人才。

在于果的内心深处，原本就潜藏着对于艺术与生活之美热烈而奔放的情感。在一件件构思精巧、充分展现舞台艺术、表演艺术之美的演出服装的设计和制作中，也不知不觉表达着于果心底对于美好人生的情感。

或许，正是因为如此，渐渐的，于果从对演出服装设计的热爱，开始向着大众服装设计延伸。他自费订购专业服装设计书刊，虚心向设计名师学习，尽一切可能的学习渠道，从设计理论和实践方面丰富着自己在服装设计领域的知识。

后来，于果又被剧团选派，获得了进入大学服装设计专业进修学习的宝贵机会。

在勤奋的时光里，于果又在服装设计领域成就了自己，他成了一个既擅长现代时装设计又专长戏剧服装设计的优秀设计师。

在舞台服装设计上，他和老师共同担任舞台设计的《邬飞霞》服装作品，不但在省内获奖，而且还被选送参加了1989年上海国际舞台美术节，代表江西舞台服装设计界赢得了荣誉。

在服装设计上，许多服装专业的报刊，纷纷发表于果设计的各种服装作品。鲜为人知的是，1980年代中后期，有数款深受人们喜爱的男装和女装服饰，就是出自于果的手。

机遇如此垂青于果,而他更是不负这一次次来之不易的珍贵机遇,在百倍的努力中一点点完成了自己人生中的第一次精彩转变。

第四节　登上民办大学讲台

曾在悠长的岁月里,时光将戏剧酿成了一杯香醇的酒。那夹杂着锣鼓唢呐声,或粗犷高亢或优柔婉转的唱腔传入耳里,余音在心头萦绕,回味无穷。

然而,改革开放以来,由于市场经济和多元文化的影响,以及大量外来文化的涌入,使得人们的业余文化生活越来越丰富。很多的地方戏曲,也由此快速经历着观众减少、市场萎缩和生存困境越来越严峻等困难。

全国各地的国营戏曲剧团,大多是在 1950 至 1960 年代计划经济体制下建立起来的,改革开放后,原先的政府财政全额拨款改为差额拨款,许多院团由于经费紧张,特别是演出市场的萎缩,难以改善艺术生产和演职人员生活条件,创排新戏更是力不从心。

于是,在现实的生存困境之下,一些效益差的剧团不得不纷纷解散,而不少勉强维持下去的剧团,也是面临着越来越艰难的生存困境。

从 1980 年代初期开始,江西省赣剧团正一步步走进这种现实的生存境况。

人才流失、断层现象严重。由于剧团经济状况拮据,在职人员基本工资都很难保证,常年下乡演出生活条件又十分艰苦,不少演职人员难安其业,很多人另谋出路。艺术学校的状况也不景气,国营院团的萧条和艺校的高额学费严重影响生源。

在市场经济的冲击下,戏剧就这样一点点丢失了疆土,最后甚至退出城市舞台,只在下乡演出时登场。

有时候，一连几个月，偌大的江西省赣剧团也没有一场商业演出，剧团的生存境况，越来越难以为继。也因此，整个剧团里的气氛渐渐变得冷清而又沉闷。

没有演出，对于演职人员来说，实际上就等于陷入"英雄无用武之地"的困境。

每当看到那些已蒙上灰尘的道具、服装，于果的心里就有说不出的难受，一种迷茫与困惑的情绪，总是情不自禁地袭上心头。

现实的生存总是第一位的，尽管对艺术的情感再深切，但总不能在自己和家人饿着肚子的境况中去坚守艺术。

终于，江西省赣剧团里开始人心浮动。

最初，剧团开始有人办理"停薪留职"手续，各自谋出路，即在剧团继续保留个人编制但不发给工资的情况下，离开剧团去谋生路。

"剧团年景每况愈下的形势，看来是不可逆转了，自己和妻子都只能这样被动地等待和消磨时日……"每当夜深人静的晚上，于果常常辗转难眠，心事重重，思绪万千。

当一家人的生活越来越拮据，于果的心里也越来越焦虑。

时光悄然行进到了1984年的那个初春。

对于中国内陆许许多多的人而言，这不但是一个跃动着鲜明生活色调的年份，更是一个思想顿然活跃与开阔起来的年份。因为，正是这一年，人们突然那样强烈地感知到，一个崭新的时代正向他们潮涌而来。

这还要从一部电影说起。

1984年，长春电影制片厂出品了一部名为《街上流行红裙子》的电影。从这一年的初春开始，《街上流行红裙子》在全国各地先后陆续上映。

让影片创作人员始料未及的是，这部影片中的内容与情景，竟会在大江南北引起那样强烈的反响，并在后来成为一个年代里中国人在服装方面产生天翻地覆变化的真实写照，定格在国人的记忆里。

"一时间，色彩鲜艳的裙子，成为大街小巷的女性追求时尚的标志。"银幕上的"红裙子"使中国女性从单一刻板的服装样式中解放出来，开始追求服装色彩和式样的变化。

　　"当时对行情反应灵敏的个体服装摊贩，迅速推出一批黄裙子。在西单夜市上，放眼望去，一排排黄裙子有如一丛丛盛开的黄玫瑰……"

　　这就是改革开放大潮初起，人们生活与思想悄然变迁的鲜活记录，同时，也是一个新兴市场——服装市场，如春天里万花怒放于大江南北的情景。

　　《街上流行红裙子》，是继《庐山恋》之后又一部引领时尚的作品。第一次直接以时装为题材，记录了1980年代开放初期普通大众思维方式的变化。

　　曾几何时，在几亿中国人的衣柜里，以绿、蓝、黑、灰等几种颜色为主色调的衣服，一直是中国人服装的色彩。

　　1970年代末1980年代初，改革开放让尘封的国门缓缓打开，国人的各种观念，在从此发生悄然巨变。

　　外面的世界使中国人眼花缭乱，别人多彩的生活方式，使中国从城市到乡村的人，都开始以审视与怀疑的目光打量起自己的穿戴来。尤其是中国的女性，她们追求生活之美的意识觉醒是那样强烈。

　　"美是没有阶级性的，穿衣戴帽不一定与意识形态的健康与否有着必然的关联。"正是这种"大胆"观念的产生，让人们对中国服饰的改变，有了1980年代耐人寻味的时代记忆：

　　一边是社会上对"奇装异服""崇洋媚外"的口诛笔伐，而另一边却是，单一刻板的服装样式，渐行渐远，一个多样化、多色彩的服装时代翩然而来。

　　服装引导着时尚的脚步，中国人深埋几十年的爱美之心，开始在服饰上得以释放。

　　一个多样化、多色彩的服装时代"忽如一夜春风来"，打开了中国服装界专业人士的眼界。在一片深蓝灰绿的中山装之外，他们看到了来自法国服装设计的缤纷色彩和样式，也看到了在中国前景广阔的市场。

随着服饰的多样性更新，人们对服饰的需求越来越高，满大街的"上海裁缝"、"江浙裁缝"已不能满足人们对更新服装样式的渴求，服装设计开始成为一门专业的课程。

与此同时，服装设计师，作为一个全新的职业悄然出现。

1985年，《时装》杂志社与日本文化服装学院合作，使用日本的教材，兴办中国第一个服装文化函授中心，这是中国第一个服装教育专业，着眼于中国第一批具有专业素养的时装设计师。

1988年5月10日，北京服装学院成立，这是中国第一所全国性的以服装科学、工程、艺术为主体的新型服装教育高等学府，开始引导服装走向专业化设计。

很显然，服装与潮流开始迅速融合，并成为最明显表征国人对崭新生活热烈追求的方式之一。

在短短几年时间里，时装行业成为覆盖整个中国城乡的一个行业，市场无比广阔。

与中国服装市场几乎同时一夜兴起的，是中国民办教育。"几乎从一开始，'要自己找食吃'的中国民办教育，其对办学方向和思路的思考，就与中国服装行业的兴起触碰到了一起。"

"市场需要什么专业，我们就开设什么专业。"全国许多地方最初以培训机构、办学机构或者是短期培训班方式兴起的民办学校，纷纷开设起服装设计培训班，并成为之后较长一段时间里民办学校一个重要的专业。

1988年，民办江西赣江大学成立。

在设定学校第一批所开的专业时，赣江大学的创办者几乎是毫无犹疑，就把服装设计专业确定为该校所开的第一批专业之中，并列入重点特色专业。

而要让这一重点特色专业能开得起来，还要在今后的办学过程中"立"

得住，这首先就是要能延揽得到一批服装设计师资队伍。

此时，全国一些公办高校和民办学校也纷纷开设服装设计专业，要开设这一"流行"专业，最缺的就是既懂理论又有丰富实践经验的师资。

在江西省，当时还几乎没有一所公办高校开设了服装设计这一专业，其中主要的一个原因，恐怕与师资缺乏不无关系。

尽快找到一位合适的服装设计专业的系主任，一时成了让民办赣江大学创办者们头疼的难题。

正是在这样的时代之变中，于果很快明白，自己在江西省赣剧团为工作、为求学而付出的百倍努力，他完成的自己人生历程中的第一次精彩之变，正为他的未来发展呈现出一片广阔的天地！

再回到赣江大学苦寻服装设计专业负责人的话题。

"江西赣剧团有一个人，可能就是你们要找的最适合的系主任，这个人叫于果……"一天，赣江大学负责人从一位熟人那里得到了这样一个消息。

求才心切的赣江大学负责人，连忙领着一帮人火急火燎赶到江西省赣剧团。

赣江大学负责人的真诚相邀，让于果走进了赣江大学。

进入赣江大学后，于果不仅担任服装设计系的主讲老师，而且负责全系的工作。

于果授课，不只是讲服装的设计，而是要讲理念的设计，既能把专业的服装设计理论讲得深入浅出，又特别注重将设计理论知识与服装裁剪和制作的实践结合起来，同时还尤其注重学生的动手实践能力。

这一时期，不仅赣江大学，全国设置了服装设计专业的大学都一样，老师们中有很多还都不是很专业，都在探索如何教服装设计课程，大多数还停留在讲授一些具体做衣服方法的层面。

"服装已成为一种生活方式，不再单纯是在做产品，而是要表达一种审美的概念，因为人们开始追求生活质量了。"在教学过程中，于果逐渐在服装教育课程上做调整，讲究整体和系列服装的设计，并且要求设计和市场联系起来，考虑到服装的配饰。

在于果的努力下，赣江大学的服装设计专业逐渐呈现出鲜明的教学特色。

除了在教学中逐渐形成赣江大学的课程和教学特色之外，于果还大胆尝试"走出去"的教学模式。

1980 年代末，省级和全国性的各种服装设计大赛开始纷纷举办，这既是让一大批优秀服装设计人才脱颖而出的舞台，也是展示和引导服装潮流的平台。

于果十分敏锐地意识到，通过各类服装设计大赛的平台，不但可以紧跟国内外服装设计的主流，促进整体教学质量水平的提高，而且，鼓励教师和学生参加这些大赛，还可以提升赣江大学服装设计专业知名度，不失为兼顾教学和招生的一条很好途径。

服装教学独具特色，专业领域的开阔视野，使得赣江大学的服装设计专业，很快就在社会上赢得了良好声誉，学员纷至沓来，全国各地不少服装类学院和专业，也前来交流学习。

服装设计专业，渐渐成为赣江大学的一个特色专业。当然，也逐渐成为赣江大学在招生过程中的一块响当当牌子。

"赣江大学服装设计专业初设，几乎是我们于果主任，一个人撑起了这个专业。而且，在短短两年里，就让这个专业成为学校声名远播的特色专业。"江西省教育部门分管社会力量办学机构有关负责人在赣江大学考察过程中，听完学校负责人的汇报后，连连赞叹道："人才实在难得！"

民办赣江大学服装专业的办学成果，引起了广泛的社会关注。

江西省内外一些服装专业民办院校，以及一些服装培训机构，在前往赣江大学考察学习中，得知了于果和学校服装设计专业的情况，学习考察者们无不对于果投以钦佩的目光！

自然而然，身兼服装设计专业负责人和优秀教师的于果，深得赣江大学师生们的钦佩，学校负责人更是对他给予高度评价与充分肯定。

值得一提的是，只要是有于果的课，南昌市不少对服装设计有着浓厚兴趣的社会青年，就会早早地来赣江大学服装设计系的教室里抢位置，"蹭"课听，往往把教室挤得水泄不通。

更为重要的是，于果全然没有意料到，赣江大学的那方三尺讲台，渐渐成为展现他在服装设计专业才华的一方精彩舞台。

1990 年 10 月，江西省决定举办首届服装大赛。"这是向社会展现我们学校服装系实力水平的一个大好机会！"得知这一消息后，赣江大学校领导立即研究，决定派于果率队参加这次大赛。

"展现赣江大学形象的任务落到了我的身上，一定要拿出水平和实力来，给学校赢得荣誉！"接到任务后，于果马上着手准备参赛的服装设计。

由于学校经费紧张，于果只能购买十分廉价的布料。然而，于果却匠心独运，在款式设计和色彩搭配上下足功夫。最终，在如期举行的服装大赛上，于果设计的 10 套服装由模特一一穿出展示，每一套都尽显气质，是那样抢眼，那样落落大方而又出手不凡。

在大赛期间，一件件来自四面八方参赛者们送选的服装，让大赛评委们目不暇接，直至产生审美疲劳。但是，于果设计的那 10 套匠心独具的服装，却几乎让每一位大赛评委都眼前一亮。

这次大赛结束后成绩揭晓，于果设计的 10 套服装，在参赛的数百套服装中，荣获了一个二等奖、两个三等奖！赣江大学服装设计系顿时声名远播！服装设计系年轻的系主任于果，同样声名鹊起！

抚州印染厂一位出色的女设计师，她也酷爱服装设计，为了参加这次比赛，她不惜拿出自己的所有存款，制作了好多套高档面料的服装参加比赛。结果，她的服装设计作品却在这次大赛上"全军覆没"。

这位女设计师赛后找到于果交流参赛体会时，羡慕而又难过地对于果说："你一下就得了三个奖。哪怕就是匀一个给我，我心里也平衡一些啊……"

面对这位女设计师的失落，于果不知怎么安慰她才好。说实在的，于果看过她的全部作品，虽然布料高档，但款式的设计却比较传统老套，如此，全部落选也在他的意料之中。

通过这次大赛，于果不仅开阔了眼界，更深深体会到，在人们的生活观念快速改变的新时代，服装设计既要注重对传统服饰元素的吸收，又要特别注重跟上时代生活的变化。只有这样，才能设计制作出深受人们青睐的服装。

于是，于果开始更加重视研究国外和中国传统服装的演变，吸收其中的精华，把这些精华的服饰文化元素融入现代服装设计中去，真正做到古为今用，洋为中用，去其糟粕，萃取其精华，使自己的服装设计水平日趋完美。

随着赣江大学服装设计专业的名声渐起，于果这个名字，也开始在南昌为越来越多的外界人士所知晓，尤其是在服装设计和教学培训领域，于果就更是名声在外了。

一位优秀教师，往往就是一所学校里某个学科专业树立的"品牌"，尤其是对民办院校和培训机构而言，更是招生的"金字招牌"。因此，服装设计系每年的招生数都是赣江大学各个系中最多的。

第三章
山高水长的异国商途

1980 年代末 90 年代初，已历经十年改革开放历程的整个中国，正在经历一场从广度与深度上都可谓前所未有的大变革。

无论是人生价值取向的思考等发生的深层嬗变，还是当前与曾经的现实生活、方式或是道路等出现的巨大断裂，凡此一切，让几乎深处这巨变时代的每一个人，都无一例外地在不同程度上为一个时代所改变。

一个巨变时代所带来的大交融、大跌宕与大交错，如此风云浩荡，那样疾风骤雨，以至惶惑于曾经惯性思维的人们，还来不及打量清楚眼前层出不穷的新生事物，就不得不要去融入其中，要去改变，要去挣扎，更要去适应。

江西赣剧团因生存境况的每况愈下，让于果和妻子不得不去正视和接受他们所面临的现实——因无剧可演，剧团很多人纷纷"下岗"。

而此时，机遇也正悄然向于果走来。

1990 年代初，南昌市各种技能培训教育机构纷纷开设，这其中就有服装设计培训班。在技能培训机构发展的基础上，江西的民办学校也有了较快发展。

　　起初，于果受南昌团市委之邀，担任团市委举办的青年服装培训班的主讲老师。后来，他又与人一起创办民办服装培训学校。

　　虽然与人合作办培训学校最终以失败而告终，然而，这短暂的时光里的行与思，却对于果此后走上创办民办大学之路有着非同寻常的意义。

　　在与人合作办培训学校失败后，于果追梦的脚步，在一个偶然的机会跨越中俄边界直抵莫斯科，他做起了边贸业务。

　　那一程异国商旅，山高水长，一开始可谓困难无数。

　　但最终，于果在异国商界获得了沉甸甸的收获——凭借诚实守信的为人经商之举，于果赢得了边贸生意上的巨大成功，成为了百万富翁。

　　于果的人生命运，由此也开始发生巨变。

第一节　初尝办学却成心中之憾

再度回望改革开放一路而来的进程，人们着装上变化所折射出的意义，从一个侧面体现了时代前行中整个国家精神面貌的深刻变化。

站在服装行业的角度，从 1980 年代初大街小巷开始逐渐出现的色彩丰富的服饰，到 1990 年代初，人们对于着装品质和款式风格等的讲究，极大地推动着服装这个行业的快速发展。

由此，从 1980 年代而来，社会上对服装设计、制作方面人才的需要，开始呈现出爆发式增长的局面。

然而，在当时全国各地，与服装人才需求状况极不匹配的是，公办大学设立服装设计专业的很少，服装设计人才十分匮乏。

全国服装培训教育的这种状况，让一些目光敏锐的人开始看到了机遇。

这敏锐目光识得机遇者当中，就有于果。

1990 年前后，南昌市开始如雨后春笋般兴办起了各类服装培训班。

这些培训班，有团市委应热爱服装设计的青年们所办的，有一些居委会为让那些没有工作的社会青年掌握缝纫技术、从而自谋职业而开办的，还有南昌市工人文化宫也举办了这类培训班。此外，有少数服装设计水平颇高的人，也开始尝试开办服装培训班。这种服装培训班一般是几个月一期，分初级班、中级班、高级班等不同培训层次，向学员教授不同层次水平的服装设计和缝纫技术。

在整个南昌市，服装培训班热起来了，招生根本不成问题，甚至还有南昌以外地区的男女青年前来学习。

但当时对整个南昌市的服装培训班而言，随之而来的一个关键问题是——老师很难找，水平高、名气大的老师就更是难找了！

毋庸赘言，像于果这样已经声名在外的高水平服装设计老师，自然就成了南昌市各个服装培训班中的"香饽饽"了。慕名前来诚请于果前去担任主讲老师的服装培训班越来越多了，而且几乎都是带着百倍的诚恳而来的。

当然，他们给于果开出的待遇也十分优厚。

起初，于果专心致志地投入到赣江大学服装系的教学管理和教学当中，他怕有负于学校的重托，他也下定决心要将赣江大学的服装设计专业办得有声有色，于是他告诉自己不能分心，故而对前来诚请他去教学的服装培训班——婉言谢绝了。

后来，在赣江大学服装系的教学管理一切走上正轨，以及自己的服装教学也渐渐得心应手后，于果感到自己的时间宽松了一些。

这时，恰好南昌市团市委慕于果之名，前来真诚邀请与他合作开办服装培训班。南昌市团委决定举办一个面向全市青年的青工服装裁剪培训班，由于果来担任主讲老师。而且，团市委领导表示，为了不影响于果的教学管理工作，可以把这个培训班的教学时间安排在晚上，如此可不耽误于果白天在赣江大学的工作和教学。

南昌市团市委考虑如此细致周到，可见，他们请于果前往担任培训班主讲老师的愿望何其诚恳！

对此，于果也深为感动。

"既不影响自己在赣江大学的日常教学和管理工作，同时又可以帮助南昌市团市委把服装裁剪培训班办起来，自己还可以利用业余时间去教学赚钱，这可谓一举三得！"一番思量过后，于果对南昌市团市委欣然应允！

其实，于果内心也十分渴望有在不影响本职工作的情况下增加自己收入的机会。他希望能凭自己的辛苦努力多赚些钱，以此让妻儿过上好一些的生活。

接下去的日子，于果开始异常忙碌起来。

白天，他在赣江大学管理服装系里的各种事务，要给服装系的学生们上课。一天学校的教学管理工作结束下班之后，他在家匆匆吃过晚饭，就要骑上一个多小时的自行车，赶往南昌市团市委青工服装裁剪培训班给那里的学员上课。上完课后已是晚上 10 点，然后又要骑一个多小时的自行车回到家中，几乎每次到家，墙上石英钟的时针都快指向深夜 12 点了。

日复一日的身体疲惫自不用言，还往往有天气带来的艰辛苦楚：青工服装裁剪培训班开办的时间，恰好在秋冬时节。深夜骑车回家时，寒意袭人，尤其是深冬的南昌，赣江两岸的寒风风力总是十分强劲，而一旦又下起冬雨，在寒风冷雨中骑自行车让人苦不堪言。

好几次下课后，于果迎着寒风冷雨、骑着自行车回家，冰冷的冬雨打在脸上一阵阵生疼，寒风中蹬车异常艰难吃力……然而，于果的内心深处却充满着温情的力量。

是啊，随着儿子呱呱坠地，两口之家变成了三口之家，加之于果大家庭的负担，他和妻子一直是过着捉襟见肘的清苦日子。到赣江大学工作和任教后，他为省下每天乘公共汽车的车费，就一直坚持每天骑自行车往返20 多公里。

为了省钱，于果还对自己特别苛刻。他每天身上除了带上一天的饭菜票之外，多余的一分钱都不肯花。身上没有钱，也就断了花钱的念头。

而细心的妻子看在眼里，心里十分难受。她怕丈夫要是自行车在路上突然坏了，身上没有一分钱连车都修不成，于是，每天就往于果的口袋里悄悄塞上两块钱。

…………

"吃点苦没关系，现在晚上在青工服装裁剪培训班上课，就多了一份收入，这样家里的生活就会慢慢好起来……"这就是于果心里最温情的动力，他是多么想让妻子和孩子过上好一些的生活啊！

三个月后的一天，南昌团市委举办的首届青工服装裁剪培训班圆满结束。

对于果的教学评价，南昌团市委给予了高度评价，而青工服装裁剪培训班的每一位学员几乎都给予了充满真情实感的好评。这让于果无比欣慰。

那一天，南昌团市委的一位负责人把一个厚厚的信封交到了于果的手里，这是属于他的讲课费。

接过这么厚实的一个装着钱的信封，于果激动得有些不知所措。

他打开信封一看——信封里面装着两大叠钞票，每叠 1000 元，共 2000 元。

从小到大，别说拿就是一次看也没有看过这么多钱呵！

现在，于果终于靠自己的劳动，挣得了这么大一笔钱，他第一个想到的就是，要把这钱全部交给妻子。内心里一种长久的亏欠感，渴望有朝一日能对妻子进行弥补的心愿，终于在那一天让于果稍稍有了些释怀。

而与此同时，一种油然而生的小小成就感，也在于果的心底涌动——他曾在心底无数次地告诉自己，一定努力下去，再苦再累也不怕，总有一天会让妻子过上好的生活，现在还有他们的孩子。

许久以来，深藏在于果心底深处的，除了要让妻子过上好的生活之外，还有就是，有朝一日自己要干出一番事业出来，让妻子为义无反顾地选择深爱自己而感到自豪。对他而言，自己心中成就一番事业奋斗的那份向往，更是实现人生抱负的一种追求。

是的，于果心底从来都深藏着一种热切渴望，他渴望自己有朝一日能有机遇做成一件大事，以实现自己的人生抱负，证明自己的人生价值！

…………

这时，一个机遇悄然来临。

1991 年上半年，于果的一位朋友找到他，提出想办一所以服装培训为特色的民办大学。

"现在，社会上的服装设计人才十分紧俏，从南昌市举办的各种服装培训班十分火爆这点就可以看出来。如果我们能建一所这方面的学校，那除了招收南昌本市的学员，还可招收来自全省各地的学员，今后随着服装行业发展越来越快，服装培训很有前景，办一所以服装设计、裁剪和制作为特色的民办大学，可谓正当其时而且符合社会对服装人才的需求趋势。"

"确实是这样，这些年国家正提倡大力发展民办教育，我们创办民办大学又符合国家教育政策，为社会培养紧缺的服装人才。"

于果和朋友，对合作创办一所服装类民办大学的想法高度一致。

随后的一段时间里，于果和朋友就办服装学院的想法又进行了多次沟通交流。他们经过反复探讨和论证，一致认为服装教育很有前途。

于是，两人下定决心，一起在南昌创办一所服装学院！

做出和朋友合办服装学院的决定后，于果向赣江大学提出辞职。

"我就知道，我这小庙是留不了你这位有抱负的人才的，迟早有一天你要离开的……"面对前来辞职的于果，赣江大学校长的内心里充满了不舍："感谢你把赣江大学的服装系办得这样红红火火的，只是你这一走后，我再也难以物色到你这么能干的系主任了……"

尽管万分的不舍，但校长对于果真情挽留的话数次欲言又止。他知道，于果是个心中有理想、有抱负的年轻人，他舍不得这么优秀的系主任离开，可更不忍阻止于果去追求更大的人生抱负。

一声珍重，一句深深祝福，于果挥手作别赣江大学。

随后，于果将全部的精力投入到了南昌服装学院的筹建中。

既然办一所学院，那就得对办学方向定位进行严谨深入的思考。这方面，在赣江大学的工作经历使得于果已具备较为丰富的经验和成熟的思考。合作办学的那位朋友，也深信于果在这方面的思考定位不会有任何问题。

"现在比较多的都是短期服装培训班，我们应该按照真正的服装专业学校建立学制，科学设计学习课程，让每一位学员对服装设计和裁剪进行系统而专业的学习。"于果提出，南昌服装学院学制为两年，主要系统课程为服装设计和裁剪。

只要是对服装感兴趣的学员，从进入南昌服装学院到毕业走向社会，就成为一名中高级服装裁剪专业人才。对于于果"应用型""实用性"的人才培养思路，合作办学的朋友十分肯定和赞赏！

学院的选址是最关键的问题之一。

凭于果和朋友两人手头的资金，他们知道，服装学院初期的教学场地只能是租用合适的场地。

于是，他们开始为寻找场地而奔波。

时值骄阳似火的酷暑天，于果与合作办学的朋友各自骑着一辆自行车，在南昌市满城转悠。最后，他们看中了位于南昌市站前路上一座三层的文化会堂，很顺利地租下来作为南昌服装学院的办学场地。

与此同时进行的十分重要的事，就是招生的宣传广告了和聘请执教的老师了。

在广播电台做广告，宣传面广，效果特别好。可是，广告的费用对于正在筹办的南昌服装学院而言，可谓是一笔十分昂贵的费用。

"那就采取笨方法——用毛笔字写招生广告，我们分头到居民区、街头巷尾特别是人流量大的地方去张贴。"于果提出了这个办法。

一连半个多月时间里，晚上，于果用毛笔工工整整一张一张地写，写到深夜，次日天刚亮，他就骑着自行车，带着头天晚上写好的招生广告和糨糊，走向南昌市的居民区、街头巷尾特别是人流量大的地方去张贴。

广告还在张贴的过程中，欣喜便逐日而来。

第一天报名人数只有几个人，第二天、第三天就开始是十几人、几十人。报名的学员中，不仅有南昌市的，还有周边新建县、进贤县、南昌县、永修县的，甚至还有来自宜春和高安地区的。于果和合作办学的朋友心里纳闷，广告根本没有打到那些地方去，怎么南昌服装学院招生的消息这么短时间里就传得这样广呢？这的确出乎他们的意料！

不到一个月时间，报名学员就已达 500 人。

而且，从物色的老师当中，也顺利地精选到了一支实力水平很过硬的师资队伍。

这是所租办学场地最大的人数容量了，为此，南昌服装学院不得不停止招生，对随后赶来报名的学员致歉。

于果既是副院长，又是专业主讲老师。因为他专业功底深厚，又懂学校教学管理且为人谦诚厚道。所以，于果在南昌服装学院师生中的威信直线上升。

南昌服装学院走上管理和教学的初期，一切发展十分顺利，学院日常管理和教学等各方面秩序井然有序。

对此，于果满怀激情，他的整个身心完全沉浸于学院的管理和教学当中去了。

在学院良好开端局面的基础上，根据既定办学方向思路，于果又与合作办学的朋友就学院阶段性的发展目标和实现路径作了详细商定：第一年，学院打好管理方面的基础，扎实抓好教学的成效、形成办学特色，产生良好的社会影响和知名度；第二年、第三年，在此基础上进一步扩大招生和办学规模；在五年时间之内，南昌服装学院向几千人的服装专业民办院校方向迈进，成为江西乃至华中地区有名的服装学院。

于果对于南昌服装学院的办学目标和计划，开始逐步形成了近期三年的近期规划和未来几年的远期规划。

然而，南昌服装学院这样的良好局面没有维持多久，情况却慢慢开始发生了变化。

这变化产生的缘由，始于合作办学的朋友对既定的办学定位方向下的既定阶段性办学目标思路，开始逐步偏移。

按照"打好管理基础、扎实抓好教学成效和特色、形成良好社会影响"的第一年目标计划，首先就是要投入——教学设施添置、教学条件改善、教师队伍提升等等方面，都必须在尽可能的情况下多投入。

南昌服装学院管理和教学工作一走入正轨后，于果即开始着手将这些已定的计划逐步付诸实施。

然而，合作办学的朋友却开始与于果的观点产生越来越大的分歧，这让果的工作常陷入被动局面之中，他没有办法按照原定的办学和管理思路走。

随后，对于教学上、管理上的不同的意见又渐次增多。

尤其在学院办学和发展的一个原则性问题上，于果始终是坚持己见而丝毫不肯折中的。那就是，他认为，南昌服装学院不能像社会上那些服装短期培训班一样，办一年就要算一年的成本和盈亏，这与其说是办服装学院，到不说是规模稍大一些的服装培训班而已了！

对于急功近利的办学，于果坚决不赞成。

试想，一方着眼于学院长期的发展规划，而另一方却强调当下的盈亏，这样的双方合作迟早出现裂痕也就是成为意料之中的事了。

朋友的情谊归情谊，但两个在教学上、管理上和财务上等这多方面都不能达成一致意见的合作者，还怎么继续合作办学下去？！

于果对朋友个人的想法表示理解，他认为要尊重朋友的意见，但他同时又始终坚持自己的理念。

了解于果个性的人都深知，他就是这样率真的一个人。

因为，于果在赣江大学工作过程中，他就开始深入了解民办大学在教学管理方面的特点，他深知办一所民办大学与办一个培训班的区别。

最终，陷入被动工作局面和情感苦痛的于果，经过认真深思，做出了一个决定——放弃与朋友合作办学。

不久，于果主动从为之付出了满腔激情和汗水的南昌服装学院全身而退。

他心里充满了苦涩的挫败感。

第二节　邂逅中俄边贸生意商机

原本满怀着一腔热情，希望真诚合作办学，将来能办起一座有特色、有影响的民办高校来。然而，不料却是突然走向了这样的结局。

放弃合作，于果是出于无奈，心里也是五味杂陈。

"自己认真领悟国家对民办教育的方针和方向，并结合在赣江大学服装设计专业教学实践，思考的办学理念和思路，为什么就是得不到理解呢？"于果坚持认为，自己的办学思路是可行的，也是紧跟时代的，正是因为如此，他才感到深深的惋惜与痛苦。

就犹如良骥却不被人赏识，困守于马厩。一时，于果整个人也变得心灰意冷起来。

得知于果与合作伙伴办学告终，正闲居在家，一段时间，省内外的一些民办学校，先后前往于果家里，诚请他前去担任服装设计专业负责人，或者请他全权负责新组建服装设计这一专业。甚至，还有人愿意全额出资，和于果一起合办一所服装设计民办院校，办学理念和思路完全由于果做主。

于果感激这些信赖，但对于这些盛情而真诚的相邀，他全部都谢绝了。

于果并非是对办学不再心动，恰恰相反，他十分想办好一所学校，但他个人没有这个经济实力，再与人携手合作，最担心的还是会不会发生合作创办南昌服装学院这样的结局。

"国家政策鼓励社会力量办学，从赣江大学等南昌几所民办学校的发展来看，很明显，兴办民办学校有着很好的发展前景和空间。"

然而，在亲身参与了民办教育的教学和办学过程中，于果对办学逐渐形成了自己个人的看法：创办民办学校，一定要从教育事业的角度出发，树立"以学生为本"的教育观。特色化：就是要求民办学校在办学理念与思路、教学管理制度和运行机制、教育模式和人才特点、课程体系、教学方法等方面形成优于其他学校的独特优质风貌，从而培养出具有创新精神和实践意识的学生。

于果也渐渐理解到，合作办学，绝不同于一般的商业上的合作。

"一整套理念科学、思路明晰的办学思想，要真正付诸办学实践之中，那首先必须保证的，就是投资办学的合作者之间，完全是要秉持教育事业这一崇高使命感和责任感的。"于果认为，这是创办民办大学的出发点。

"如果有一天我有了资金，一定按照自己的思想去办一所大学……"于果心底开始产生出这样的想法。

然而，自己独立创办一所民办学校，手里没有任何资金，这岂不是痴人说梦？！

于果心里涌上一番苦涩，他甚至觉得自己竟"不知天高地厚"。

"现在还是想想现实的路吧！"于果体验到了理想与现实间的无奈。

他对以后自己究竟该干什么，陷入了思考：

今后，自己的路该怎样走？三十来岁的男人，就这样整天闲坐在家里，何以对得起家人？靠什么去自立自强？

而要改变自己这样的现实处境，于果又仿佛感到是那样的迷茫！

他不甘心，一个才三十来岁的男人，就这么窝在家里虚度时光。他是属于那种"工作狂"类型的人，宁可工作累死，也不愿闲在家里歇死。

…………………

其实，于果浑然不知，他内心深处对自己未来的前路方向，已开始产生了重大的变化——他已不甘于拥有一份较为稳定的工作，拿着不错的薪水，过着闲适的生活。其实，只要于果愿意，他随时可以重新回到赣江大学去工作，或者去哪个民办大学或者服装培训班，搞搞教学管理或上服装教学课，都不存在任何问题。

于果开始想要去实现的，是自己办起一所民办大学！

而他心底这样的设想，那还是由来已久的：在高考被大学拒之门外的那一年，于果就暗暗在心底发誓——等将来有一天自己有能力了，一定要办一所大学，让那些渴望上大学却被拒之于大学门外的学生能够上大学！

然而，成就一番人生事业、实现这个心底由来已久愿望的努力，刚付诸行动，却又无奈地戛然而止。

…………

这样的种种思绪，开始让于果整日感到心烦意乱，情绪也低落到了极点。

这一天上午，于果家的门外突然响起了敲门声，并传来极其礼貌的询问声。

"于老师，于老师在家吗……"

于果起身开门，和来客打第一个照面的那一瞬间，他顿时觉得，这位客人好像十分面熟，好像在哪里见过，却又一时想不起来："请问您是……"

"您是于果老师吧……"来客是一位年轻人，满脸真诚。

"我就是，请问您找我，是有什么事吗？"于果这样猜想，否则，别人怎么会找到自己的家里来呢。

"于老师，您不记得我了，我是……"满脸真诚地年轻人提起了一件事：

原来，两年前，江西省的一位首长要出国考察，在出国前要赶制两套服装。由于这位首长出国是公务考察，着装风格要与中国改革开放的新气象较好地吻合，因此，这两套服装的设计和制作工艺水平很是考究。

当时，根据这位首长行程的出发时间，设计赶制出那两套服装的时间很紧了。

要在有限的时间里，赶制出符合这样要求的服装，在当时的南昌市，要找到一位能担此重任的时装设计师和缝纫师傅，一时难倒了有关部门的人员。

后来，有人推荐了江西省赣剧团的于果。果然，于果不负众望，出色地完成了这项任务，他为这位首长所设计和制作的那两套服装，不仅得到了负责礼仪相关部门的充分肯定，也得到了那位首长的赞扬！

当时，负责跟于果对接这项工作的，就是今天来访的这位工作人员。

"原来是您啊！"于果一下子兴奋起来，来访的是正是当初负责和他对接联络为省领导赶制服装的同志。

"首长这次又因重要公务准备出国考察，要制作两套服装，上次您做的那两套衣服，首长非常满意，这不，首长这次可是直接点名要你于老师给他设计做两套衣服的……"

原来是这样！

刚才还心烦意乱的于果，闻听后顿觉心情敞亮，在他看来，自己的手艺能得到别人的认可，那是何等欣喜的事情，他在意这一点，因为在他内心深处，这是个人价值的体现。

"没问题，保证让首长满意！"于果信心十足地回答道。

在接下去的两天里，于果用心选料，精心设计和裁剪。于果就是这样，只要是一忙于工作当中，他则会把所有的烦恼抛到脑后。

衣服做好的那日，于果将衣服送去给首长，首长一试穿，十分满意且对于果的手艺又是赞赏不已。

自然而然，首长又一次从内心里对于果生出好感，并和他在办公室里亲切地攀谈起来。

也正是在攀谈过程中，首长了解到了于果的近况。

"小于呀，你愿不愿意去俄罗斯做生意？现在中俄之间边贸生意往来形势很好，商机很多，如果想去的话，那我可以安排有关人员帮你联系相关的事宜。"首长主动提出要帮于果。

"只是我从来没有做过生意，我能行吗？"于果感激地回答道，同时又显然因底气不足而一时语塞。

"怎么不行，看得出来，你是个很有头脑，做事又很踏实的年轻人……"首长热情鼓励于果道。

去俄罗斯做生意！这可是于果想也不敢想的事。一时，他不知该如何回答首长。

首长见此，微微一笑道："这样吧，你回去再跟妻子商量商量，这毕竟是出国做生意的大事，可不是在国内出趟短差啊。商量好了愿意去，你就回个电话给我。"

"去俄罗斯做边贸生意……商机很多……"在从首长办公室出来回家的一路上，于果脑海里反复想着这些。

那遥远得只完全是在想象中的俄罗斯，于果觉得缥缈而遥不可及。然而，"商机很多"却又让他心里充满了一种强烈的渴盼。

于果的心里起伏着忐忑、向往、冲动和难以把持的种种复杂情绪。

于果决定去找一位平日里关系很好的朋友，这位朋友这几年在外面做生意，是于果眼里"见过世面"的人。于果想先听听他的意见。

"那这真是一个好机会！我听一些江西去俄罗斯做边贸生意的人说过，在俄罗斯边贸做生意，卖什么都赚大钱。比如，俄罗斯那边的载重卡车等这些东西，在他们国内很便宜，运回我们国内就价格飙升，而俄罗斯的食品、衣服等日用品又特别贵，我们共青垦殖场生产的羽绒服，一件不到 100 块钱，到俄罗斯就翻成了七八百块钱！"

"说不定，到俄罗斯做生意，你一两年就能成为百万富翁！"

…………

这位朋友一听说于果能有去俄罗斯做边贸生意的机会，力劝他不要轻易放弃这次宝贵的机会。

要是如此，那这样千载难逢的机会不能错过！朋友的一番话，让于果开始心动起来了，他渴望能有这样彻底改变人生现状的机会！

于果开始通过各种渠道，尽可能多地对俄罗斯尤其是市场的情况进行详细了解。

"中俄边境贸易，源远流长。1949年中华人民共和国成立后，为了适应边境地区居民的生活需要，中苏双方开始恢复并快速发展了边境贸易。1950年起，新疆最先与苏联开展边境贸易，陆续开放霍尔果斯、巴克图、吉木乃、三道河子等六处陆运和水运口岸，贸易方式为以卢布为计价和记账单位的易货贸易为主。1951年新疆对苏联实现贸易额1350万美元。新疆边境地区出口主要以农牧业产品、矿石为主，进口主要以生产资料和机械设备为主……"

在一段时间里，于果几乎把中华人民共和国成立后中俄间贸易的历史作了详细的梳理：

1957年，黑龙江省与苏联远东地区恢复贸易时，进出口贸易额仅为6万卢布。而到1959年黑龙江省与远东地区的边境贸易额已达442.8万卢布，采用以卢布计价的记账式易货贸易方式，出口主要是小麦、玉米等农副产品和蔬菜、肉制品等生活必需品。进口以钢材、机械产品和石油产品为主。同年内蒙古自治区同苏联赤塔州成立了边境贸易机构，正式建立起了边境贸易关系，采取易货贸易方式，中方主要出口农副产品、肉类、服装、毛料，进口化肥、钢材、原木及机械产品。

1960年，自治区对苏的边境地方贸易有较大的发展，进出口额达到75.8万卢布。

1962年以后中俄关系急剧恶化，新疆边境口岸相继关闭，至1969年，新疆与苏联边境地方贸易中断，黑龙江省和内蒙古地区边境地方贸易长期处于停滞状态。

…………

20世纪80年代初，中苏关系得到缓和，1982年4月，中苏两国外交部门正式换文，黑龙江省和新疆地区的边境贸易逐步得到恢复。

也就是在这一年的早春，沉寂多年的中苏（苏联）边境贸易全面解禁，越来越多的中国人大包小裹拎着"二锅头"、运动服等日用生活用品涌向中苏边境做买卖。

1983年，经中苏两国政府达成协议，同意恢复使用黑河与苏方布拉戈维申斯克市口岸作为两国省、州级边境贸易过货口岸，同年内蒙古地区也恢复了同苏联的边境贸易往来。1986年中俄两国政府决定开放四对边境口岸，即绥芬河与戈罗杰阔沃，黑河与布拉格维申斯克，同江与下列宁斯克，满洲里与后贝加尔斯克。9月中俄边境口岸正式过货，此后中苏边境贸易遵循"自找货源、自找销路、自行谈判、自求平衡、自负盈亏、自主经营"的方针，步入了稳步发展阶段。

1988年国务院相继下发《扩大黑龙江省对苏联边境贸易与经济技术合作的若干问题》《关于地方外贸企业同苏联及东欧相应企业建立直接经济贸易联系的通知》等文件，给予了黑龙江及其他地区发展边境贸易大量的优惠政策，极大地促进了边境地区对苏贸易的持续发展。更重要的是，俄罗斯幅员辽阔，人口众多，由于长期受计划经济体制的束缚，经济长期处于畸形发展的状况。尤其是其情重工业的发展，比例失衡情况严重。到1991年苏联解体时，俄罗斯对经济结构进行大力调整，以促使经济运行体制的转变，不仅面临着日用消费品扩大生产供应的状况，而且还亟须引进资金、技术和设备，改造现有产业。

1991年，中俄双边贸易额较前一年递增了50%，这一数字充分表明，中俄贸易正迎来又一个历史性的机遇！

…………

正是在这样的背景下，中俄边贸经济模式陡然呈现出大幅度"升级"的发展态势，其"钱景"无疑十分诱人！

其时，"去俄罗斯做生意，一星期能挣一辆奔驰"这类极富煽动性的说法，在中国国内也广泛传播开来。事实上，与俄罗斯接壤的黑龙江等地，当时"一车西瓜换一辆坦克"的"盛景"，也并非是夸大其词。也是在这个时候，在北京，有"国际倒爷后仓库"之称的秀水街，逐渐成为中国与东欧相互了解的重要通道。那个年代，北京人曾目睹过俄罗斯商人席卷秀水街的采购狂潮，于是，胆大和聪明的一些人便试着也奔向俄罗斯。

一时间，中俄边境，掀起了全民搞边贸的高潮。

"俄罗斯确实是一个正有着巨大商机的国际市场！"在对俄罗斯市场情况方面，又做了进一步的了解后，于果的内心被重重地触动了。

"这的确是一个充满无限商机的舞台！"于果的内心深处，隐隐觉得，自己的人生境况迎来了重大转机。

于果决定，不能错过这一机会。

但是，于果心里又十分明白，自己从来就没有接触过生意这一行，因此，与其说这是一次机遇，不如说这也是一次挑战。

"宁鸣而生，不默而死。"于果在心里默默说出了这样一句话，他已下定了决心，要到俄罗斯去闯一番天地！

"小梅，我想和你商量件大事。是这样，我准备去俄罗斯做贸易生意……"这天晚上，于果要把他的决定郑重地告诉了妻子。

"去俄罗斯做生意？"没有任何思想准备的妻子小梅，闻听丈夫于果的这句话后，一下子愣住了。

"这太突然了，这么大的事情，怎么从来没有听你跟我说起过。"妻子嗔怪道，"我们现在的生活又不是过不下去，要跑到那么远的地方去做生意……就算家里生活过不下去，我也不要你去吃那种苦……"

于果一言不发，一脸坚定，目光久久地凝视着窗外，沉默却没有丝毫的犹豫神情。

深深懂得丈夫的小梅内心十分清楚地知道，丈夫于果的心里早已下定了决心，此刻，她明白丈夫于果是那样渴望去改变人生的现实处境，他所要奋力去追逐和实现的，正是要证明自己的人生价值！

"可你的腿，你的身体，能受得了那种气候吗？听说俄罗斯一年里有半年是冰天雪地。"妻子眼圈一红，她担忧丈夫于果在那边吃苦，她所知道的俄罗斯是天气寒苦之地。

"原来在农村，那么艰苦的日子我都能挺过来，一点雪和冰怕什么？！"于果拍拍胸脯道。

最终，就是在于果踏上北上转道俄罗斯的列车时，妻子小梅也没有绝大多数人心里都绕不过的"要是失败会怎样"这句话。因为她知道，丈夫于果需要自己的默默支持。

"可你从来就没有做过生意，能行吗？"妻子仍面有忧色。

"能行的，人总是从不懂到懂，边干边学呗！"于果自信地安慰道。

妻子小梅不再劝阻。

她知道，丈夫于果去意已定，她更深知，丈夫于果心底一直渴望能有做大事情的机会，这是一个对事业追求永不停止的男人的强烈愿望，让他舒适悠闲地待在家里过安稳的小日子，他心里会有无言的苦痛。

想到这里，妻子殷殷地对于果叮嘱道："你到了那儿，如果不适应的话，就马上回来。不要像那些出国的人一样，死要面子活受罪，非得衣锦还乡不可。我可不稀罕你挣什么大钱，我只希望你平安健康……"说着，妻子已是泪流满面。

于果心一动道："小梅，你放心，我在外面一定会好好保重自己的身体。只要挣到了钱，我马上就回来，自己去办一所大学。"

原来，丈夫是想去俄罗斯做边贸生意赚了钱后回来办学校

那一刻，妻子完全明白：在丈夫于果的内心深处，原来对办学的情结不曾有一丝一毫的消退，藏于丈夫于果胸中的强烈愿望，最终是将来去办学的理想抱负！

第三节　在俄罗斯商界收获惊喜

于果回复自己的决定后，在那位首长的帮助下，很快如愿顺利地启程前往俄罗斯。

一趟国际列车，横跨万里行程。

驶过国界线，国际列车在欧亚大陆的莽原上向着莫斯科飞奔驰骋，全长9000多公里的北京经满洲里至莫斯科的国际铁路线上，国际列车每周对开一次，运行整整六天六夜。

1990年代，这趟国际列车不仅是中国与俄罗斯往来的主要交通大动脉，而且也是中国商人往返于国内与俄罗斯之间唯一的一条边贸大通道，一度成为"车轮上的市场"、"铁路流动的商铺"。

一登上中俄国际列车，于果就感受到了火热的商业气息扑面而来。

当时，由于国际列车上没有行李限重，从北京开往莫斯科时，每一个包厢都被货物塞得满满当当，"倒爷"们大都买下有四个铺位的整个包厢，除留一个睡觉外，其余放的全是货，从地板一直码到天花板，就连车窗也被堵得严严实实。

列车一进入俄罗斯境内，每到一个俄罗斯的车站，只见站台上早就挤满了等待抢购的俄罗斯人。

这时，拎着皮夹克、羽绒服等货物的中国商人，只要他们肯出手，手里的货物都会立马就会脱销，一手交货，对方立马付钱。

"这不正是向别人学做边贸生意的绝好机会么！"

接下来，每当列车停站时，于果就仔细、认真地观察这些"国际倒爷"们的经营贸易起来。同时，于果总是找机会和同车厢的人攀谈，而于果的礼貌和真诚，又总能赢得别人热情的指教。

几天几夜的行程中，于果全部的心思和注意力，都集中在了观察揣摩和向人讨教上。正是在这几天几夜里，于果对中俄边贸生意的一些大致实情有了初步的接触。

后来一到俄罗斯，于果很快就发现，这些从列车上得到的来自别人亲历总结而来的边贸生意经验，让自己受益匪浅。

"首先要了解国内市场信息，确定要进口的货物，然后再根据俄罗斯的市场信息找俄方客户谈判，把俄方需要的货物清单传到国内。"一到莫斯科，于果来不及去游览一下异国风情，几乎把自己的每一天都安排得满满当当。

每天天一亮，于果就开始走街串巷，通过到市场上实地考察的方式，尽快熟悉和掌握俄罗斯市场情况的第一手资料。

于果发现，俄罗斯国内产业布局严重失衡，重工业发达，轻工业却十分薄弱，本国的少数国产轻工业产品因为价格昂贵而在市场上受到冷遇，只有一些传统商品还受民众青睐，比如说耐受寒冷侵袭的毡靴、毛皮帽子等商品。这些导致了俄罗斯国内经济萧条，日用品严重匮乏的市场状况。

而中国轻工业产品在俄罗斯极具竞争优势，品种丰富，物美价廉的中国轻工业产品，大大满足了俄罗斯普通老百姓对中低档商品的需求。

在俄罗斯很多地方的商店里，货架上摆满了中国的商品，走进这些商店，如果不是货架上商品标签写着的俄文，如果不是身边的人金发碧眼，让人会感到和置身于中国的商店几乎没有什么不同。

毫不夸张地说，凡是中国商品，只要进入俄罗斯，就一律都能赚到钱！在俄罗斯最大的中国货市场——莫斯科市阿斯太，虽然外观简陋，但租金奇高，因为这里的生意十分红火，几乎每一个卖中国商品的摊位都称得上是真正的黄金旺铺。

由此而来的，是令人感到不可思议的商品利润。例如，在国内一角钱一块的泡泡糖，到了俄罗斯普通的一个日用商品市场，竟然卖到了 2 元钱一块！

当时的边贸基本上都是易货，不论是公司间大宗商品还是普通商贩之间的单件商品，只要是中国货在俄罗斯都受欢迎。俄罗斯人带来的货物以军品（各色军衣、皮靴）、望远镜、香烟、刮胡刀以及高档毛皮为主，中国人提供的都是运动服、运动鞋、牛仔裤、羽绒服等。因为大多是易货贸易（就是以货换货），一笔生意有很多琐碎的事要做。

俄罗斯远东地区乃至腹地的轻工业品严重依赖进口，基于产品适销对路，国内企业经营的产品，主要是皮革、服装、鞋袜等日用消费品，而且由于价格相对低廉，与俄罗斯市场的需求比较吻合，因而赢得了在俄罗斯的广阔市场。

在对俄罗斯国内市场状况作了深入了解的基础上，于果渐渐形成了自己下一步在生意中的清晰思路：

"现在国家各个地方的基建工程热火朝天，大量需要各种工程机械和载重车辆，而俄罗斯重工业发达，工程机械和载重车辆不但性能优越而且价格较为便宜，如果将俄罗斯工程机械和载重车辆运回到国内，那销路肯定不错。同时，把国内的轻工业商品运到俄罗斯来销售，这又是热销的产品。"

于果这一贸易思路，十分准确地把握准了其时中国国内市场和俄罗斯市场的主要特点。

随后，于果又根据中俄边贸生意在大宗商品易货交易上很受欢迎的这一形式，确定了以国内轻工业品交换俄罗斯工程机械和载重车辆的贸易。

由于项目看得准、机会把握得好，因而，在短短不到半年的时间里，于果做的几笔贸易生意，都十分顺利、异常成功。

这其中，有一笔贸易生意，于果就净赚到了100多万元。

"做中俄边贸生意，只要看准了商机，那一夜暴富，就完全不是什么异想天开的事情。"于果真切感受到了中俄边贸生意的广阔商机。

随着在中俄边贸贸易中人脉渐广，特别是于果在生意上诚实守信，让他在中国国内市场和俄罗斯市场赢得了很好的信誉。

于果的生意也逐渐越来越顺畅，机会也开始更多了起来。

1990 年代初，经过 1980 年代末几年的发展，中俄边贸生意建立了良好的互信。于是，中俄两国边贸生意在往来方式上又开始出现新的趋势，这即是，当时两国有不少厂商纷纷通过彼此信赖的中间贸易方来进行边贸生意往来。

而于果在经商过程中十分讲诚信的声誉，使得他成了中国国内和俄罗斯往来贸易多家厂商十分信赖的贸易中间方。

由此，于果开始在中俄边贸商业领域打开了局面，收获着商业上成功的惊喜。

第四节　义无反顾踏上回国之路

在俄罗斯商业上的成功，让于果感到了无比的自信。

与此同时，一种颇为自豪的人生成就感，也时常在他的内心深处涌动。

是啊，这是让于果深藏内心的抱负得以施展的地方，更是让他第一次真切感受到人生豪迈之情的地方！

渐渐的，于果发现，自己从内心深处喜爱上了这座广阔、壮美而又厚重的异国他乡的大都市，喜欢这座都市里充满着古典元素的建筑，喜欢这里夜色斑斓摇曳下的异域风情……

俄罗斯民族的热情奔放、优雅含蓄，对中国人有着兄弟般的感情；崇尚文化艺术的俄罗斯民族，《天鹅湖》等经典芭蕾舞剧、柴可夫斯基的音乐让人陶醉，时光于历史仿佛凝固一般的俄罗斯油画……

在为生意而不停地奔波于俄罗斯广袤城乡的过程中，于果也总是对那里壮阔的景象情不自禁地直抒胸臆。

俄罗斯画家笔下的不朽风景——伏尔加河沿岸的历史文化名城，如雅罗斯拉夫尔、下洛夫哥罗德、喀山、萨马拉、伏尔加格勒等，每一座城市都与伏尔加河有着深厚渊源，也有着自己独特的故事。

在俄罗斯的大地上，有着一望无际的森林和广袤的田野，那一片片金黄色的向日葵装点着俄罗斯富饶的大地，美不胜收。

这里拥有非常多的古老建筑群，在莫斯科你就像走进了一个建筑博物馆，各种风格，各种时代的建筑这里应有尽有。这些古老的建筑就像是一位老者，在默默诉说着当年的故事。

作为文化大国，俄罗斯丰厚的艺术之美，更是震撼人心。

生意过程中的闲暇时光里，于果总是前往莫斯科的特列嘉柯夫美术馆、圣彼得堡的埃尔米塔什博物馆和夏宫等这些文化艺术中心参观。置身于这些富丽堂皇、斑斓厚重的俄罗斯文化艺术宫殿，于果时常流连忘返。

外表孤高冷傲，内心激情如火。冬日风情里的俄罗斯，银装素裹，尽管略显单调，实则充满了诗情画意，有着别样的风韵和景致，那份甘冽绵长，竟如同一杯上好的伏特加，使人久久回味，不忍放弃。

俄罗斯又是一个诞生伟大文艺家的国度，普希金、屠格涅夫、托尔斯泰、莱蒙托夫、柴可夫斯基，文艺家的天空群星璀璨。走在莫斯科的主要街道上，随处可见有关他们的雕塑、公园和纪念馆，让人怀念那个英才辈出的辉煌时代。俄罗斯人对艺术的偏爱和痴迷与生俱来，融化在他们的血液和呼吸里，造就了这个民族独特的艺术气质。

一次次徜徉于灯火跃动的莫斯科街道上，走在高大建筑的投影下，于果景仰着那些形象高大的文化精神象征体，同时又一次次被这个诗酒国度的人文精神所深深打动。

于果在经商中展现出的出众能力，尤其是生意上的成功，加之他诚信务实、极重情义的从商与为人处事风格，使得他很快在俄罗斯经商的中国同乡中间颇有知名度，大家愿意与他交朋友。

因此，在异国他乡的于果，朋友渐渐多了起来。

1990 年代初期，随着中俄商业贸易的逐渐升温，往来于国内和俄罗斯之间的中国商人越来越多。而且，到俄罗斯旅游的中国人也越来越多。

这一情况，又让一些头脑精明的商人看到了商业机会。

1993 年下半年，一位在俄罗斯做边贸生意过程中和于果相识、后来成为挚友的中国同乡主动找到于果，谈了他的思考很久的一个想法。

"你看，现在我们国家来往莫斯科的人越来越多，这里面对我们有一个很大的商机！"挚友说道。

"什么商机？"于果问道。

"我们可以在莫斯科开一家酒店，一年四季这么多中国同乡来莫斯科，而且很多人在这里一待就是一两个月，酒店的客源根本不用愁啊。我们开一个酒店，不但经营住宿而且还搞中餐，那生意肯定会很好！"挚友道出了他的想法。

"对，你这个想法确实很好！"听完挚友在莫斯科开一家酒店的想法，于果很是认同。

来莫斯科已很长时间了，于果对中国同乡来莫斯科食宿方面的情况也已十分了解。

就住宿方面来说，做边贸生意的中国同乡在没有形成相对稳定的生意之前，几乎都是住在莫斯科大大小小的酒店宾馆里，待一桩生意做完后才离店回国，下次来到莫斯科期间再次找宾馆酒店住。只有那些生意逐渐稳定的中国同乡，才会在莫斯科租房居住下来。

而在吃饭方面，无论是刚来莫斯科还是在莫斯科较长时间的中国同乡，很多人都吃不习惯俄罗斯风味的饭菜。因此，在莫斯科，中国人开的一些中餐口味的饭店生意十分火爆，一到吃饭时间往往需要排队等候。

此外，很多在莫斯科的中国同乡对于在当地住酒店有过一种很切身的感受，那就是酒店的安全问题。

1990 年代初，整个莫斯科的治安状况还不尽如人意，加之俄罗斯国内经济状况不是太好，因此一些俄罗斯人偷盗和抢劫中国商人财物的案件时有发生。一些从事中俄边贸生意的中国同乡来到莫斯科发现这样的情况后，由于随时携带着大量现金或商品，因此出于安全考虑，都希望能住到中国同乡开的宾馆酒店里。可是，在莫斯科，其时中国同乡开的宾馆酒店却十分少。

在莫斯科开一家酒店，这位朋友敏锐的商业眼光和经营意识，让于果很是佩服。

而这位朋友之所以要来找于果，他是想邀于果一起共同来投资经营这家酒店。

在和于果的长时间接触过程中，那位中国同乡之所以与于果结下了深厚友情并成为挚友，一方面是他十分欣赏于果在商业上的才能，另一方面则是于果为人处事的真诚特别是对人讲诚信和讲义气的品格，让他十分钦佩。

因此，决定在莫斯科开一家酒店的思考中，这位挚友想到了和于果合作。他认定，与于果这样既有经营才能、人品又好的伙伴合作投资经营，那一定能成功。而且他想好了，如果于果同意一起干，就让于果做酒店的总经理，负责酒店的经营管理，他做董事长，酒店的利润和于果五五分成。

特别值得一提的是，这位挚友考虑到于果自己的生意发展已经很好，邀请合作属于于果对他的支持，所以，他向于果提出，在酒店的资金投入上于果出小部分，他承担大部分。

挚友以如此真切的诚意邀请自己合作，这让于果内心深为感动，他感到自己没有任何理由推辞。

更何况，有了前期在商业上打下的基础，于果也想在莫斯科把生意做得更大更强一些。那样，将来自己回国后实现自己的办大学的想法也就有了更为坚实的基础！

于果欣然应允，决定和挚友一起投资经营酒店这一项目。

两位相互欣赏、感情深厚的人，在异国他乡的莫斯科，决定大展身手，把生意做大！

随后，于果和挚友开始就酒店项目的一些准备工作忙碌起来。

"对了，这段时间太忙竟忘了给妻子小梅打个电话了，她肯定会担心呢，同时也应该把与挚友合作在莫斯科开酒店的这个好消息告诉一下小梅！"忙碌了好一阵子，于果想起了要给妻子打个电话。

自来莫斯科后，一般情况下，每隔几天，于果就会给妻子打一次电话，这是身在异国他乡的于果和远在万里的妻子互通音信、彼此传递关切的唯一渠道。而这段时间，因为和挚友相商与忙于关于投资酒店项目之事，于果已有较长时间没打电话回国给妻子了。

"小梅，我这段时间比较忙，现在我要告诉你一个好消息……"于果在向妻子报平安之后，急迫地要把自己与中国同乡挚友准备在俄罗斯共同开酒店一事讲给妻子听。在他看来，自己在异国他乡付出努力，一步步把生意做好做大，妻子听了一定会感到由衷的高兴，这也是自己对妻子最好的回报。

"我们在莫斯科开的这家大酒店，生意一定会很好……等我赚到大钱了，我就回国，将来要让你和孩子过上幸福的生活！"于果期待着电话那头传来妻子惊喜的回音。

然而，电话那头妻子的话，却完全出乎于果的预料。

"你知道吗，这段时间这么久你没来电话，我该有多担心啊……我们要的是丈夫和孩子的父亲，而不是钱……"妻子话到此处，良久沉默不语，而万里之遥的于果却分明能真切体会到妻子此时此刻的内心感受。

一股对妻儿强烈的思念之情，在那一刻陡然间涌上了于果的心间。

其实，在异国他乡的每一个日子里，于果内心深处深深眷念着家，想念着妻儿。每当一天的忙碌结束，他总是会不知不觉地陷入对妻子和孩子的无尽思念之中。

但远隔千山万水，为了将来能带着丰厚的收获返乡，于果只能把所有的眷念深藏心底。

几乎就在这一瞬间，一股无比温暖的暖流，迅速流遍于果的全身，充盈在他的眼眶里。继而，回国的强烈念头也陡然生发出来。

"小梅，我马上就着手处理在俄罗斯生意上的事情，准备回国，回到你和儿子的身边去……"那一刻，于果没有了丝毫的犹豫和瞻前顾后，所有被自己严严实实包裹的酸楚和对妻儿的思念，顿时如决堤的潮水般倾泻而出。

"你很有经商头脑和天赋，而且现在俄罗斯的改革开放也很有利我们在那里做生意，你要是再在俄罗斯干几年的话，我敢肯定，你将成为亿万富翁！"得知于果决定放弃合作投资经营酒店回国，那位挚友极力地劝阻他。

"与家庭相比，我觉得亿万富翁算不了什么。"于果回答道。

"你是男人，怎么会为了家庭放弃自己的事业？"情急之下，挚友的话语重了起来。

"正因为我是男人，就要对妻子、孩子和家庭负责任。而且，我一直有一个想法，想办一所民办大学，现在我在经济上已经有了一定的条件，是该回去实现这个想法的时候了。"于果向挚友说出自己的考虑。

"你呀，都来俄罗斯这么久了，怎么还是小农意识，还是离不开老婆的热炕头。你知不知道，男人有了事业有了钱，什么样的老婆找不着啊！再说你想办大学的想法，能不能办成功暂且不说，单说一切从头开始，有多少困难你也无法预料，可我们开酒店这个项目是现成的而且是拿得稳赚大钱的……"挚友对于果的考虑不以为然。

"老婆好找，但美满的家庭不是用金钱就能换来的。再说，有才干的人，到哪里都能发展，我回家后一样能拓展自己的事业。办学，是我心里一直作为事业追求的方向，也是我的心愿，再大的困难我也要去尝试！"于果语气十分坚定地说道。

也许是苦难童年和父母离异留给于果的阴影太深，他特别看重妻儿的感受，也特别珍惜自己所拥有的美满婚姻，所以，当妻儿的一声召唤，于果不顾朋友的再三挽留，毅然决定离开俄罗斯，踏上回国的旅途。

更为重要的是，于果心底深藏着自己的理想抱负。

"男人一定要有事业,这是体现人生价值的一种方式……"在于果心里，他并非是为纯粹经商目的而来俄罗斯这片异国土地的，他是怀着为有朝一日实现自己办一所大学的梦想而踏上异国他乡商途的。

实现自己这个理想抱负的地方，是在国内，是在江西——于果要回到江西南昌去创办一所大学!

之后，于果以最快的速度处理完毕在俄罗斯商务上的所有事情，义无反顾地踏上了回国之路。

列车汽笛长鸣，车轮缓缓启动的那一刻，一种无比复杂的情绪倏然间涌上于果的心间。在即将离开莫斯科这座异国城市、踏上回国行程之际，他怎能忘怀自己在这座城市那一个个努力打拼的日子。

别了，曾挥洒商业豪情的异国商界!

第四章

激情走上圆梦办学路

几年时间商业上的巨大成功，在于果的人生事业历程中，无疑是一个具有承上启下重大意义的转折点。

1993年的岁末，当于果由俄罗斯回国，江南大地呈现在他眼里的正是一派欣欣向荣的早春景象。

在这个生机勃发的早春时节里，于果还有了令他更为欣喜的发现。

这欣喜的发现就是，在涌动的时代春潮里，全国的教育领域中已开出了一枝枝灿烂的报春花——改革开放以来，民办高等教育快速崛起与蓬勃发展，已成为我国高等教育事业的一道靓丽风景和中国改革开放成果中一朵绚丽耀眼的奇葩。

于果内心仿佛那样深切地感到，原来自己义无反顾地回乡，仿佛正是因为民办教育这蓬勃发展的春天召唤而来。

"人生的价值与意义在于，个人事业之于社会的贡献，为他人为社会做出一些事情，让别人因为你的努力而有所改变，让无助者振作而奋力，让弱者屹立于风雨之中……"

曾饱尝人生苦难与命运艰辛的于果，在获得商业上的成功后，开始心生出了要去实现未酬壮志的情怀。

于果要去实现的未酬之壮志，正是他内心深处那由来已久的，要创办起一所大学的梦想！

"人生事业的方向和目标明确了，俄罗斯经商的成功让自己拥有了一定的办学资金，国家政策正给予蓬勃发展的民办教育事业以强有力的支持，这恰是实现自己心中夙愿与宏图的大好时机。"从俄罗斯回国后不久，于果就开始为他为之荣耀和义无反顾的办学之路而日夜奔波忙碌。

1994 年的那个春天，于果有着太多的万千感慨，他最终实现了自己的夙愿和誓言，创办起了江西省高级职业学校。

"让被种种原因拒之于大学门外的莘莘学子，也能圆他们的大学梦！"于果首先确立的就是平民办学理念和宗旨。

"学校有特色，专业有特点，学生有特长。"于果还要把学生培养成外向型、应用型、复合型的新型人才，使学生进得来，学得好，出得去，用得上。"不但有文凭，而且有能力，使他们有一种自强不息的精神，有勇于做好任何工作的责任感、使命感，有一颗感恩的心。"于果对学生们的成才，寄予了深切的厚望。

对学校办学理念，特色的自信，尤其是社会、家长和莘莘学子的高度认可，让于果深信学校发展的未来。

第一节　理想与时代机遇的共鸣

跨越千山万水，风尘仆仆的行程，一路归心似箭。

1993 年底，于果回到了江西。

列车进入赣鄱大地。奔驰的列车上，于果透过车窗深情凝望，那广袤葱郁、生机勃发的广阔春天景象迎面而来。

这是家乡的赣鄱大地呵，满眼都是一派欣欣向荣。映入眼帘的一幕幕情景，让于果感到是那样的亲切，如此地心潮起伏。

在异国他乡几年的艰辛，今天，终于带着殷实的收获回来了，马上就可以见到日夜思念和牵挂的妻儿了，于果又怎能不心生万千感慨！

…………

"妻子操持辛劳这么多年，儿子出生至今，自己也未曾给予过他多少父爱……"心怀无限歉疚的于果，现在要好好地回报妻子，还要给予儿子温暖的父爱。

那是他们一家三口未曾感受过的几天美好时光。

于果带着妻子在南昌市逛商场，为她挑几身好衣服，抱着儿子逛公园、动物园，一家三口还去饭店吃可口的饭菜……

一种温情的家庭幸福，静静流淌在于果和妻子的心里，洋溢在儿子的脸上。

几天里，融入南昌这座城市，于果眼里这个阳光和煦的早春时节，处处都充满着无限生机。有些景象，几年前于果就曾置身其中，而现在再入眼帘，却是那样完全不同的景致。

于果不禁感叹：短短几年时间，南昌的变化可真大呵！

而于果眼里变化最大的，则是那些新鲜的景象。比如，某条他曾经十分熟悉的街道两旁，自己出国时还只是稀疏的几间店铺，如今却已是店铺鳞次栉比、人流如织的热闹之地了；街上人来人往，人们的着装色彩更丰富了，服装里不少衣服的款式是几年前都不曾有过的新潮款式；一些新的自由市场或专业市场也应运而生；不少大厦的建设工地一派热火朝天……

整个南昌市，呈现着一种前所未有的动感。

人在豁然开阔的愉悦心境中，眼里的一切景象总是明丽的！

但于果知道，呈现于自己眼前的涌动着生机勃发气象的南昌，在很大程度上却并不是完全由自己心境而生的景致。这实实在在的可喜变化，其实正是来自于国家改革开放政策催生出的欣荣发展局面。

虽然几年身在异国，但对于国内经济社会发展的情况，于果却一直格外关注。

从国内来到俄罗斯做边贸生意的人，不断带来的消息，总是让于果由衷地兴奋和高兴。在异国他乡的人，一听到祖国日新月异变化的消息，就会从心底涌起一种自豪之情。

"如果不是国家实行改革开放，自己怎么能有来到俄罗斯经商做生意的这机会，怎么能有在俄罗斯一单生意就赚十几二十万、甚至过百万的机会！"

于果那样深切地感受到，一个人的命运，与时代的巨变是如此紧密相连。

回国后的短暂轻松过后，于果就开始认真思考自己今后发展方向这个问题来。

1993 年的中国，正掀起改革开放的新一轮高潮，各个领域的商机不断呈现。而此时的于果，已是经济实力厚实的百万富翁，有投资资本、有经营头脑，他面前有很多机会。而且，也不断有人找到于果，希望合作投资商业项目、一起开公司办企业。

然而，于果的注意力在投资办学上。

是的，凭着于果的经济头脑，选择一个好的商业投资项目对他而言并非难事。但他心里对回国后的人生事业目标清晰而明确，那就是创办一所民办大学！

几年专心致志在商业领域，当于果再次将目光投向民办教育这一领域时，他有着无法抑制的激动：

自 1992 年初邓小平同志南方谈话和党的"十四"大以来，中国民办教育的发展进入空前活跃和发展的阶段。中共中央、国务院发布的《中国教育改革和发展纲要》，对教育体制改革作出全面的谋划和部署，明确提出，"初步建立起与社会主义市场经济体制和政治体制、科技体制改革相适应的教育新体制"的目标，并分别对办学体制、基础教育管理体制和高等教育管理体制等各个领域的改革思路和目标进行了明确的规定。《纲要》首次明确表述了国家关于发展民办教育的"积极鼓励、大力支持、正确引导、加强管理"十六字方针。

"没有想到，短短几年的时间里，全国民办教育发展已如此之快，国家对民办教育的支持力度如此之大！"这让于果感到十分欣喜、兴奋。

"投资办学，现在正是大好机遇！"一种时不我待的急迫感，开始涌上于果的心间。

随后，于果对于投资办学的思考，也逐渐由对决定的酝酿转向办学具体各种事务的实质性构想。

在此过程中，于果开始频繁地与江西省教委接触，表达自己投资办学的意愿和深入了解有关办学的相关政策。

"你很早就接触了民办教育，而且在赣江大学创建服装设计系和后来尝试与人合作办民办高校的过程中也积累了一定经验，现在又有办学的经济实力，我们很欢迎像你这样既懂民办教育，又真心办学而且也有办学实力的人投身民办教育事业！"对于果办学的想法，江西省教委给予了热情的肯定和支持。

"办一所服装大学！"这首先是于果想到的。

而且，他认为，自己对于办服装学院不仅有这方面亲历的经验，而且教学和管理等方面内容都在自己熟悉的范围之内。如此，从学校怎么办到课程内容怎么设置，都可谓心中有底也有数。

其实，办服装大学，这是于果内心深处一直难以释怀的情结。自几年前与朋友合作创办南昌服装学院最后抱憾退出后至今，于果未曾放弃"等自己有了实力就单独创办一所服装大学"的念头。

然而，时隔仅仅3年，当于果再一次严肃而认真地面对办学这一设想时，他却发现，如今自己对于办学的思维格局，已悄然从曾经念念不忘的服装培训领域，转向了更为宽阔的大学教育维度。

于果对办学思路格局的思考是正确的！自1991年国务院颁发《关于大力发展职业技术教育的决定》后，全国开始掀起了教育改革，特别是发展职业教育和民办教育的热潮。

中国的民办高等教育，也由此向着培养技能型大学生的综合大学方向发展。这也意味着，民办大学真正面向了各类渴望上大学而又因种种原因被拒之于大学门外的社会青年。

上大学，当年可曾是让自己视为人生中多么神圣的一件大事啊。

再次想起当年，再次想起自己的高考落榜，一种复杂的情绪又情不自禁地从果心底悄然涌起。

当年，自己所有的人生期望和改变命运的渴望，是全部都寄托在了考上大学这唯一的一条路上啊。而后来很长时间里，深留在心中的痛楚也还是因为被大学无情地拒绝于门外。

"何尝仅仅是自己如此，当年自己同班同学中，又有多少人的命运苦痛，不是缘于艰难的高考和无情的落榜呢！"

比如，自己班上那位像《范进中举》一文中范进一样的男同学王同学。

王同学把自己青春的赌注全部押在了高考上。为了能考上大学，他悬梁刺股，寒暑日夜苦读，可那年高考却以几分之差而落榜了。

于是，第二年他去补习苦读，但高考还是因几分之差而落榜。他不甘心啊，接着又背负沉重的心理负担再去补习，可第三年高考依然落榜，接着第四年、第五年又补习，高考又是落榜……最后一年，也就是在接连补习了7年的那一年，已为高考补习"折磨"得人形憔悴的他，违心地选择了十分冷门的哲学专业，才终于"幸运"地被大学录取。

许多年后，于果和大学毕业分配在南昌工作的王同学相遇，谈到高考之于当年他们班上同学们的命运，两人感慨万千。

如果说王同学带着无言的辛酸最终还是挤过了高考"独木桥"，终归还是一位幸运者，而班上的另一位女同学李同学的际遇就令人无比心痛。

在一连考了4年大学，都没有考上后，李同学难以承受这种打击而跳水塘自杀了。

而在全国，像李同学这样的悲剧，屡有发生。对于每年七月的高考，人们也称之为"黑色的七月"。

随着这样的思绪而起，于果内心对于自己办学的思考，开始渐渐发生了变化。

"贫困生、残疾生、落榜生……他们同样有受教育的权利，为什么要把他们拒之门外呢？只要好好地培养他们，他们一样可以成才，为社会做出贡献！"

于果想到了要办一所大学——自己创办的这所大学的招生对象，不仅有想学服装设计这样一技之长的社会青年，更多的是那些因家庭贫困、身体残疾和高考落榜的学生。自己创办的这所大学，就是圆他们大学梦的地方！

人生的阅历就是人生的老师。苦难，也是人生的老师。这些教会了于果如何思考人生的价值：一个人的努力，在为了自己和家人之外，还能对别人、对社会有所贡献，那才是有价值的人生！

因此，于果现在富有了，首先想到的是那些高考落榜不落志的莘莘学子。

他要帮千千万万的高考落榜青年，帮他们圆求学成才之梦！

"办一所能圆贫困生、残疾生、落榜生大学梦的大学！"当内心的这个想法豁然明朗时，一种激动之情也随即在于果的胸臆中升起。

是的，于果为自己的这个办学构想而心潮起伏，既是为自己开始将未来事业的方向定在国家民办大教育这一方向而激动，更是为自己要去帮助那些渴望上大学的莘莘学子圆梦而激动。

办民办大学的所有思考趋于成熟后，于果决定将经商赚的钱留一半给妻子，以弥补这些年来她所吃的苦。

然而，妻子知道于果心底夙愿，知道办起一所大学是他深切的渴盼。

"当初，我爱的是你这个人，现在我依然是爱你这个人，你赚的那些钱，我一分也不要，你全部拿去办学吧。不管什么时候，我都会支持你去做自己想做的事业。"妻子对于果这样深情地说道。

妻子的理解支持，让于果心里更加增添了办学的动力。

"现在，从国家到省里这样支持民办教育，妻子如此理解自己的人生追求，那自己没有任何理由不去实现自己既定的事业方向！"于果这样默默告诉自己。

在于果内心深处，他好像那样深切地感到，原来自己义无反顾地回乡，仿佛正是因为民办教育这蓬勃发展的春天召唤而来！

第二节 艰辛的办学起点

随后，让于果感动不已的，对于自己的办学给予热情鼓励支持的，还有来自时任南昌大学校长的潘际銮教授。

潘际銮教授是我国焊接学科的开创者之一，清华大学里第一个获得国家发明一等奖的中国科学院院士。他参与创建了我国高校第一批焊接专业，长期从事焊接学科专业的教学和研究工作。早在 1960 年代初，潘际銮教授就试验成功氩弧焊并建设成功我国第一座核反应堆工程，继之成功研发了我国第一台电子束焊机……1993 年 4 月，潘际銮教授应桑梓之邀，前来江西担任新组建成立的南昌大学首任校长。

于果了解到，潘际銮教授 1944 年至 1946 年曾在西南联大机械系就读，他对西南联大的教学理念十分推崇。在来到南昌大学履新后，潘际銮教授就在学校大力推行本科教育改革，将"学分制"、"淘汰制"和"滚动竞争制"等这些有着浓厚的西南联大烙印的教学管理制度引入南昌大学，使南昌大学迅速在全国各大高校中开教育改革风气之先。

"如果要是能请到潘际銮教授这样的学界泰斗来担任我们学校的高级顾问，那将来我们创办出一流民办大学的目标就更有自信了！"于果产生了想请潘际銮教授担任自己学校高级顾问的念头。

然而，自己创办的大学一切还只是在构想中，潘际銮教授这样大名鼎鼎的学界泰斗级人物，会愿意屈尊担任一所即将创办的民办大学的高级顾问吗？想到这些，于果心中不免感到十分忐忑。

但于果心中的愿望太迫切，他还是决定要试一试。

而接下来，让于果没有想到的是，潘际銮教授在得知他的想法后，十分感怀，竟欣然同意，以此来表示对于果办学的支持！

"潘际銮教授深情地说，一个身有残疾的青年人，身残志坚，能有这么远大的理想抱负，他很愿意去尽力去支持他！"知道内情的人说，这就是潘际銮教授同意于果请求的真正原因。

潘际銮教授是被于果的进取精神和远大抱负深深打动了！

…………

在 1994 年早春来临的时节，于果办学的前期筹备工作基本完成。

按照办学管理体制，江西省高级职业学校实行董事会领导下的校长负责制，按照现代教育管理体制办学。

学校的中方高级顾问，由中科院院士、南昌大学校长潘际銮教授担任。外方顾问由美国国际管理学院副院长、院士颜彼德担任。于果出任江西省高级职业学校的董事长兼校长。

1994 年 1 月 3 日，经江西省人民政府和江西省教委批准，中外合作江西省高级职业学校正式成立。

这一天，江西省高级职业学校成立新闻发布会在南昌赣江宾馆举行，人民日报、新华社、中央人民广播电台、光明日报等 22 家中央及省市新闻单位的记者出席了新闻发布会。

这是让于果值得永远铭记在心的日子。

因为从这一天起，他迈向了自己人生事业的崭新起点！

一个学校的办学方向，决定了这所学校未来的发展走向。于果深知，这对于江西省高级职业学校的未来发展至关重要。

五天后，江西省高级职业学校召开第一次董事会。

这次董事会上的一个重要议题，就是再一次讨论并最终确定江西省高级职业学校的办学理念和发展方向：

"江西省高级职业学校的培养目标，是要把学生培养成'外向型、应用型、复合型'人才！要努力追求'三特'和'三型'。'三特'，即办学有职教特色、专业有应用特点、学生有动手特长；'三型'，即将学生培养成应用型、复合型、外向型人才。"

"立足教学质量，面向用人市场，科学设置学校的专业，逐步凝聚起一支优秀的教师队伍……"

"我们使学生进得来，学得好；出得去，用得上。不但有文凭，而且有能力，使他们有一种自强不息的精神，有勇于做好任何工作的责任感、使命感，有一颗感恩的心。"

"正确的办学理念是有决定意义的，坚持教育的公益性原则，坚持'助残扶弱，平民教育'，这是江西省高级职业学校的办学理念。"

…………

在这次董事会上，于果详细阐述了江西省高级职业学校的办学理念和发展方向，并得到了学校董事会成员的高度认同。

此外，根据于果提议，为实实在在彰显学校坚持"助残扶弱，平民教育"的办学理念，江西省高级职业学校决定拿出 30 万专项资金设立"于果助残扶弱奖励基金"，以资助那些身残志坚或因家庭经济困难而上不起大学的学子。

于果始终不曾忘记，自己曾在心中庄严地立誓："如果有一天我有了资本，一定要自己办一所大学，要让那些被大学拒之门外的落榜生、残疾人、贫困生圆他们的大学梦！"

按照江西省教委批复同意的江西省高级职业学校招生意见，1994 年春季，学校将开始招收春季入学的第一批学生。

此时，离预定的开学时间只有几个月了。

摆在于果面前的各种事务可谓千头万绪——校舍要赶紧解决、学校管理人员和教职工要招聘，学生招生工作要启动，教学和后勤两方面工作要同时展开……

于果的工作日程，开始一天比一天紧起来，从早到晚，他一整天的事务排得满满当当。

校舍的确定，是最为要紧的大事。

为此，于果拖着残疾的腿，骑着自行车跑遍了整个南昌市，最终选定了位于南昌手表厂附近的一座大楼，租赁了其中的"半边楼"作为办学场地。

这里的位置场所和空间虽然比较理想，但走进这座大楼，楼内破旧不堪，墙上的水泥沙浆多处脱落，露出了里面的红砖，地面也是坑坑洼洼，连张办公桌都放不平。

要符合起码的办学条件，那就必须要对大楼内部进行全面修整。

租赁手续办完之后，于果立即请来装修施工队进驻大楼进行修理。

但大楼具体要怎么去装修，如教室面积隔多大、学生宿舍怎样安排、教职工办公室选购怎样的装修材料等等这些具体事情，都必须由于果来亲力亲为安排和布置。

在大楼紧张的装修过程中，于果与装修的工人无异，其实他比装修工人更苦更累，除了跑市场、买材料，他还要亲力亲为参与每一道装修工序。

老师的聘请，对一所学校来说十分关键。

为了请到好老师，于果到一所所公办大学去了解师资情况，为了表达自己的真诚，他总是一一登门拜访，请那些在公办高校里有声望的老师到江西省高级职业学校来兼职任教。

一所一个学生都还没有进来的民办学校，聘请老师自然是不易的。

为了能请到好老师，碰到对方一开始拒绝，于果丝毫不在意多次登门拜访，直到以真诚打动对方同意来江西省高级职业学校任教。

看到于果为办学吃尽这样的苦头，社会上有一些"聪明人"的评说也随之来了：

"傻子一个，读大学哪个学生不是想读公办大学，民办大学的学生又不能分配工作，那谁还会去读民办大学？于果他这不是要把钱往水里扔吗？"

"自己都不懂教育，还谈办什么大学，他要是能办学，那不知道有多人也可以去办学！"

"说是办教育，那真正的目的，还不就是为了赚钱。"

…………

这些冷嘲热讽的话，起初也曾一度深深刺痛了于果的心。然而，对此他也抱以理解并不以为然的心态。

事实上，这些质疑的话说得难听，但有些关于民办大学的状况的话也不无道理。虽然国家积极鼓励社会力量创办民办大学，让很多人眼前一亮，但社会上不少人对民办大学仍视之为"下里巴人"，对民办大学提不起什么好感。

而且，也不得不说，当时的民办高校无论是专业积淀、师资力量，还是基础建设、配套设施等，都很难与公办高校相提并论。可以说，民办高校一切都得靠自己去发展，最关键的一方面，首先是没有生源也就没有一切。

是啊，于果深知办一所民办大学不易，而办好一所民办大学，那就更是要历经艰辛！

招生，这是关系到一所民办大学生存的关键问题之一。

也正因为如此，高考录取正在紧张进行中，民办学校也随即展开招生大战，学生、老师、社会人员……招生队伍庞大而又繁杂。有部分民办高校在招生宣传中不惜还采用虚假、模糊、夸大的信息，希望能招来更多的学生。

殊不知，这些夸大甚至虚假的宣传也许一时能吸引来一些不明真相的学生，可学生一旦真的读下来发现学校并没有当初宣传的那么好，有些承诺并不能做到，那岂不是反而砸了学校的招牌，今后岂能招到学生？

江西省高级职业学校一无基础，二无任何的知名度，加上社会上一些人对民办大学还存在一定程度的偏见，民办大学招生本身就难，而江西省高级职业学校招生的难度就更是可想而知了。

那么，江西省高级职业学校该怎样招生呢？

"我们以真诚来招生！"

在学校第一次招生会议上，于果明确提出，江西省高级职业学校是为圆高考失意学子大学梦而创办，那么，我们就实实在在告诉那些高考失意的学子，目前我们学校谈不上知名度，办学条件也艰苦，但是我们定下的对学生的培养目标是高远的，每一位来到江西高级职业学校的高考失意学子，将来走向社会都将拥有灿烂的人生前程！

于是，于果以一封公开信的方式，代表江西省高级职业学校向社会发出了真诚的心声：

"我校愿与失意的人交朋友。今天的失意，不等于明天的失意。今天的太阳与昨天的不一样。明天的你必然胜过今天的你！来吧，年青的朋友！"

"愿与失意的人交朋友！"——这样的大学，深深触动了那些正处于人生失意处境中的莘莘学子。

于是，一些前一年高考落榜、心中却渴望着上大学的学子，还有那些没有通过1994年高考预考的学生，抱着对上大学的强烈渴望心情，报名进入了江西省高级职业学校。

还有那些想学服装设计的社会青年，因为当年于果在服装培训领域的知名度，让他们对于果这个名字不陌生。所以，听说江西省高级职业学校是于果创办的，一些人报名进入了学校的服装设计专业。

…………

短短一个多月的春季招生工作结束，最后，江西高级职业学校招生人数为300多人。

对于一个刚创办起来的民办大学，而且连校舍也是租来的民办大学，这样的招生人数已实属不易。

一所学校日常教学和管理运行起来，在这两大项里的日常行政事务之外，每天都几乎会出现各种繁杂的事务。

学校刚刚初创起来，负责教学管理与后勤方面的行政工作人员只有几位，应对随时会出现的各种繁杂事务人手显得十分紧张。而且，这方面的行政人员也有正常上下班的时间。

怎么办？于果既当校长又当勤杂工，没日没夜地忙着学校各种事务。

白天，于果的时间几乎全部被安排学校的教学管理、处理对外事务等占据。而到了晚上，他要处理学校各部门这一天反馈上来的学校管理、后勤、教学等方方面面的各种事项。

同时，他心里最记挂的就是学生，他们在学习和生活上对学校有哪些要求，他们在校的思想情况如何……这些于果都要深入学生当中去促膝谈心，深入了解，一一解决。

在江西省高级职业学校，尽管于果家离学校较远，但每天早晨他总是第一个出现在校园里。而在深夜，大家总是看到他依然在办公室工作忙碌。有时忙完工作，一看时间已是凌晨时分，于果也就索性不回家了，在办公椅上和衣靠着休息一下，第二天天一亮就继续忙碌开了。

三月下旬开始，江南的雨季到来。与往年一样，南昌的梅雨季节一直持续到了四月下旬才结束。

在这一个多月的时间里，南昌几乎每隔一段时间就会下一场雨，而且一场雨短则一两天、长则近一个星期。

一下雨，唯一的那条主干道路就要涨水，学校教学楼前的水更是会涨成一片汪洋。

"师生们下了课后，这可怎么走路啊！"每在这时，于果就趁着师生们还在上课之际，带着办公室的两位行政工作人员一起，冒雨找来砖头，在水中用木板和砖头，一段段间隔着铺出一条路来，让课后师生们有路可走。

每次搬砖铺好路后，于果浑身都被雨淋透了。雨停水退过后，于果又要把铺路的那些砖头搬开，以免影响师生们行走。

于果克服着正常人都难以承受的困难，坚定地为高考落榜青年圆求学之梦而心甘情愿地付出。

对待学校的老师和工作人员，于果总是想尽一切可能为他们提供好一些的工作环境与条件。因为办公室不够，于果就把自己的校长办公室放在离厕所不远的一间不到10平方米的小屋内，而把条件好一些的办公室让给学校其他行政管理人员办公。

因为实在太忙了，很长一段时间里，于果的一天三餐几乎顿顿都是方便面，过度的劳累和缺少正常的饮食使他的胃数次出血。

然而，面对这样艰苦的办学境况，于果却没有任何的消极心理或是苦累的感慨。

于果心中只有一个信念，那就是一定要把学校办起来，而且将来还要办成一所享有社会声誉的民办大学！

…………

第三节 "让我们来圆你们的成才梦"

1994年的高考转眼已结束。

这意味着，民办大学一年一度的秋季招生工作即将展开，这是所有民办大学视为一年一度中最为重要的时间段。

这是因为，相对于春季招生而言，民办大学的秋季招生生源比例，占据着绝大部分的在校生人数比例，对学校生源十分关键。

于果当然对此极为重视。然而在他看来，今年的夏季招生，对于江西省高级职业学校来说，这是对学校春季招收第一批学生一个学期以来办学成效的第一次检验。

"我相信，我们的办学思路是正确的，办学特色是鲜明的，那么，我们秋季招生一定会呈现出十分喜人的局面。"于果对于江西省高级职业学校的秋季招生情况，充满着自信。

于果为何会有这样的自信？

这种自信，来自于于果平时和学生们交流所掌握到的反馈信息，来自于学校老师们倾心倾力的教学成效显现，更来自于学生们向家长反馈、继而向学校反馈回来的信息。

一个学期过程中，汇聚到于果这里的信息令他无比欣喜：300 多位春季招生入学的江西省高级职业学校的学生，在学校一个学期的学习生活过程中，对学校各方面十分认可，家长也同样认可。

学生们认可、家长们认可，这已充分证明，江西省高级职业学校办学已经成功迈出了第一步。

对于一所刚刚创办不到半年的民办人学，这是让人何等兴奋激动的印证信息。难怪于果对学校即将开始的秋季招生充满信心！

1994 年暑期，江西省高级职业学校精心布置的秋季招生工作，有条不紊地展开。

不久，从各地招生老师们那里反馈来的消息，不断印证了于果此前的判断。

江西本省，报名选择就读江西省高级职业学校的高考落榜学生，往往一所学校就有数十人之多。

周边省份如湖南、后又有湖北、浙江、安徽等省份，也纷纷传来招生的喜人消息。

江西省高级职业学校并没有在外省做过宣传，而为何外省的招生会出现这样让人惊喜的消息？！

对此，于果一时也没有弄明白其中的原因。

但这样的好消息，让于果感慨万千——只要踏踏实实办学，认认真真把学校办出特色、办出水平，那就不用担心社会不知晓，更不用担心没有生源啊！

　　…………

七月的一天，忙碌中的于果，偶然看到了报纸上的一篇报道，随即，他的内心被这则报道深深触动了。

于果是偶然在南京的《周末》报上读到这一报道的。

这是一篇转自四川《蜀报》、题为《身残志坚高考一搏，"中国典子"能否上大学仍是未知数》的报道，主要内容是：

生活在四川省南江县八庙乡农村的成洁，9 岁在外面玩耍时，因被停留在变压器上一只羽毛美丽的小鸟吸引，于是就想去抓住那只小鸟，结果不小心双手扑在了一台变压器上。变压器上的高压电，瞬间将成洁双手的肘关节烧弯，手指被烧得变了形，从肩胛以下两三寸起，双手都被烧熟了，呈白色……

在成都，医生给成洁作了截肢手术，她从此失去了双臂。

然而，面对这样残酷的现实，成洁却选择了坚强面对，

她和命运抗争，从开始练用脚来学会生活自理，穿衣和吃饭，继而又练习用脚翻书、写字……再后来，成洁决心将来要以脚代手学习、生活与工作，她立志要成为一个自立自强的人，要做"中国的典子"！

年少的成洁坦言，最大的动力是生活与学习。首先就应该选择坚强地活下去！"生活在向我挑战，我就向生活应战！我要做生活的强者！"她坚持不懈地练脚，日复一日，年复一年，终于能用脚扣扣子，叠被子，洗脸，刷牙，梳头，拿筷子，操作电脑……她用脚写的字，漂亮得使许多有手的人都感到惭愧！

成洁付出了令人难以想象的努力，取得了超人的成果。她自强不息的事迹从四川传遍全国，深深打动了许许多多的人。

1989 年，成洁被评为"中国百名好少年"之一，这年 10 月，她还荣获了首届"全国十佳少先队员"称号。

成洁学习十分刻苦，从小学到高中成绩一直很优秀。

但 1994 年这一年高考，可惜由于受到天气、身体、记者采访等等因

素的干扰，没发挥好，她的高考成绩只上了四川当地的委培分数线。

"今年高考前，成洁告诉记者，她梦寐以求的最大愿望是上大学。她在给记者写的硬笔书法中写道：只要能够实现自己的梦想，我将尽力去争取明天的辉煌……"这篇报道中，还有成洁向记者表达自己深切渴望的话语。

"成洁，真是一个身残志坚的姑娘！"

看完这篇报道，于果心潮起伏。

自己就是残障人的于果，对残障人自然有着特殊的感情。自己就是昂然奋起、勇于进击强者的于果，对同样是意气风发、敢于拼搏的强者，心中当然是敬佩有加！

现在，从报纸的报道中知道了成洁有"难"，于果怎会视而不见，怎会不用真情去助她一臂之力呢！更何况，帮助那些身残志坚者实现他们上大学的梦想，正是于果的办学初衷！

于果立即辗转与成洁取得联系，向她发出邀请，告之她：江西省高级职业学校愿意免费录取她读大学。

与此同时，于果本人和江西省高级职业学院招生办派出专门工作人员，负责成洁的录取工作。

江西省高级职业学校，是向成洁发去就读邀请的全国第一所大学，于果也是向成洁伸出热情相助之手的第一个人！

而几乎同时，团中央也在研究决定，将成洁作为政治思想品德方面有突出表现的考生，推荐到中国青年政治学院学习。

四川师范学院，也基本决定了破格录取成洁。

…………

显然，这些欲录取成洁的学校远比江西省高级职业学校的牌子要响得多，但于果却在内心真诚地期望，他能来帮助成洁圆大学梦！

当得知江西省高级职业学校准备录取成洁的消息后，四川省有关部门还特意致电江西省委，希望做工作让于果放弃录取成洁。

对此，于果表达了自己最真诚而诚恳的心声："我们是出于爱心要录取成洁。四川要把她留下来，我们也不反对。我认为，不管成洁是在四川读书，还是在江西读书，都是在中国读书，都是帮助成洁成才，圆她的大学梦。但我们对她做出的资助决定，不会因为她在哪儿读书而改变。关键看成洁自己的意愿。"

最后，选择的决定权落在了成洁这里。

留在四川读书，是上国家公办大学，而江西省高级职业学校却是一所刚开办不久的民办大学，显然两者不在一个等量级上。

在这一问题上，成家亲朋好友纷纷劝说成洁留在四川读书，南江县县委副书记和教委主任也亲自登门做说服工作，希望成洁选择在四川读书。

当成洁的父亲把这些情况告诉于果时，于果在表示尊重成洁个人选择的同时，再一次真诚地说道："我还是希望成洁来江西读书。如果成洁不来，我也要帮助她，无论她读哪个大学，我都要把资助经费寄去。请你们相信我，我作为校长，能把成洁培养成才。因为，我也是残疾人，也经历了高考落榜的遭遇，我最能理解残疾生求学的渴望。"

于果的真情话语，深深打动了成洁的父母，更深深打动了成洁本人："于果校长也是残疾人，他本身就要别人关心，可他还来关心我，关心我们一家人。没有谁让他非得这样做，而是他发自内心真情要这么做的！"

最终，成洁和家人选择了就读江西省高级职业学校。

1994年8月13日，成洁收到了江西省高级职业学校寄发的《录取通知书》，她成为江西省高级职业学校的一名免费新生，受资助的经费来自于"于果助残扶弱奖励基金"。

得知成洁被江西省高级职业学校录取为免费生，并享受在学校读书期间的经济资助，成洁全家都感动地流下了泪水。

1994年9月4日下午6时许，成洁在家人的陪伴下来到江西省高级职业学校报道。于果内心十分激动，他对风尘仆仆从四川大巴山脉中的一个山村远道而来的成洁说："你的大学梦圆了！让我们来圆你的成才梦！"

成洁泪花闪闪。后来，她用脚书写了自己的深切感激："谢谢省高职，给了我一片蓝天！"

当成洁和她的父母被带到早已布置好的房间，看到房内配有电扇和彩电，学习用具和生活用品应有尽有时，他们感动得不知说什么好。看到学校为自己做了两张特制的课桌，就跟在四川家里的一模一样，学校的心很细，连镜子、衣架都买好了，成洁的眼泪'忽'的一下流了下来。

成洁感到自己不是来了学校，而是到了家！

成洁在这个家里，受到了校长于果和全体师生们无微不至的关心和照顾。

1994 年 9 月 15 日，成洁坐进了课堂。

为了帮成洁圆成才梦，于果为成洁做了他所能做的一切。

成洁要在 2 年时间内学完 20 多门大专课程。于果为她找的导师是江西师大外语系的罗家琅教授。罗教授亲切地对成洁说："你的大学梦圆了，你的成才梦也必将会圆！"

导师罗家琅教授对成洁的指导，更不仅限于知识的传授和技能的培养，而且特别注重精神力量的培育。她一再告诫成洁：作为社会大家庭中的一员，在依靠群体力量战胜个人的不幸以后，不能停留在"感恩图报"的层次上，而要有社会责任感，要有推动历史前进的使命感。

在江西省高级职业学校，特地成立了由校领导组成的成洁学习和生活指导小组。当成洁决心要学会用脚操作电脑时，于果给她选派了最好的老师，并特地放了一台电脑在成洁卧室内，供她日夜操作、练习。当成洁过生日时，为了使成洁有欢愉幸福的心境，于果不但送上精美的大蛋糕，而且把成洁和她母亲请到自己家里，他亲自下厨房炒菜。他那原是省赣剧团花旦演员的美丽而贤惠的夫人，还特地去正宗的四川厨师那儿学做了麻辣豆腐请她母女俩吃……当成洁要参加江西省青年歌手大奖赛时，于果特地从师范学院声乐系给她找来一个高手辅导她唱歌；为了使成洁学习和生活有伴，于果除了在学校里组织帮助成洁志愿者小组外，还专门安排了一个叫林琳的女同学与她同桌坐，还安排林琳与她隔壁睡，以便随时照顾好她；于果带成洁一道去拜访省里有关领导，到南昌大学潘际銮校长家去做客……

成洁也读懂了于果这本"书"。她真切地说，从于果校长身上，她看到一种坚韧的精神力量，她确信自己找到了一个最好的榜样！

"自强不息，仁爱天下自强不息者，乃真强者也。"对于江西省高级职业学校录取成洁，倾力帮助她实现成才梦，社会各界反响强烈，全国各地的媒体纷纷进行报道。

此后，成洁只用了两年的时间就顺利地通过了 16 门功课的全国高等教育自学考试，以各科平均 80 多分的优异成绩取得了国家承认的大学专科文凭。

1996 年，成洁考进了江西教育学院的专科达本科英语专业班，继续攻读本科学业。

1996 年 9 月 20 日下午，于果特地在江西省高职召开"祝贺成洁继续学习深造座谈会"，与会者有省、市有关部门领导和十几家新闻单位的记者以及成洁的老师、同学和江西教育学院的 4 位主要领导。

鉴于成洁参加国际商务英语专业的自学考试，16 门功课成绩平均 80 多分，雄踞全省第一，江西省高等教育自学考试办公室决定向她颁发 600 元奖学金（国家规定的最高标准为 500 元）。在座谈会上，江西省高等自学考试办公室负责人把特地为她单独提前填发的毕业证书，连同 600 元奖学金颁发给成洁时，成洁激动得热泪盈眶，但成洁没有接，因为她没有双臂。于果便代接下，给她看后就高高举起给全体与会者看，这时全场掌声雷动，十几架照相机、摄像机摄下了这难忘的镜头。

成洁被江西教育学院录取后，于果曾派学校办公室主任带上 1 万元现款去为她缴各种费用，但江西教育学院拒收。在成洁入学的座谈会上，江西教育学院的章启明院长说："省高职要替成洁交学费，我们不能收，民办学校都能为成洁学习提供特殊服务，我们更应该帮助她。"章院长还说："省高职已帮助成洁在人生旅途上走完了一步，我们要接过接力棒，继续帮助成洁走完下一步，把她送到硕士研究生导师手上。"充满真情的发言，赢得了会场上热烈的掌声。

于果动情地说："我们今天的会不叫'欢送会'，是因为无论什么时候，成洁都在我们中间。我们今天要宣布的是：我们不仅要圆成洁的大学梦，还要圆她的成才梦，今后，成洁的全部学习费用和生活费用，继续由我们负担，即使出国留学也是如此，江西省高职永远是成洁坚强而可靠的后盾。"

座谈会上，一次次爆发出热烈的掌声。

后来，成洁在送给于果的贺年卡中是这么写的："我渴望拥有一片白云，你却给了我整个天空；我渴望拥有一朵浪花，你却给了我整个海洋！"于果和成洁，并没有在掌声中陶醉，他们把掌声化成了前进的动力。

1997 年 11 月 20 日，成洁在江西教育学院庄严地进行了中国共产党预备党员宣誓。1998 年 4 月 25 日，成洁作为江西省团代会代表参加了共青团江西省第十二次代表大会，并获得"江西省五四青年奖章"。

1998 年 7 月，成洁本科毕业了。为了支持于果校长"以科教兴国为己任，为振兴中华而办学"，为了早日走向岗位锻炼自我、完善自我，成洁选择了到江西东南进修学院工作，成了学院外语系的一名教师。1999 年 9 月，成洁又被南昌大学汉语言文学专业录取为硕士研究生，成洁一边学习一边工作，继续在人生道路上奋力前行。

…………

让时光的镜头再次回到 1994 年的那个夏季，聚焦江西省高级职业学校的校园。

于果爱满天下的胸怀，他对莘莘学子发出的来江西省高级职业学校圆大学之梦的召唤，深深打动了全国各地许许多多学子的心，激起了他们心中对于走进大学的梦想。

于是，在1994年这一年的秋季招生期间，江西省高级职业学校里出现了这样令人难忘的一幕幕情景：那些因各种原因，在当年高考后被拒之大学门外的学子，从全国各地来到这里。

他们来到江西省高级职业学校，圆他们心中的大学梦！

在这些从全国各地来的学子中间，有这样一道特别引人注目的风景——在从全国各地汇聚而来江西省高级职业学校报到入学的新生中，有拄着拐杖来的，也有坐着轮椅来的，还有身无分文来的……

对于这些特殊学生的到来，于果却充满着欣喜与感怀。在入学报到的那几天里，于果不顾天气炎热，不顾自己腿有残疾，坚持每天都要到学校大门口亲自迎接这些特殊的学生。

在江西、在全国的民办大学中，这可以说是绝无仅有的一道特殊风景！

看到这样的情景，学校里有的教职工有些不理解地说："民办学校又不是福利院，他们来干什么？"

于果听到后，十分动情地对教职工们说："我办学校不是为了赚钱，我今天应该尽自己的能力帮助残疾生、贫困生和落榜生，这些人同样有受教育的权利，为什么要把他们拒之门外呢？只要好好培养他们，他们同样可以成才，为社会做出贡献。"

江西省高级职业学校的教职工们看到，对那些拄着拐杖来的、坐着轮椅来的、身无分文来的学生，于果不但热情相迎，而且还将他们全部列为"于果助残扶弱奖励基金"的帮助对象。

于果对这些新生说道："你们来到江西省高级职业学校，将要在这里实现你们的成才梦，学校就是你们的家！"

教职工们感动了，学子们更是被深深打动了！

一位从湖北边远山区来的贫困新学生，在获得"于果助残扶弱奖励基金"的资助而顺利入学后，讲述了他的入学经历。

　　高考落榜后，因为家里没有钱供他复读高三，更没有钱供他上大学，他已经做好了去沿海地区打工的准备。然而，在他内心深处，对读大学充满了热切渴望。

　　十分巧的是，正在他准备离家远行去打工时，他偶然听人讲到了江西省高级职业学校。

　　"一开始，有人跟我说，江西省高级职业学校的于果校长办学愿意帮助我这样的学生，我就抱着试试看的想法来了，我没有想到，我的大学梦就这样真的圆了！"这位贫困学子的心声，代表了所有获得"于果助残扶弱奖励基金"而得以入学的学子的真情感激。

　　还有就是那些身有残疾的学子，他们像成洁一样，更是得到了于果的热情接纳和倾力倾情帮助。"于果助残扶弱奖励基金"的绝大部分，用来资助他们、圆他们的大学梦！

　　在开学典礼上，那些原本没有奢望过能走进大学校园，实现自己大学梦的残疾学子，在无比惊喜的同时，感动得热泪盈眶。

　　于果还告诉那些身有残疾的学子，自己少年时，因为腿残，也被大学拒之门外。然而，自己没有悲叹自己的命运。于果以自己的亲身经历，深情鼓励这些学子，要身残志坚，努力完成学业，将来赢得人生的精彩！

　　…………

　　这一个暑假，由于招收的贫困和残疾新生人数远比预期要多，于果决定将"于果助残扶弱奖励基金"的金额从原来的 30 万元增加到 40 万元。

　　"只要是怀揣着大学梦想而来到江西省高级职业学校的，我就一定要帮助他们在这里实现大学梦！"于果在心里立下这样的坚定信念。

　　九月的江西省高级职业学校校园，一派热闹沸腾的景象。

　　这一年秋季招生结束，一千多名来自全国各地的学子，怀着他们绚丽的人生梦想走进了江西省高级职业学校。

短短半年时间，江西省高级职业学校的在校生人数就超过了千人。

对学校办学特色的自信，尤其是社会、家长和莘莘学子的高度认可，让于果深信学校发展的未来。

千人规模的民办大学，让江西省高级职业学校开始跃上了快速发展的第一个台阶！

而面对这些从全国各地走进江西省高级职业学校的莘莘学子，于果内心则充满了万千感怀——这些学生，因种种原因曾被拒之于大学门外，而今，他们的大学梦在江西省高级职业学院圆了。

"让我们来圆你们的大学梦！"于果这样在心底一遍遍对自己说，自己不但一定要让这些学生圆成才之梦，在江西省高级职业学校重新树立起自己的人生自信，而且还要让他们从这里展翅飞向各自人生理想的广阔天空！

第五章

成就江西民办高校“领头羊”

1990 年代初期，对于中国民办高等教育的发展而言，虽然从兴起至此已走过了十多年探索历程，但其真正的发展早春时节却才刚刚到来。

在改革开放大潮中应运而生的民办高等教育，属于全新的一个领域。因此，这也意味着在相当长时期的一段发展过程中，民办大学的创办者们几乎都在探索中前行，难有现成的经验可以借鉴，也没有现成的办学模式可循，一切都要“摸着石头过河”。

“这就决定了我们‘探索精神定要有，创新精神不可无’，可以这么说，我们发展的过程将是一个探索的过程，办学的经历将是一次创新的经历。”1994 年，当江西高级职业学校终于创办起来之后，于果这位“中国民办教育拓荒者”中的一员，便朝着他要努力去实现的创办中国一所特色彰显、成效卓越的民办大学的方向和目标，迈出了自己坚定的探索步伐。

从果敢投入巨资建设环境一流的新校园，到围绕“学校有特色、专业有特点、学生有特长"明确目标展开探索实践，再到以真诚延揽人才和汇聚名师，逐渐形成自我办学特色模式，于果夙夜殚精竭虑，锲而不舍地引领着同仁们满怀热诚地前行。

数载努力的艰辛付出，于果在其办学发展的第一阶段取得了丰硕成果。

在从 1994 年到 1999 年的五年时间里，江西省高级职业学校办学成效显著，社会影响力与日俱增。1996 年于果再度创办起江西东南进修学院，学院几年时间里又声名鹊起。1999 年，经教育部批准，江西东南进修学院晋升为具有高等学历教育资格的民办高等职业院校，改校名为——江西蓝天职业技术学院，纳入国家统招院校之列。全国民办高校能够获得这一"资格"的可谓凤毛麟角，而当年江西民办高校中唯有"蓝天"。

1999 年，江西蓝天职业技术学院在校学生剧增至 1.5 万人。

至此，无论是在办学层次上，还是在办学规模上，江西蓝天职业技术学院都已成为江西民办高校中的"领头羊"。

第一节　大手笔投建一流新校园

对于怀揣梦想的奋进者而言，最为激越的燃情岁月，莫过于脚踏实地地行进在孜孜以求的追梦路程上。

1994 年里的于果，每一天他都仿佛真切地感受到，自己内心时时交织着兴奋、憧憬与时不我待的焦虑等各种复杂的情绪。

于果在心底告诉自己，确定了自己今生的事业方向，那就要把追求人生价值的全部努力，付诸创办一所高质量民办大学的实践之中去。

正是这期待、目标和梦想，如潮水般地激荡于他的胸臆之中。

而于果内心清醒地知道，在这目标和梦想之间的路程，每探索前行一程，自己不但要付出百倍努力，也需以只争朝夕的勇气去开创奋进！因为，要让自己胸中那幅已描绘好的一流大学的宏阔蓝图真实地呈现在江西这方人文沃土上，首先就是要让一幢幢知识的殿堂矗立而起，广聚名师，吸引四方的莘莘学子纷纷走进这方求知的校园，尔后深情育英才。

于果胸中一次次浮现的那方宏阔校园蓝图：曲径通幽，高楼复宇，回廊彩绘，碧草如茵；而在这样的一方大学校园里，名师云集，求知若渴的四方学子纷纷来聚。这校园里，人文鼎盛，书声琅琅……

但就眼前的现实情况而言，更为紧迫的是，1994 年下半年，随着就读的在校生人数已超过一千人，租来的校园也开始显得空间局促。

如果来年的招生人数保持今年九月新生的人数，那现有的租赁校园场地，就无论如何也容纳不下了。

"租赁办学场所只是一个应急的过度，江西省高级职业学校一定要尽快建设起属于自己的新校园。"每当想到校园的问题，于果内心就涌起一种无比的焦急感和紧迫感。

其实，当1994年初江西省高级职业学院获批后，于果对于建设江西省高级职业学校校园的规划和实施，也随即紧锣密鼓地展开了。

为了寻找理想的校址，他带着几位同事，头顶烈日，骑着自行车跑遍了南昌市区和郊区。

1994年下半年，于果选到了位于南昌市东郊的一块土地作为校址。

按照新校园的规划，江西省高级职业学校一期新校园预定为容纳3000左右学生人数的办学规模，预算建校总投资为1000万元。

1000万元资金，在1994年，这无疑是一笔巨额的投入。

为一所发展前途还不明朗的民办大学投入这样的巨资建设新校园，从办学投资的角度而言，的确是具有不小的风险。

"学校刚刚办起来，还不知道今后招生情况会如何，因此，是否可以考虑再缓个一两年建新校园。这样，万一要是招生情况不乐观，也有退路。"

"办民办大学，招生没有指标，全要靠自己，而且民办大学的招生难，无论是在江西还是全国各地都是一个普遍的难题。现在建设新校园的资金都你自己出钱，这样大的资金投入下去，如果万一将来招生情况不理想，学校办不下去，那损失就全是你自己的。"

"为稳妥起见，是不是可以边走边看，新校园建设先不要投入这么大，校园建小一点，建设标准不要一下定这么高，要是招生形势好，等二期新校园建设时再扩大建设规模。"

…………

得知于果决定投入上千万元资金用于建设江西高级职业学校一期新校园，几位与他十分要好的朋友很是为他捏一把汗，纷纷劝他在一期新校园建设上缩小建设规模、降低建设标准从而压缩投资数额。

来自好朋友们的提醒与建议，不能说没有道理。

这些都让于果深为感动。

是啊，抛开筹集建设资金等所面临的巨大压力不说，个人一次性投入如此大资金来建校，单就民办大学生存与发展的现实状况而言，投资办学风险是一个不得不要去正视的问题。

事实上，于果对此并非没有去认真思考这些问题。相反，在起初的一段时间里，于果对所要面临的一系列问题在内心也同样反复权衡思考。

然而，在权衡思考中于果始终这样认为——如果连一流大学校园这个基础条件都没有，那将来何谈去创建一所一流的大学？

一次次权衡的过程，更加坚定了于果的决定：一是校园建设规模不减缩，二是建设标准只能提高不能降低！

外界有所不知的是，于果已下定决心要把江西高级职业学校办成一流的民办大学，如此，在建设新校园上，他怎么会"边走边看"。相反，于果只是苦于手头资金匮乏，而不得不把建校总投入资金控制在 1000 万元这个上限。否则，他计划用于一期校园建设的资金额还会更大。

于果计划，江西高级职业学校新校园一期建设，要赶在 1995 年 9 月之前全部竣工并交付使用，让已在校的学生和 1995 年招收的新生，到时全部都能在属于学校自己的新校园里学习和生活。

在租来的简陋校园里，每当下雨天，看到学校里连条像样的路也没有，师生们深一脚浅一脚艰难地往来于教室、食堂和寝室之间，于果内心满是愧疚。可就是在这样条件简陋的校园环境里，学子们没有半点责怪学校，依然洋溢着青春的气息，勤奋学习，这又让于果倍感欣慰和感怀。

"一定要让自己学校的学生们在优美的校园环境读书学习，这是学校发展的需要，也是我的责任！"于果把这承诺深深放在心底。

为让新校园规划尽快完成各项获批，从征地手续到建设设计图纸的每一各环节，于果拖着那条残疾的腿，骑着自行车，一个环节一个环节、一个部门一个部门不停地去跑。

所有的手续总共涉及十几个部门，共计要盖上几十个公章，于果就是这样一趟趟跑下来的。而这其中，每跑一个部门，每盖一个公章，并非只是骑着车辛苦跑一趟就能完成那样简单。有时，有些部门的有些环节一拖就是好多天，其间的种种问题，于果一次次登门，一次次沟通。有些时候，他还不得不要忍受一些部门的冷落。

这些，在于果看来都算不得什么，只要是能让建校的手续尽快批办下来，他什么都可以去承受。

当然，更多的时候，于果感受到的是热情的支持，对于这些，于果全部都深深地记在了心底：比如，某部门的负责人得知了于果的办学初衷，深为感动，特地为江西省高级职业学校的建校事宜特事特办，很快办完了在该部门的相关手续；还有的部门经办人员，真切感受到于果办学的满腔真情，在办完手续后特地将证件送到于果的手中；还有的部门考虑到于果事务繁忙，主动上门为学校的建校办理审批手续……

新校园建设一经破土动工，那资金就必须跟上，否则，影响建设工期，那不仅仅是建设成本提高的问题，更重要的是学校 1995 年的整个招生和教学计划将要彻底被打乱。

由于自有资金有限，江西高级职业学校新校园建设必须融资。

然而，1990 年代，银行对以实物抵押进行贷款的民营企业发放贷款都显得十分谨慎，更何况是向没有多少抵押物的民办大学发放贷款。同时又因为，根据国家相关规定，民办大学的建校土地属于公益性土地，还无法被列为银行贷款抵押物的范畴。

巨额建校资金的筹措，成为摆在于果面前的一道难关。

但建校的决心已下定，就是再难，于果也要想尽一切办法去解决这一难题。

学校没有向银行借贷的抵押物，于果就通过变通自有财产向银行抵押贷款的途径融资，然后将融资来的资金投入建校。

想尽一切办法向银行融资后，建校资金的剩余缺口部分，那就只能是找各方朋友去相借了。

于果的个性里，有着极强的自尊。他从来都是遇到什么事情不轻易向别人开口的，何况是向别人借钱，他更是觉得难以向朋友开口。

但为了办学事业，于果一遍遍在心里告诉自己：无论如何也要放下自尊，去向关系合适且有经济实力的朋友真诚说明自己为建校而借钱的原因，相信朋友们一定会理解自己的。

就这样，于果鼓起勇气向朋友求助。

可第一次找到一位关系要好的朋友借钱时，见面相谈了许久时间的题外话，于果仍是感到万分难开口，竟显得一脸的腼腆和拘谨起来。最后，还是那位朋友猜出了于果有什么事需要帮助，于是主动询问起来，才消除了于果的尴尬。

"我说呢，你每天那么忙，怎么今天有时间找我喝茶聊天啊……要借钱你直接开口就是，你投资办大学，做这样大的事业，我理应尽全力支持你！"得知于果建校缺资金，这位朋友二话不说，答应借给于果一笔款。

来自朋友真情实意的鼎力支持，让于果感动不已，也打消了他心里的顾虑。

接下来，在向朋友们相助筹集建校资金的过程中，于果一次次被朋友的慷慨支持感动着——大凡于果向他们开了口的朋友，无人不是鼎力支持，慷慨伸出相助之手！

甚至还有一些朋友向于果主动表示："如果到时建校资金还存在缺口，随时说一声，我再想办法来支持！"

朋友们对于果的信任支持全在一点，那就是，相信他的人品，而且他所做的事情值得去支持！

…………

建校资金的大难题，于果就这样迎刃而解了。

"有人不解，于果在办学之初，自有资金不强，学校上无片瓦下无寸土，学校名气也不够大，可他凭什么能很快建起设施环境一流的校园，从而为后来学校的快速发展打下坚实基础？其实，在很大程度上，于果凭的就是他人格魅力的巨大信誉，还有他真心办学的赤诚之心与自强不息的精神！"后来，在解读于果办学成功的原因时，有人这样深刻地分析说道。

是的，于果以其人格魅力感召着天下学子和家长，他以满腔的赤诚和自强不息的精神融注于他认定了的民办高校事业，纵然再苦再难再累，他也一定会在办学过程中一步步去实现既定的目标。

"要让每一笔钱都能实实在在用到学校的建设上去，盖更多的校舍，更高标准地建设学校。"江西高级职业学校新校园建设开工后，为了避免中间商层层加价，于果拖着残疾的腿亲自去跑市场，采购各种建筑材料。

夏季，在炎热的骄阳下，于果整天一身汗、一脸灰，穿梭于建筑工地和建材市场上。以至于建材市场上的老板们和工地上做事的民工们，都难以置信，这就是在俄罗斯做边贸生意成了百万富翁后投资办学的于果校长！

是的，这就是于果。为建起新校园，他什么大苦都能吃，什么累活、脏活都干。

可是，于果想方设法、吃尽千辛万苦想节约每一分钱，而建设工地上时常会遇到的麻烦，却不仅是要被讹去更多的钱，而且预期的工程进度也无法推进。

麻烦出在校园建设工地上，常有来讹钱的一些当地农民。

一开始是征地时，要动迁一户农民的兔子棚，于果见当地农民不富裕，加倍给了这户农民一笔拆迁费。可让人没有想到的是，这户农民竟漫天要价，无理取闹，说于果影响了他喂养兔子，不然，这批兔子可以生出一大群小兔子来，小兔子又能繁衍出一大批小小兔子来……结果，这户农民算出的天价，让人根本无法接受。

直到在村支书呵斥之后，这户农民才作罢，不再胡搅蛮缠了。

可怎料到，这件事刚一结束，又有一户农民来闹腾了。原因是他家鱼塘里的鱼死了，责怪是征地过程中导致的。于是，这位农民怒气冲冲，提着几条死鱼，往于果面前一扔，并狮子大开口要于果给他赔偿。

…………

随后，学校建设开始动工，麻烦就越来越多了。

江西省高级职业学校新校园开始建设之前，尽管已按政府规定交够了所有费用，发够了农民"青苗费"等费用，可是几十个被征了地的农民，却依然还是时常来到工地上阻挠学校的建设：施工队开挖，他们坐到地上不走；刚筑起的围墙，他们齐声喊着"一二三"就被轰然推倒；运水泥、石灰、砖头的车辆一开到工地，他们就拦截；工地的校建办公室，农民视为"打谷场"，想来就来，拥挤在里面吵吵嚷嚷，有的口讲粗话、威胁地捶台拍桌，把桌上的东西全震下来了……

这些闹腾的农民，目的只有一个，那就是想要于果再额外付给他们一笔钱。

此外，依这些农民所说的当地"惯例"，江西省高级职业学校新校园建设的砂石等建筑材料，还必须由他们来承包，价格当然是由他们说了算。可在这些建材的价格上，与市场价格相比无异于强买强卖。这些农民们心里清楚，不趁着建校工程时捞一把，等学校建好了，那也就"过了这个村就没有这个店"，一分钱也捞不到了。

还有令人气愤的是，校园里的绿化，当地几个年轻的村民蛮横地说，"这个树洞我们来挖，一个50元"。在他们的无理要求被于果断然拒绝后，这几个年轻村民对于果竟然回以粗口，其言语不堪入耳。

…………

"我是来办学校的，不是搞商品房开发，建校的钱筹集来得十分不易，每一分每一厘都得用在学校的盖房上，请你们通融一下，把眼光放远一些，等将来学校建起来，发展壮大起来了，自然就会有你们做生意的市场。"

于果忍受着，他依然一遍遍恳切地与这些村民们沟通。

然而，这些农民只顾眼前利益，根本不愿想将来会怎样，他们哪里会去听于果解释。

见于果迟迟不给额外的钱，也承包不到建筑材料的生意，一些农民就在工地上阻挠施工人员施工，或者在工地门口强行拦下运送材料进工地的车辆，还殴打货车司机。

如此，没有哪个司机敢为建校工地拖建筑材料了。

眼看着校园建设的工期延误一天又一天，于果内心焦急万分！

"我来押车，看他们敢把我怎样！"面对这样的情况，于果再也无法忍住怒火，他决定亲自押车向建校工地上运送建筑材料。

就这样，于果又成了建筑材料运输车辆押运员。每辆运建筑材料的卡车开到离建校工地还有几公里的地方，司机就打电话向于果报告，然后于果就赶过去，坐进驾驶室亲自押车……

然而，校建前期的一个又一个难题，建设工程中的一道又一道难关，于果最终硬是咬紧牙关闯过来了。

在于果的努力下，新校园房子的造价比原来的预算节约了近三分之一。节省下来的这部分钱，于果又将其全部投到了学校教学设施上。

建设新校园，于果历经了多少艰辛苦累，承受了多么大的身心压力与煎熬！

…………

1995年初，江西省高级职业学校一期新校园建设如期竣工并顺利投入使用。

这一年的7月，全校师生以盛大节日典礼的方式，搬进了这座现代化气息浓郁的新校园。那一天的江西省高级职业学校新校园里，锣鼓喧天，彩旗招展，师生们人人热情澎湃，喜气洋洋。

"今天，我们终于拥有了自己的全新校园！"当江西省高级职业学校的校牌被挂上学校大门一侧的那一刻，于果心中激动不已，感慨万端！

当江西省高级职业学校一千多名师生喜气洋洋搬进新校园，朗朗书声由此而起，人们惊叹——南昌东郊这片曾经的乡村土地上，一座具有现代气息的崭新校园矗立在眼前，窗明几净的教学大楼和行政办公楼、图书馆、电子阅览室、设施齐全的生活区、环境优美的校园景观……成为这里的一道炫丽风景！

这是江西省高级职业学校发展史上的一个全新起点，一座新的里程碑，是学校新一轮腾飞的标志！

1995 年的招生中，来自全国各地的 3000 多名好学上进、不甘沉沦的青年，涌进了江西省高级职业学校的校门。

这一年秋季，于果又着手江西省高级职业学校第二期校园的开工建设。

江西省高级职业学校的快速发展，开始引起全省各界的广泛关注。1995 年 11 月初，江西省教委有关领导来到学校视察，当看到学校优美的校园环境和教学大楼、实验室、总控制室、工艺美术系和食堂等各方面办学设施，并听取了于果的工作汇报后，十分满意地说："省高职很有希望，很有前途！"江西省教委领导还特地为江西省高级职业学校题词："面向经济，办出特色，努力成为民办学校的一面旗帜"。

与此同时，办学 2 年时间里，包括新华社、《人民日报》在内的中央和省市新闻媒体，对江西省高级职业学校的新闻报道已超过 100 件。

第二节　把准人才市场脉搏办学

到 1996 年，随着占地 140 多亩的新校园建成，同时新校园三期工程也正着手建设，在江西民办高校中，江西省高级职业学校已在办学的软硬环境上，拥有了一流的办学条件设施。

而在校生的规模，也使得江西省高级职业学校一跃成为江西全省乃至全国颇具规模的一所民办高校。

在三年多时间里，于果在办学历程上，走过了最为艰辛荣光也是最为坚实的第一个阶段。

这是令人惊叹的第一步，更是取得丰硕成果的第一步！

"办学环境和条件上，我们已经跨出了一大步，那接下来，我们就是要让学校的教学特色和质量再跨出一大步！"这一年，于果在全面总结几年来办学经验的基础上，开始大力探索江西高级职业学校独具特色的办学模式。

回望 1990 年代中后期我国民办高等教育的发展，今天人们可以清晰地发现，尽管到此时已历经十多年的探索前行，但真正属于民办高等教育发展的春天在此时才刚刚到来。

在 1990 年代中期之前的十多年里，全国民办高校从数量上而言，总体一直不断呈上升趋势，但民办高校在数量逐渐增长的同时，也出现一些倒闭现象或因办学不规范或者办学条件不达标而被取消了招生资格，这些都为民办高校的发展敲响了警钟。

进入 1990 年代中后期，中国民办高等教育站在了一个全新的发展起跑线上。

这一方面全国各地一大批民办高校纷纷应运而生，由此迎来了全国民办高校发展的一个新高潮。而另一方面，民办高校在办学特色、质量上的自觉探索也由此而始。

此外，在全国如雨后春笋诞生般诞生的民办高校中，开始崛起一批有规模、办学上有特色，以卓越办学质量而开始赢得越来越广泛社会影响力的名牌学校。可以说，这也是民办大学发展进程中出现的又一个重大分水岭。

在历经了从 1980 年代到 1990 年代中期的发展之后，中国的民办教育发展开始进入到了以办学特色和教学质量赢得生存发展的新阶段。正是因为于果已深刻意识到特色立校的重要性，所以在江西省高级职业学校的发展中，他开始高度重视办学特色和质量。

其实，只要回到 1994 年于果办学起步时的理念和定位，人们就不难发现，江西省高级职业学校之所以在短短三年多时间里就实现了令人不可思议的异军突起，其中有两点缺一不可：首先就是真情的平民办学理念。助残扶弱，圆天下失意学子的大学梦，帮助他们成才；其次是"三特"（即办学有职教特色、专业有应用特点、学生有动手特长）和"三型"（即将学生培养成应用型、复合型、外向型人才）的人才培养模式。

平民办学理念，让越来越多的贫困残弱与失意学子，纷纷从全国各地慕名奔向江西省高级职业学校而来，来到这里圆他们的大学梦。这也是于果走上办学之路的初衷。

"三特"和"三型"的人才培养模式，是在办学过程中于果不断用心探索的结果。"让来到这里的江西省高级职业学校的学生们，在毕业走向社会时知识的理论功底扎实，专业的特长胜人一筹，为用人单位所青睐，受他人之尊重，心底洋溢着人生的自信。"这是于果办学所要达到的目标之一。

这一目标，江西省高级职业学校实现了。

1996 年，江西省高级职业学校服装设计工程专业的毕业生，出现了多家服装企业以待遇加码方式来"抢"一个毕业生的现象。

一所创立才几年的民办高校，其首届毕业生就如此"抢手"，怎能不引起强烈而广泛的社会关注。

…………

于是，"江西省高职"的名声，通过学校学生切身的学习体会感受传向了他们的家乡、他们的同学、他们的学校；通过毕业生传向了社会；通过录用了"江西省高职"毕业生的用人单位传向了更多的用人单位；高质量、高比例的就业率，传到了教育主管部门，也传向了全国的民办高校……

江西省高级职业学校，就这样开始由江西而至全国声名鹊起！

声名鹊起的江西省高级职业学校，也随之渐渐迎来了招生上的巨大惊喜——学校生源呈现快速递增的局面，其生源的来源地，也从江西快速扩展到全国各地。

对几乎所有的民办高校而言，在其创立初期，招生是一个关系到学校存亡发展的重大问题。1990 年代中后期，一大批民办高校如雨后春笋般应运而生，但到新世纪初年，不少民办高校就已销声匿迹，就是因为招生不景气而导致难以持续发展。

凭借平民办学理念和人才培养模式的准确定位，于果在办学之初，就破解了江西省高级职业学校招生这一难题。

不但如此，于果还在其饱含深切而博大情怀的办学理念基础上，坚定地按照既定的办学思路和人才培养模式，实现了办学起步阶段的一鸣惊人。

与此同时，于果也更加深切地体会到，办学质量与特色，是一所民办高校能否吸引到学生就读和持续发展的关键。

经过 3 年时间的探索，江西省高级职业学校初步探索的办学模式思路，为下一步学校实现特色质量立校提供了方向。

"民办高校两项工作直接关系到学校的生存发展，一是学生的'入口'，二是学生的'出口'。相比而言，'出口'更重要，只有'出口'畅，才能'入口'旺。而毕业生能否顺利就业，最重要的因素之一就是专业的设置是否合理。"为此，在学校规模迅速扩大的基础上，于果围绕学校的办学特色和教学质量，又展开了更为深入的探索。

在特色办学中，校长既是一位总设计师，又是一位总工师。校长要形成自己独特的教育思想，关键就是要具有现代教育思想，有明确的办学方向，树立更高的办学目标。只有这样，才能带领全校师生把学校办出水平、办出特色，不断开创学校工作的新局面。

于果认为，随着经济体制改革和市场经济的发展，我国高等教育的大众化、多样化，已经成为一种不可逆转的发展趋势，教育市场已经形成，高校之间的竞争日趋激烈。而加强品牌专业建设，优化教育资源配置，培育、创建品牌专业，形成自身办学特色，是高等教育大众化历史阶段亟须解决的重大课题。

"民办学校本身就是社会主义市场经济的产物，其发展的动力和根据依然在市场方面，所以，始终把一只手搭在市场的脉搏上。"因而，在于果看来，那种千校一面，千校一纲，千课一本，一个模式的"标准件式"的方式是不能适应未来社会需要的。

要始终坚持"学校有特色、专业有特点、学生有特长"的办学方向——1996年，于果将这一大方向，设定为江西高级职业学校办学过程中的核心内容。

专业是一定领域的知识的组织形式。所以，民办高校专业设置的实质就是选取哪些领域的知识组成一定的知识体系来培养人才的问题。效用与价值观是密切联系的，正因为人们对不同领域知识的效用具有不同的认识，具有不同高等教育价值观的人对构成课程的知识领域的选择会有不同的主张。

对此，于果抓住了办学规律中十分重要的核心内容！

"我们办学的特色和与众不同，很大程度上，一开就要体现在我们的专业设置上。"于果深知这一点，这也是他当年在赣江大学创立服装设计系过程中的深切体会。

赣江大学的学生为什么就业形势好？当年，于果发现，十分关键的一点就在于当时社会上开始出现一些新兴的行业，而这些行业所需的人才公办院校并没有设置这样的专业。

赣江大学服装设计系就是如此，看准了社会对服装设计人才需求量越来越大这一趋势，及时设置了这一专业。

　　走特色之路，精品之路——于果又随后将专业设置，作为江西省高级职业学校办学内容特色的充分体现。

　　"特色"，就是建立有特色的学科专业体系、有特色的人才培养模式和管理机制；"精品"，就是人有我优、人优我精，立足江西，面向全国，为区域经济发展和社会发展服务，培养高素质、具有创新和创业能力的应用型高级专门人才。

　　为此，江西省高级职业学校瞄准现代制造业和现代服务业，经济建设和市场急需的数控设备与维修、模具设计与制造、汽车检测与维修、机电一体化、电子信息工程专业等等，一批特色专业和精品课程逐步设立。

　　既实用又新鲜的专业，每一个专业对紧扣社会人才所需的实际状况。

　　在江西省高级职业学校，每一门专业的系统课程，又都在技能的精湛上分设理论和实训两个层面的课程。

　　例如，服装设计专业的实训上，通过建立专门的实训基地，基地配备有整烫机、压衬机、电脑绣花机、圆头锁眼机、平头锁眼机、电脑打结机、电脑双针平缝机、多针机等及其他服装制作加工专用设备，增加实训的环节，增强学生在各个环节上的实际操作能力。

　　同时，于果提出，在办学定位和人才培养模式上，不照搬普通高校当"压缩饼干"和"发酵馒头"，而是以市场为指南，以就业为导向，走"特色＋精品"之路，突出"应用型"特点，打造出江西省高职的品牌。

　　此外，学校积极拓宽专业领域的基本思路，不断调整专业结构，积极构建与地方经济建设和社会发展相适应的专业体系。

　　学校成立的毕业生就业指导中心，其中有一项重要职能，那就是为学校"按照人才市场需求科学调整和设置专业"提供依据。

　　为给毕业生就业提供更大的空间，毕业生就业指导中心十分注重与用人单位建立相互信任、相互协调的密切关系，千方百计地加强学校与企业的沟通。

毕业生就业指导中心派出专门人员，深入广东、福建等沿海发达地区展开一线人才需求状况调查。这些调查走进当地的企业，对不同企业的用人需求、专业要求等情况展开详细摸底调查和统计，并在此基础上作出分析报告。

然后，学校根据来自用人一线的"人才需求晴雨表"——人才需求情况报告，对各系的专业进行调整。对于广受用人单位欢迎的"吃香"专业，及时增设并配备强大的师资力量；对于需求不够旺盛的专业，则果断撤并。同时，还对专业课程内容进行科学设置调整，以使得学院培养的同类专业学生相比其他学校的同专业学生，知识更全面、功底更扎实。

"把准市场人才需求的脉搏，培养社会所需人才"的专业和课程设置方向，注重学生的综合素质和职业能力的培养，努力造就适应市场经济需要的复合型、实用型人才，让江西省高级职业学校的办学特色日益彰显。

学特色是一所学校区别于其他学校重要的标志之一，特色不仅会影响到民办高校当前的招生，同时也会影响到未来的发展。谁创新了思路，谁顺应了潮流，谁就占领了市场，谁就在办学中稳操胜券。

1990 年代中期开始，针对社会对人才的需要而开办新兴专业，已成为所有成功民办高校的共识。

而于果引领江西省高级职业学校的发展过程中，一步一个脚印，在按准市场人才需求脉搏的前提下，可谓在专业特色的建设上先人一步！

"如果民办大学不能准确地设计发展目标并选择合适的发展方向，未来难以保持可持续发展。所以民办高校要从实际出发，发挥各自在地域、传统、学科建设等方面的禀赋优势，探索持久健康发展的空间。"

从一开始，于果前瞻性的办学眼光和定位思路，就科学地确定其办学的发展目标，为学校找到一个合适的发展方向和合适的发展平台。

此后，当学校升格并成为享誉全国的江西蓝天学院后，有专家在一篇《解读"蓝天"》的文章中，也这样准确而深刻地指出："解读'蓝天'，必须解读'蓝天'的专业目录。在那里，蕴藏着'蓝天'成功的秘密。"这也是"蓝天"毕业生顺利就业的秘密。"蓝天"不惜成本办工科、围绕市场设专业、紧贴岗位排课程，本身就为毕业生日后的就业打开了希望之门！

1996 年，江西省高级职业学校在校学生已增至 5200 多名。

第三节　顺势而进提升办学层次

在改革开放后应运而生的中国民办高等教育，从培训班起步，历尽艰辛，发展到 1990 年代，无论是在办学规模、办学层次，还是办学条件等方面都获得了很大的发展。

与此同时，民办高等教育的快速发展，也为推进全国高等教育体制改革和高等教育大众化发展发挥了积极作用。

中国民办高校事实上相当于国外的私立大学，在世界最著名的高校中，有不少就是私立大学，如美国的哈佛大学、斯坦福大学、麻省理工学院、耶鲁大学，日本的早稻大学，韩国的高丽大学，澳大利亚的邦德大学等等。这些私立大学之所以能成为世界名校、甚至世界顶尖大学，原因当然是多方面的，但他们的共同点，就是具有生存和发展的基础，是社会发展到一定阶段教育所需求的产物。

与世界私立大学发展中的规律与大趋势一样，1990 年代中后期，随着中国经济社会快速发展对于各类人才需求的倍增，以及社会众多工作岗位对劳动者素质技能的不断提升，使得民办高等教育特别是职业教育再次迎来了发展的重大机遇。

1990 年代，经济社会的发展与进步，特别是知识经济已经逐步深入到了社会发展的各个领域，不仅仅是高等教育的经济功能在愈益凸显，而且教育特别是高等教育本身也正在成为知识经济时代的重要产业部门。

然而，到 1995 年，中国的公办高等教育的毛入学率仍然仅为 5% 左右，远低于发达国家 80% 左右的水平。全国公办高校每年的招生总量约在一百万人上下，而全国每年新增适龄劳动力则不低于一千万人。这一百万大学生，无论受到怎样优秀的教育，也无法满足整个社会对于高素质劳动力的需求。显然，中国公办高等教育发展的这种规模，滞后于国家经济社会发展的现实需求状况。

恢复高考已近 20 年，全国每年的高考状况依然是高中毕业生"千军万马在挤高考独木桥"，许许多多渴望上大学的学子被挡在大学门外。

在这样的背景下，中国高等教育发展的改革已显得越来越势在必行。

也正是在此时，进一步加快民办高等教育的发展，被提到了更为重视的层面。而这其中，通过借助于民办高等教育路径，扩大广大青年群体受高等教育的数量，首先又成为最为重要的途径之一。

其时，经过不断探索发展，全国民办高等教育发展所取得的阶段性成效，也使得这种路径具备了一定的基础和条件。

至 1990 年代中后期，全国各地一批民办大学已完成了最初的草创阶段，不但拥有了较为完善的校园、教学设施和基础师资队伍，而且还初步树立起了一定的品牌。

由此，作为全国高等教育领域中一支不可忽视的发展力量，民办大学开始被赋予了承担中国高等教育改革更多责任的使命。

1996 年，鉴于国家公办高校招生数量远远不能满足广大青年读大学的现实需求，教育部决定，采取改革措施，依托具备条件的民办高校举办自学考试和学历文凭教育，拓宽高等教育发展渠道。

高等教育自学考试，自 1981 年经国务院批准创立，是对自学者进行的以学历考试为主的高等教育国家考试。这种通过个人自学、社会助学和国家考试相结合的高等教育形式，到 1990 年代，已成为我国社会主义高等教育体系的重要组成部分。

改革开放新时代下产生的高等教育自学考试，是我国高等教育改革的一项重大的体制与制度创新，是我国深化教育改革的成功典范。它的产生和发展顺应了世界教育发展的潮流和中国教育的实际国情，是具有中国特色的高等教育模式。

十多年的实践充分证明，高等教育自学考试以灵活、开放、经济等优越性受到社会各方面的广泛欢迎和重视，为促进高等教育发展，提高全民族的科学文化素质做出了重大贡献。通过自学考试这种模式，大批在职干部、职工取得了本专科文凭，成为各行各业的骨干力量。因此，高等教育自学考试毕业证、学位证，也渐渐成为"含金量"高的大学文凭。

1990 年代，由于高等教育发展水平和发展规模所限，普通高校计划招生数额很小，大量高考落榜生迫切需要接受高等教育，自学考试就成为他们的首选教育形式。这一部分青年通过自考，不仅获得了专科或本科文凭，为以后就业、深造打下了坚实的基础，而且在很大程度上提高了他们的实际工作能力。

为此，国家希望通过有条件的民办大学开设"自考助学班"的形式，来助推高等教育自学考试的进一步发展，一方面弥补国家公办高校招生数量有限的不足，另一方面满足高考落榜生迫切需要接受高等教育和社会对高质素人才的需求，从规模和质量上提升国家高等教育的发展水平。

针对应用性、职业型、社会急需专业的学历文凭教育，是对尚不具备独立颁发国家承认学历文凭的民办高校的一种学历认证考试。

这是社会力量办学与国家考试相结合，教考分离，宽进严出的全日制高等教育，其办学主体是个人或民间机构出资建立的民办高校，主要招生对象为刚从中等学校毕业出来的想接受高等教育的学生。专业教学计划按照原国家教委《成人高等专科教育制订教学计划的原则意见》，由试点省市教育行政部门组织本省市高等教育自学考试委员会办公室和试点学校共同确定。专业教学计划中的基础理论课程以必需、够用为度，突出专业和职业技能训练，加强实践性教学环节。参加高等教育学历文凭考试取得毕业证书的毕业生，国家承认其大学专科学历，享受大学专科毕业生的待遇。

这是国家高等教育改革赋予民办大学发展的重大机遇！

于果敏锐地意识到，这一重大机遇也将成为全国众多民办高校在办学层次提升上的一道"分水岭"。

"江西省高级职业学校要抓住机遇，顺势提升办学层次！"1996年，于果决定在江西省高级职业学校的基础上，申请举办江西东南进修学院。

而这时的江西省高级职业学校，在各个方面也完全符合条件。

1997年5月，经国家教委备案、江西省教委批准，江西东南进修学院顺利成为江西民办高校中首批发给国家文凭的试点院校，这也是江西省首批进入国家高等教育学历文凭考试试点单位。

从江西省高级职业学校到江西东南进修学院，不但办学层次顺势提升，而且学科门类也涵盖了理工、文史、经济、教育、管理、农科、医学等。

同时，学校的学历层次，也从单一的专科发展到中专、专科、本科三个层次，考试项目从学历考试为主，发展到学历考试与非学历考试并重的格局。

办学层次的提升与格局的开阔，让江西东南进修学院的招生空间也随之快速打开。

这一年夏天，江西宁都县洛口镇附近的农家子弟纷纷到住在镇上的谢淑媛家打听消息，他们中有当年高考的落榜生，也有落榜后已回家务农的上几届学生。他们听说谢淑媛去江西东南进修学院上学，每年只花2000元学费，听说学现代会计专业的她，上学的第一年，珠算顶级就达到了能手6级，还在海峡两岸珠算比赛中获得了第二名。他们从谢淑媛那里认识和了解了于果和他的学校，他们又重新看到了希望。8月底，30多名农家子弟风尘仆仆来到了江西东南进修学院，圆了他们的大学梦。

从这一年起，江西东南进修学院的招生，就如同江西宁都县洛口镇这30多名农家学子走进学院的情形相似，又开始逐步显现出学生口口相传这一新特征，出现老生带来新生的情况。

于果和他的大学，在省内外的知名度越来越广。

第四节　首批升格为全国高职院校

成为江西首批进入国家高等教育学历文凭考试试点单位，为江西东南进修学院再次打开了更为广阔的发展空间。

学历文凭考试的教育定位，是为国家培养专科层次的应用型人才，人才培养的基本要求是"基础理论课以必需、够用为度，突出专业课和职业技能训练，加强实践性教学环节，使学生德智体全面发展，具有较强的动手和上岗能力"。在专业设置上注意面向市场需求，主要是社会急需的应用性、职业型专业，一定程度上满足了社会发展的需求。

显然，这一方向与于果特别注重的"把准人才市场的脉搏办学"办学模式完全吻合。

尤其令人欣喜的是，经过前三年的探索和努力，在从江西省高级职业学校到江西东南进修学院之后，学院无论是在应用性、职业型专业的教学模式还是在这一方面的师资力量和专业教学的硬件设施上，都得到了极大提升。

一所独立学院的学科越完善、专业覆盖面越广，那么考生选择专业、成为优秀人才的空间也就越大。同时，学校所处地域的政治、经济、文化等各方面的发展水平将会直接影响到考生将来的就业前景。

为此，1997年上半年，于果将学院的专业进一步延伸，大专拓展至

16 个专业，中专拓展到 12 个。

新增的专业在设置之前，江西东南学院均派出经验丰富的老师，深入广东、江苏、浙江和福建等省份，广泛而深入地走访企业等用人单位。在充分扎实的用人市场调查基础上，保证了所设置专业与人才市场趋势的吻合。

此外，原有一些专业也进行了适当调整。

学院专业的进一步增加和调整，为招生创造了更广空间。1997 年 9 月，江西东南进修学院招生又创新高，全校在校生人数已近 7000 人。

同时，学院第三期基建工程竣工，又建成一栋教学楼和两栋宿舍楼，办学条件又更加优化。

…………

江西东南进修学院的快速发展，越来越引起江西省有关部门的高度重视，而且其声誉也逐渐由江西走向外省：

江西省委宣传部领导肯定了学院办学三年多的成绩，并题词"为国家排难，为家长解忧，为学生成长铺路，为教育改革创新。"

江西省教委组织参加全省教育工作会议，以及全省各地市分管教育的领导及教育局 70 多人，到江西东南进修学院视察参观。

在江西教育学院学习的全省各中学校长一行 40 人，组团走进学院参观。

全国农校高师教育研究会一行 33 人来院参观。参观团留言："职教艺苑竞相开，誓为四化育英才。"

中国陶行知研究会一行 16 人，慕名来江西东南进修学院访问，并且把于果的奋进精神概括为"不为利动，甘为奉献，胸怀开阔，敢打敢拼，致力从事平民教育的可贵精神"，并赞誉这正是陶行知先生光辉教育思想的体现！

…………

而江西东南进修学院的学生，也开始频频在全省民办高校中屡获殊荣。

如在江西省装潢设计大赛中，来自江西东南进修学院大专部工美97（2）班的参赛学生，荣获金奖两项、银奖三项、铜奖五项，参赛作品全部获奖。这样的佳绩，随即在全省民办高校中引起轰动。

1997年12月，江西东南进修学院又获江西省自考委、省教委授予的"全省自学考试工作先进单位"荣誉称号。

随着学院的知名度和美誉度不断提升，1997年，于果在第二届全国自强模范暨扶残助残先进集体和个人表彰大会上被授予"全国自强模范"荣誉称号，在北京人民大会堂受到了党和国家领导人的亲切接见。

…………

江西东南进修学院，渐成江西乃至全国民办高等教育园地里的翘楚，于果也由此开始走进了全国各界关注的事业。

1998年1月，于果当选为江西省政协委员。

作为来自民办高校的一位政协委员，于果在倍感荣耀的同时，也那样真切地感受到了国家对民办高等教育发展的重视和支持。

回望自1994年办学至今，在短短几年时间里，于果发现，从国家到江西省内，不仅在对民办高校创办和发展的政策支持上逐年加大，而且社会上对于民办大学的认识也有了很大变化。

更让于果感到欣喜的是，为鼓励社会力量办学，维护举办者、学校及其他教育机构、教师及其他教育工作者、受教育者的合法权益，促进社会力量办学事业健康发展，1997年7月国家发布了《社会力量办学条例》。其中明确强调，社会力量办学事业是社会主义教育事业的组成部分，各级人民政府应当加强对社会力量办学工作的领导，将社会力量办学事业纳入国民经济和社会发展规划。

此外，教育部职成司学校处有关领导，还在江西省教委有关方面负责人陪同下来江西东南进修学院视察，并对学院发展中的问题展开深入调研，鼓励于果将来把学院办得更好。

从江西省级到市级有关部门，也越来越关心学院办学过程中的问题和困难。比如，在学院进一步扩展的用地上，政府相关部门表示，只要是学院在发展中有扩大用地的需求，一定会想办法给予解决。

这一切，无不让于果深受鼓舞，对把学院办得更好充满了信心。

1998 年 10 月，在江西东南进修学院已经占地 2201.5 亩，建筑面积达 60 多万平方米，教学楼、宿舍楼、图书馆、实验（训）楼、学术报告厅、体育馆、剧场一应齐全的基础上，于果又自筹资金 4000 万，再次征用土地 80 亩，储备作为发展用地。

但是，于果并不满足于已取得的成绩，他决心要追求学校更高层次的长足发展。而且，尽管外界认为学院已取得了很大的发展，可在于果看来，自己的办学一切还只是刚刚起步。

一种敏锐的直觉，让于果意识到，世纪之交的全国民办高校发展正迎来越来越广阔的发展天地，江西东南进修学院有着广阔的机遇。

于果这样的敏锐意识，如果说在国家《社会力量办学条例》颁布之前更多的是来自于自己在办学几年过程中的切身感受，那么，当仔细研读《社会力量办学条例》中的内容，于果所依据的就是国家政策的有力支持。

尤为重要的是，从对《社会力量办学条例》的解读中，于果对于下一步江西东南进修学院向更高层次发展有了清晰的大方向。

"社会力量应当以举办实施职业教育、成人教育、高级中等教育和学前教育的教育机构为重点。"这是《社会力量办学条例》中第五条的内容。

让于果怦然心动并产生豁然开阔的清晰大方向，正是"职业教育"一词！

按照《社会力量办学条例》中对未来民办高校的发展定位，职业教育是今后的重点发展方向之一。而事实上，从办学一开始，于果确定的就是职业教育这一方向。

"这充分说明，我们办学一开始走的路就是对的。而且，几年来学校在职业教育方面探索取得的经验，已经为今后朝着职业教育大方向发展奠定了坚实的基础。"这样的分析判断，也让于果隐隐意识到江西东南进修学院正迎来大好的发展机遇。

于果的分析判断没有错。

1997 年前后，国家在酝酿颁布《社会力量办学条例》的同时，也正对职业教育领域酝酿新的改革。

而职业教育发展的这一次改革，对于民办高校的发展而言，可谓是一次千载难逢的大好发展机遇！

职业学校教育，是指让受教育者获得某种职业或生产劳动所需要的职业知识、技能和职业道德的教育。它是学历性的教育，分为初等、中等和高等职业学校教育。

在计划经济体制下，职业教育趋同于普通教育，与经济关系较为疏远，办学层次也主要停留在中等职业学校层面。

改革开放以来，我国职业教育课程进行了多次有益的改革尝试。实际上，在这种探索中，课程改革是对原有课程价值的重新审视。随着我国经济社会的不断发展，职业教育的方向定位也在不断发生了变化。

1978 年 4 月，在全国教育工作会议上，邓小平同志提出了调整中等教育结构的思路，指出："教育事业必须同国民经济发展的要求相适应"，要"扩大农业中学、各种中等专业学校、技工学校的比例"。

在随后的整个 1980 年代，我国职业教育开始恢复发展，大批普通中学被改办成为职业学校。这一时期的职业教育深受普通教育影响，职业学校的课程以借鉴普通教育的学科课程模式为主，课程设置主要包括政治理论课、普通文化课、专业基础课和专业课。

我国的高等职业教育，是在 1980 年后作为职业教育体系的高层次发展起来的，主要以职工大学、技术专科学校为主。1980 年南京创办金陵职业大学、合肥创办合肥联合大学、湖北创办江汉大学，这些是最早的职业大学，到 1988 年全国已有 119 所职业大学，在校学生人数达到 7.5 万人。这类学校属于专科层次，学制 2 至 3 年，实行走读、收费、不包分配等政策，在高等学校中独树一帜，培养了一批与当地经济发展紧密结合的、用得上、留得住的人才。

至 1990 年代中期，我国高等职业教育迅猛发展，取得了辉煌的发展成绩，高等职业教育占据了中等教育的"半壁江山"。同时，初等、中等、高等职业教育体系的已经初步形成，彻底改变了我国原有的职业教育体系与发展格局。

然而，随着我国经济技术在改革开放中的快速发展，产业结构逐步由劳动密集型向技术密集型转变，高附加值的技术不断崛起，企业的生产方式更加复杂化、自动化和程序化，许多含有较高技术含量的职业岗位不断涌现，行业企业对拥有技术与技能的劳动者的需求随之增长。

提高劳动者技术素质的关键，在于加强职业技能的训练。

基于时代发展特点和社会对高级职业人才的需求，学者们纷纷提出深入改革传统职业教育的要求。事实上，这一改革涉及职业教育研究领域的一个争议性的问题，即职业教育的普通性与专业性的问题。传统注重普通性的职业教育强调个体心智的发展，因此，其办学更趋同于普通高中的模式，而改革的呼声注重专业性的高等职业教育，强调积极回应市场需求，培养学生的专业能力。有学者指出，逐步建立和完善与社会主义市场经济体制相适应、符合教育规律、具备竞争活动力的中等职业教育制度，需要打破旧的传统的教育观念，建立新的开放的社会主义市场经济的教育观念；面向市场，改进专业设置，改进课程设置，着重培养学生的动手实践应用能力等。

为此，国家进一步提出，职业教育课程注重向学生传授某一行业必需的基本知识和技能，以车工专业为例，学生不仅要掌握车工的熟练操作技能，而且还要学习钳、磨、刨、焊等基本知识和技能。这样的课程设计有助于拓宽学生掌握职业知识和技能范围，尽可能地向学生传授同一行业内、不同职业或工种所需的广泛技能，以便学生能够在不同的职业或工种之间转换，为学生未来的职业流动打下坚实的基础，增强学生的就业竞争力，从而适应长期广泛就业的需要。

1996 年实施的《职业教育法》是高等职业教育政策发展中的重大事件，它确定了职业教育的法律地位，规定了政府、社会、企业、学校以及个人在职业教育中的义务和权利，明确了职业教育的根本任务、办学体制和管理体制，提出了发展职业教育的方法途径，规定了职业学校的设置标准和进入条件等。虽然该法基本属于"宣言性"立法，但它基于新时期高等职业教育的经验，特别规定了政府在发展高等职业教育中的责任。

随之，"什么是高等职业教育"，"通过什么途径来办高等职业教育"，以及"高等职业教育怎样面向地区经济建设和社会发展、适应就业市场的实际需要以培养生产服务管理第一线需要的实用人才"，"怎样真正办出高等职业教育的特色"等等这些问题，成为理论界关注的新热点。

有学者提出，高等职业教育主要是高等技术教育，认为高等职业教育的培养目标主要有高层次的技术员类人才、有一定实践技能又有一定专业技术的"技师型"人才和管理人员三种类型，其中技术型人才是主要的。在办学途径上，主要有国家、地方政府、社会团体、私人办学，以及各种形式的联合办学，包括引进国外资金所实行的联合办学等形式，关于高等职业教育姓"高"还是姓"职"的问题，也有学者提出，高等职业教育是培养技术型人才的教育，包括学历教育与非学历教育两部分；高等职业教育的学历教育可以有大学专科、大学本科和研究生等多个层次，是我国高等教育的组成部分；高等职业教育的非学历教育具有形式的多样性、内容的广泛性等特点，其主要方面是职业资格证书教育和技术登记培训。

尽管这些探讨最终并没有形成一个统一的说法，但是至少明确了高等职业教育是一种与一般高等教育有类差，与中等职业教育有级差的教育，这为高等职业院校的办学提供了依据和支撑。

1999 年教育部决定，在部分省（自治区、直辖市）试行按照新的管理模式和运行机制举办高等职业教育。为区别于 1998 年以前的高职，这种按新的管理模式和运行机制举办的高职称为"新高职"。

"新高职"的主要内容是：为专科层次高等学历教育，其招生计划为指导性计划；在教学管理上要求按社会需求调整专业设置和培养目标，教学计划和课程设置按适应职业岗位群的职业能力的要求来确定，强调理论教学与实践并重，毕业生具有直接上岗工作的能力；学生毕业时，由学校颁发国家承认的学历文凭，不使用教育部统一印制的《全国普通高等学校本专科毕业生就业报到证》，实行不包分配、自谋职业的就业制度。

举办新高职的目的，就是旨在促进我国高等教育更好地适应经济建设和社会发展需要，加快培养面向基层，面向生产、服务和管理第一线职业岗位的实用型、技能型专门人才的速度。

"崇尚一技之长、不唯学历凭能力。"在世纪之交，我国高等职业教育开始迎来了改革发展的重大契机！

有人说，在某种程度上，高等职业教育改革的这一契机为全国民办大学的发展提供了千载难逢的重大机遇。而抓住这一机遇的一批民办大学，在此后的数年开始逐步脱颖而出，成为全国民办大学中的佼佼者。

"全国职业教育存在着巨大的潜力与社会需求，现有公办职业学校在办学上存在着诸如教育投入不足，学校数量不够，专业设置单一，毕业生分配困难，管理体制上的不畅等问题，而目前社会对职业教育的需求仍很大，据统计，全国每年大约有近千万学生需要接受职业教育。"1998 年，国家提出，今后中国民办职业教育将随着教育体制，特别是职业教育办学体制的改革而成为教育事业的一个重要组成部分，并成为今后教育加快发展的新的增长点。因此，研究探索中国民办职业教育的特色与发展方向，成为摆在我们面前的一个新任务。

作为新时期高等职业教育的重要组成部分，民办高职院校的办学方向至此逐步明晰——按照新高职这一崭新模式进行办学。

而且，民办高职院校在办学过程中与公办院校相比更加灵活，除了不依赖国家或地方财政支持，自筹资金办学，扩大了受教育的范围，使更多有志青年学到了知识，在社会中找到了自立的方法，为社会输送大量应急人才外，还一改公立学校的办学模式，从中国的国情出发，面向市场，以质量为本，在竞争中求生存，为教育改革注入了活力。

民办高等职业教育的发展，也成为地方鼓励支持民办高等教育未来发展的主要方向之一。

因此，从1998年开始，民办高职院校的发展得到了各地政府的大力支持。

改革开放以来特别是1990年代中期来，江西各地各有关部门解放思想，大胆试验，积极探索全新的办学机制和办学形式，通过个人独资、股份合作、民办公助、公办民助等多种形式发展民办教育，走出了一条符合市场经济规律、教育规律和江西省情的民办教育发展新路子，民办教育的活力不断增强，路子越走越宽，满足了人民群众对教育的多样化需求。同时，也开拓了教育理念、办学模式和管理体制的创新发展之路。江西民办高等教育破浪前行，取得的令人瞩目的成就，为江西教育事业的发展做出了重要贡献。

世纪之交，江西的民办高等教育发展已进入了全国前列。

在高等职业教育成为重点发展方向后，江西省委、省政府明确提出，大力发展江西民办教育，要坚持积极鼓励、大力支持、依法管理、打造特色的方针，使教育发展的活力得到充分释放、有利于教育发展的积极性得到充分调动、适宜教育发展的社会资源得到充分利用，加快形成政府主导、社会参与、办学主体多元、办学形式多样、公办教育与民办教育协调发展的格局，满足人民群众多样化教育需求。要加大民办教育的支持力度，优化发展环境，努力形成促进民办教育发展的强大合力。

这样的背景之下，呈现出高等职业教育鲜明特色的江西东南进修学院，也成为江西民办大学领域中具有代表性的一所高等职业院校。

1999 年初，教育部允许够条件的民办学校申报举办职业技术学院。这意味着，全国民办高等职业教育，开始形成办学层次上的梯度层级体系。

于果又抓住这一机遇，及时向江西省人民政府申报。

综合全省申报的各民办大学的实力，江西东南进修学院也名列所有申报的民办大学之首。1999 年 3 月 15 日，安徽省合肥市教委赴江西职业教育考察团一行 19 人，就是专程来到江西东南进修学院参观考察其职业教育特色的。

因此，对于江西东南进修学院申报全国高职院校，江西省人民政府十分重视，给予大力支持。

实际上，这也是代表着江西民办高等职业院校在全国的实力水平。

接下来，江西东南进修学院不负众望。

在江西省政府、省教委对江西东南进修学院进行认真考察，上报国家教育部后，教育部特地派出专家组再次进行认真的全方位实地考察，再经全国高校设置评议委员会评审，江西东南进修学院得到了一致的高度认可。

1999 年 7 月 8 日，经教育部批准，江西东南进修学院晋升为具有高等学历教育资格的民办高等职业院校，同时改校名为——江西蓝天职业技术学院，纳入国家统招院校之列。

学生享有高等职业技术教育同层次公办大学学生同等的权利，学校直接颁发国家承认的大专学历文凭。全国民办高校能够获得这一"资格"的可谓凤毛麟角，而当年江西民办高校中唯有"蓝天"。

这是于果办学历程中的又一次重大跨越！

1999 年夏，江西蓝天职业技术学院首次面向全国招生。

这一年的招生，江西蓝天职业技术学院一是按国家统招计划招录，另外就是自考大专招生。

招生工作启动后，首先是国家统招计划，江西蓝天职业技术学院的 8 个高职专业，计划统招生 380 名名额，第一志愿投档后就全部招满，实际录取分数线高于国家划定的高职录取分数线。

要知道，这一年，全国不少公办高职院校尤其是首批升格为全国高等职业院校的民办大学，是在后来降低了划定的录取线之后才招录满计划名额的。

江西蓝天职业技术学院的统招计划招生情况，很是出人意料。

更出人意料的还在自考招生！

江西蓝天职业技术学院的自考类大专报名爆满，招生人数达 9000 多名，创历史纪录，当年在校生人数达 14000 多人。

"在暑假招生那段时间里，全国各地的学生潮水般地向江西蓝天职业技术学院涌来，每天从南昌市火车站和汽车站，迎新专车一辆接着一辆开进学院，每一辆车上都是满满的学生……后来学院没有办法，只好提前停止招生，因为校园实在容不下啊！"

对于江西蓝天职业技术学院这样的招生火爆情况，让很多民办大学大为惊叹！

因为，1999 年全国高校大规模扩招。当年全国普通高校招生 160 万人，比 1998 年增加了 52 万人，增幅高达 48%，增长速度是 1994 年至 1998 年年增长速度的 15 倍。在这样的情况下，从江西到全国其他省市，很多民办大学都在为当年的招生生源而发愁。

可是，江西蓝天职业技术学院却在为生源实在太多而发愁。这样截然不同的情况，怎不令人惊叹。

一跃而成为在校人数达万人以上规模的民办大学，江西蓝天职业技术学院已发展成为当时江西全省民办高校中实力最强、规模最大的一所民办大学，被誉为江西民办高校中的"领头羊"。

此外，学校还荣获"南昌市职业教育先进单位"和"全省自学考试工作先进单位"等荣誉称号。

用五年时间，于果实现了办学从中职教育、自考助学、学历文凭教育到纳入国家统一招生计划的高等职业技术学院的历史性跨越。从此，江西蓝天职业技术学院办学就从"借船下海"转入了"造船下海"。

引人注目的往往是神话的结果，创造神话的艰难历程常被人们忽略。

从上无片瓦、下无立足之地到拥有一流的校园，从租用民房到教学楼、图书馆、实验实训楼、学生公寓楼林立。从不具备颁发国家学历，到成为江西省第一批可以直接颁发国家学历文凭的高职院校，再从几个专业到拥有面向社会需要而设置的几十个专业，于果以踏踏实实的办学成果，赢得了人们广泛的关注和强烈的社会反响。

"在人生的道路上，每个人都有自己的选择。但不论选择什么，都应该努力争取成功。思想能想多远，路就能走多远。"带着这样的自信，与自己创办的大学一起迈入新世纪，于果心中充满着无限的憧憬！

第六章
全国民办高校崛起一方"蓝天"

挑战与机遇并存，只有勇于接受挑战，机遇才能被牢牢抓住。

新千年伊始，全国民办高校发展的又一轮机遇潮涌而来。站在新的起点上，于果又以其远见卓识，要在办学中从一座高峰走向更高的另一座高峰。

在新千年的第一个五年里，沿着高等职业院校的发展方向，江西蓝天职业技术学院坚持学院以就业为导向，按市场需求设置专业，实行多样、灵活开放的人才培养模式，实施"订单教育"和"职业资格证书教育"。同时，实施四大人才工程，打造高素质师资队伍，培养高素质的技能型职业人才。

学院鲜明的办学特色和突出的办学成果，得到了教育部等各级部门和社会各界广泛关注和赞誉。

2002年荣获国家教育部、国家经贸委、劳动和社会保障部授予的"全国职业教育先进单位"。

在 2002 年和 2003 年江西省教育厅公布的全省各高校毕业生一次性就业率排行榜上,蓝天学院以 97.8% 和 98% 的就业率居全省高校榜首。并以"敬业精神好,综合素质高,动手能力强,上岗适应快"受到用人单位的好评。

2004 年,在"高职、高专院校人才培训工作水平评估"和"江西省高校毕业就业评估"中均被省教育厅评定为优秀。

更为重要的是,看准国家教育改革在新千年迎来的又一次重大调整机遇,于果再次斥巨资建设了蓝天近 2000 亩的新校园。新校园拥有计算机中心、网络中心、现代教育技术中心等先进的教学科研机构及 70 多个教学实验室,建有全国高校一流水准的全塑胶运动场、篮球场、网球场、排球馆、乒乓球馆、体操馆、武术馆等室内外运动场地设施。

2005 年 3 月,经教育部批准,江西蓝天职业技术学院升格为普通本科院校。

以本科教育为主,以专科教育为辅;以工科为主,多学科协调发展;培养高素质、具有创新和创业能力的应用型高级专门人才。新千年的第二个五年里,"蓝天"以朝气蓬勃的发展态势与丰硕的办学成果,稳健步入全国民办高等教育领域领军院校的行列。

由此,全国民办高校的百花园里,崛起了一方令人瞩目的"蓝天"。

全国高等教育界人士盛赞,江西蓝天学院是沐浴着改革开放的春风而诞生,伴随着改革开放的深入而发展的一所民办普通高校,她是中国民办高校发展的一个缩影,她是中国民办高校的一面旗帜!

第一节 "我要和我的梦想赛跑"

从 1994 年不具备颁发文凭资格的中等职业学校，到 1999 年升格为全国首批高等职业院校，短短几年时间办学层次连续破格，学校规模取得突破性发展，办学特色日益彰显，于果创办的学校知名度和美誉度越来越广。

人们在惊叹于果创造了奇迹的同时，又不禁深思，是什么原因让于果办学总能跑在最前面，总能够占领一个又一个的制高点呢？

事实上，这样成绩的取得，很大程度上归结为于果一次次敏锐意识到并果敢地抓住了民办高校发展过程中的机遇。

于果自己也说，机遇是最宝贵的发展资源，学校发展的优势往往在机遇中形成，学校发展的差距往往在丧失机遇中拉开。

的确如此，机遇是客观的，对哪一所民办学校都一样。抓机遇是主观的，能不能抓住机遇，这就要取决于民办学校举办者了。

于果是善于发现机遇的人，而且，他是一旦看准了就会毫不犹豫去抓住机遇的人。这是于果个性的使然，但更为重要的，是来自于他对国家教育改革尤其是民办教育发展大势的深刻洞悉。

进入新千年，于果又再一次看到了全国民办高校发展中出现的重大机遇。

世纪之交，经济全球化进程明显加快，科学技术发展迅猛，知识经济已见端倪，世界经济正在发生重大而深刻的变革，国际分工大规模重组，资源配置进一步在全球范围内展开，科技创新能力已成为国际竞争的主导因素。世界主要发达国家都在凭借其科技优势，利用科技创新即将出现重大突破的历史机遇，迅速抢占二十一世纪的科技制高点。

发展中国家也在积极调整战略，加速科技发展，力争在未来国际政治经济格局中处于主动地位。在这场新的国际较量中，科技竞争力将成为决定国家前途和命运的重要因素，是推动经济发展、促进社会进步和维护国家安全的关键所在。

"必须以全局和长远的战略眼光，把对教育和人力资源开发的投入作为国家基础设施建设投资，以改革创新的思路，调动全社会的资源渠道，突破教育投入的制约瓶颈，为实现教育发展目标奠定物质基础。"2001年，国家发布《科技与教育发展"十五"重点专项规划》，大力推动落实科教兴国战略，提高科技创新能力，促进我国经济结构战略性调整。

在《科技与教育发展"十五"重点专项规划》中，国家对高等职业技术教育的发展给予了特别重视，决定实施高等职业技术教育工程。

实施高等职业技术教育工程的目标是优化高等教育结构，带动和引导高等职业教育大发展，加快培养一大批具有必要理论知识和较强实践能力，生产、建设、管理、服务第一线和农村急需的专门人才。

在着力推动这一教育工程建设的过程中，将积极引导地方政府和社会投入，集中力量对办学方向和办学质量较好的高等职业技术学院实施重点建设和改造，加强教学和实习基础设施建设，重点改善实验实习条件，加强学生职业技能和适应能力的培训，拓展培养能力，提高教育质量，形成一批具有鲜明办学特色、适应当地社会需要的高层次实用技术人才培养基地。此外，中央还设立专项引导资金，地方政府也安排资金。

"可以预见，新世纪初年，从国家层面到省级层面的高度重视和大力推动，势必将使高等职业教育将迎来一次大发展的重大机遇。"于果敏锐地意识到了这一点。

随后的事实证明，于果看准了这一重大机遇。

2002 年，江西作出了实现在中部崛起的发展目标，促使省委、省政府下决心在南昌地区划拨土地，兴建两个高校园区，民办学校可以享受与公办院校同等待遇。

为此，江西省政府还专门成立了省高校建设推进领导小组，对推动全省高等教育新一轮发展的重视程度，可谓非同一般。

"学校的发展与国家十五计划同步，与江西全省高教调整结构和扩大本科院校的要求相适应。"于果瞄准了江西蓝天职业技术学校的下一步发展目标。

而且，从江西省委、省政府对全省民办高等教育发展的重视程度上，于果还看到了更为长远的未来：

经过 1990 年代尤其是 1990 年代中后期以来的快速发展，江西已与陕西、北京并称为全国民办高等教育三强省（市），进入了民办教育大省行列。2001 年，江西民办高校期末在校学生 87009 人，全省民办高校教职工 6478 人，全省民办高校校舍建筑面积 933440 千平方米，全省民办高校法人投入资本金 9206 万元。

为了鼓励社会力量办学，省、市、县三级政府联动，江西已制定出台了一系列包括土地划拨、税费减免、引资建校、公平待遇等在内的扶持、促进和管理民办教育的政策措施。

此外，为重点扶持一批民办学校，江西一些地市的公安、财政、物价、税务、工商、民政部门都在本单位的职责范围内参与民间办学管理，并给予支持和配合。在江西各级政府的大力支持下，江西的民办教育事业蛋糕开始越做越大。

同此，民办学校呈现出的快速发展，也有力促进了学校所在地的经济发展和社会进步。

对于蓬勃发展、方兴未艾的江西民办教育来说，这不仅是进一步的肯定，更是一种鼓励和鞭策。

于果深受鼓舞。他深刻意识到，包括民办高等教育在内的全省高等教育，已成为江西率先在中部地区实现崛起战略中的重要组成部分。这一切都在预示着，江西民办教育又将进入一个崭新的发展阶段。

识得这一先机的于果，怎会在这重大机遇面前犹豫迟疑！

2002年下半年，于果果断决定，在艾溪湖和瑶湖之间购买1800亩土地，再建设一座规模宏大的一流新校园。

于果的想法，得到了江西省教育部门的充分肯定和大力支持——江西民办高校发展的势头如此之好，要乘势再上规模，就需要江西蓝天职业技术学院这样已有一定实力和影响的学校来进一步引领和带动！

江西省蓝天职业学院购地的报告，也很快得到了江西省人民政府的批复。

显而易见，从省里到教育主管部门也希望江西蓝天职业技术学院这所江西民办高等院校的"领头羊"做大做强！

江西蓝天职业技术学院新校园建设第一期工程，建筑面积为31.4万平方米，按正常的建设速度需三至五年时间。

可是，于果把建成时间定为9个月之内，一定要在2003年8月让1万名新生准时入驻新校园。而且，要高标准建成一座有鲜明特色的校园。

"我要和我的梦想赛跑！"时不我待的紧迫感，催促着于果奋力前行的脚步。

在新校园用地得到批复后，于果随即带领有关人员完成了新校建设构思、征地谈判、民房拆迁、地质勘探、高压线搬迁、总体规划设计、单位设计、景观设计、工程招标和施工组织等一系列重大工作，从而使新校园顺利地在2002年10月30日正式开工兴建。

新校园建设的开工号令一下，工地上的7家工程公司的2000多名建筑工人，开始了热火朝天的日夜奋战。

工程进入到全面开工的阶段时，正值全国性"非典"肆虐，人员禁止流动，建筑材料进不来，施工队伍已到了窝工境地。于是，于果决定住在工棚亲自调度指挥。

在工程最紧张的日子，又逢盛夏酷暑，于果不进城不回家，和工程建设者们一起吃、住在工地。一个多月时间里，他冒着酷暑高温，亲自抓进度，抓质量，天天都在晚上 12 点后才上床休息。

在于果的带动下，学院的每个管理者都积极学习新知识，了解新情况，解决新问题。从校园规划设计、工程计算方法、设计程序到新建筑材料的特性产地价格比较；从普通的校园电话到校园网络、一卡通设计；从常见的机械电表、水表到能够实现远程集抄自动控制的电子抄表；甚至新颖的家具、教学设备，都在他和新校园全体建设者的学习、实践范围之内。真正做到在建设中学习，在学习中建设。

为建好新校园，在学院建设规划之初，于果还亲率学院基建调查组分赴浙江、安徽、江苏和上海的十几所高校园区进行实地考察，也考察了北方和南方的几十所高校，然后集众家之长，六易其稿，确定了新校园的设计规划。

于果说："这是百年大计，千秋伟业，马虎不得！我要把蓝天学院办成一所全国一流的民办院校，我要建一所江西最漂亮、最现代化的高等学府！"

自幼喜爱美术，崇尚艺术，追求完美的于果，与国内著名的建筑设计单位和园林设计单位反复研究、修改，要求在新校园中，绿化、人工湖面积要占 60% 以上，一定要营造出高品位的学府环境，使新校园建筑具有灵气，使园林景观设计和现代化的整体设计实现完美的和谐统一，要让师生、来宾们感到进入新校园后立刻便有一种美的感受和乐不思归的感觉。

江西蓝天职业技术学院新校园，就是在这样规划、设计与建设同步实施的过程中紧张而有序地推进的。

2003 年 7 月，江西蓝天职业技术学院新校园第一期工程如期胜利竣工。

一期新校园布局合理、特色鲜明、总体和谐，各具特色的39座学生公寓、11幢有连廊相接的教学楼和实训楼傲然挺立。而9个月前，这里还是一片田野和荒坡。新校园一期的下水道、强弱电缆、道路、通信线路、管道煤气等基础设施工程也同步完成。园林绿化景观也出来了，人文景观与自然景观融为一体的生态园林式的新校园，以高雅而又娇美的姿态展现于世，使原来只长杂草、蔬菜、水稻的地方开始成为培养人才的人文学府。

2003年8月20日，在热烈奔放的礼炮声中，10000多名蓝天学院学生兴高采烈迈进了"蓝天"瑶湖校区。

紧接着，新校园二期工程又随后开工。

2004年6月，建筑面积为10万平方米的包括现代化的图书馆、运动场、体育馆、影视剧院、驾驶学校等在内的新校园第二期工程竣工。

呈现在人们面前的江西蓝天职业技术学院整体新校园，气势宏大，建筑风格独特，绿化品质优越，堪称经典之作。

生态校园，环境优雅，景色别致，人文气息浓厚，这是一所陶冶情操，怡情治学的现代化校园。

徜徉在校园，你可以看到建筑雄伟、设施一流的现代技术中心和教学楼群；可以看到"求真"湖畔古色古香的"蓝天阁"和散发着人文气息的《蓝天阁记》；可以看到巨大的数字化图书馆和别致的学术报告厅；可以看到田径场、网球场、体育馆、剧场等一应俱全的各种文体设施；可以看到一所占地500亩的国家一类驾驶培训中心；可以看到无处不在的草坪绿树、四季绽放着鲜花和拥有700多种植物的生态园；可以看到小桥流水、曲径通幽……一个集现代、人文、生态、数字化为一体的充满青春活力的大学之城，活脱脱地展现在你的面前。

耗资10多亿元的江西蓝天职业技术学院新校园，创造了南昌新校区建设一期工程建筑面积最大、建设速度最快、迎接学生最早的'三个第一'，受到了江西省领导的表扬。

来到江西蓝天职业技术学院视察的一位省政府主要领导，看到设计新颖的教学大楼和排列整齐的宿舍大楼镶嵌在赏心悦目的园林中，欣喜地对于果赞叹道："新蓝天，好气派！你是一位教育家，蓝天学院是我省民办学校的一面旗帜。你们有很好的机制，要继续发展，省政府会大力支持你们，希望你们为江西经济建设和社会发展做出更大的贡献！"

2003年9月25日，团中央领导来到蓝天学院视察，十分高兴地说："来到蓝天，看到了新蓝天的新气象，这使我感到很高兴，很振奋，很受鼓舞……蓝天学院自身良好的运转机制、一流的育人环境、崭新的人才培养理念，走出了一条中国职业教育的新路，成为全国职业教育的第一。我衷心地祝愿我们的蓝天学院越办越好，永远保持这个第一！"

2003年10月8日，香港特别行政区全国政协委员一行35人到蓝天学院视察。当得知江西蓝天职业技术学院本着"以科教兴国为己任，为振兴中华而办学"的宗旨，在不到10年的办学过程中，办学层次不断提升，办学规模不断扩大，在没有国家一分钱投资的情况下，发展到如今拥有数亿元的资产。对此，视察团中的每一位政协委员无不敬佩赞叹。

2004年4月9日，一位中央领导在考察"蓝天"新校区之后，对在场的江西省委、省政府主要领导感慨地说："百闻不如一见，'蓝天'的办学规模如此恢弘，让我很震撼。"

来到"蓝天""参观的一批又一批参观者赞叹："这是中国民办大学最漂亮的校园！"

…………

新校园建设，成了于果办学历程中又一次令人瞩目的跨越。

2004年9月新学年开学，江西蓝天职业技术学院有4个学科门类、15个专业，全日制普通专科在校生7000余名，自学考试、国家学历文凭考试试点在校生15000余人，在校生总规模首次突破22000人。

于果没有辜负党和人民的期望，他把学校办得独具特色，声名鹊起！

"其实，我们没有办法做到先人两步、三步，但是我们知道要努力比人家快一个节奏。"凭借"与时俱进、求真务实"的创新精神，于果不但敏于机遇，而且总是在未雨绸缪的努力，为自己办学主动赢得一次又一次的机遇。

2004 年，又一个重大发展机遇来了——全国首次将具备资格的民办大学专科院校升格为本科院校。

无论从办学特色还是学校规模上，在江西，江西蓝天职业技术学院都是最有希望升格为本科院校的民办大学！

江西蓝天职业技术学院向江西省人民政府提出申请，要求升本，得到了省政府的同意，并上报教育部。

2005 年 3 月，经教育部全国高校设置评议委员会全票通过，教育部批复同意，江西蓝天职业技术学院升格为普通本科，更名为江西蓝天学院。

尤其值得一提的是，江西蓝天职业技术学院在升格为本科院校的评审过程中得到了评审专家们高度一致的好评。对此，全国教育界不少专家评价说，"蓝天"升格为本科院校，可谓实至名归！

新千年之初，于果仅用五年时间，又实现了学院从专科教育到本科教育层次的再一次历史性跨越！

第二节　人才强校构筑师资高地

"大学的荣誉不在于它的校舍和人数，而在于它一代又一代的教师质量，一个学校要站得住，教师一定要出名。"哈佛大学校长科南特曾说过，一所大学办学能否成功的关键，很大程度上在于建立一支优秀的师资队伍。

人才是兴校的第一资源，人才是强校的第一战略。

于果深知"既要有大楼还要有大师才能办成名校"的道理，与建成一流新校区、拥有一流办学条件同步，江西蓝天职业技术学院就展开了对高素质师资队伍的建设。

从1994年办学伊始，于果就为自己学校的师资队伍建设定下了这样的标准：诚邀德高师范者、广延人才，逐步建设起学校一支德才兼备、富有创新精神的高素质教师队伍。

办学之初，一切何其艰难，校舍和各方面条件异常简陋。然而，于果却再苦再难也不肯将就学校的师资力量。

于果认为，高校退休的领导和教授从原来的高校退休后，可将全部精力都投入到民办高校的教育管理和教学工作中，因此，对民办大学来说，他们是宝贵的财富。从师资队伍的建设上来说，这些从高校退休的领导和教授具有高学历、高职称，知识渊博、学术造诣深厚、教学管理经验丰富、责任心强，对引领学院年轻教师的发展成长，还将起到传、帮、带的重要作用。

当年的江西省高级职业学校和江西东南进修学院，在于果的诚挚邀请之下，从江西各高校退休的一大批兢兢业业、以校为家、以事业为重、爱学生若子的老领导、老教授们，为于果办学的精神感召而来，为学院奠定了坚实的教学管理和师资力量基础。

以这批资深教授和教育管理专家作为学院的骨干，又依靠他们吸引和聘任一大批优秀的教师和管理人员，到世纪之交，江西蓝天职业技术学院逐渐形成老中青三结合的教学和管理的两支团队。就这样，于果较好地解决了办学最初几年过程中学校管理和师资队伍薄弱的问题。

"没有这些老领导、老教授们的大力支持和他们为学院发展所付出的心血，蓝天学院不可能有今天。"几乎每一次谈及学院的发展，于果总是会这样充满真情地说。

后来，随着办学快速发展，学院影响力越来越大。在这个过程中，于果的人格魅力，良好的用人机制，学院一流的硬件条件，使一批又一批高水平的教师主动加盟"蓝天"。

多数民办高校的师资队伍结构是既有专职教师，又有兼职教师。随着经济发展的需求和教育竞争的加剧，民办高校在教师队伍建设上，专职教师的师资队伍建设显得越来越重要。

于果办学中的处处先人一步，也体现在学校专职师资队伍的打造上。

"拥有一支自有专任教师队伍，是学校赖以生存与发展的基础。"从1999年开始，于果明确提出了以自有专任教师为主，"双师型"兼职教师为辅的专任教师队伍建设思路。

2005年，江西蓝天学院升格为本科院校，办学层次的再次提升对全校师资队伍建设又提出了严峻挑战。

从1999年在校学生人数首次突破万人，到2004年又突破2万人，几年之中，蓝天学院因办学规模快速扩张，引进了大批师资。因学院扩招而快速壮大的师资队伍，虽然呈现出年轻化，但中高层次的青年教师较少，缺乏博士、教授等高层次人才对学科专业发展的带动和引领。

于果深刻意识到，这将使得学院在办学实力和人才培养质量的提升上，受到一定程度的影响。

同时，2005年蓝天学院又新增了模具设计与制造、国际经济与贸易、计算机应用技术、机械制造与自动化、机电设备维修与管理等10个普通高等教育专科专业，师资力量的进一步充实也刻不容缓。

"打造一支高素质、高水平的优秀师资队伍，关系到学院未来的发展。"于果提出，以优秀中青年骨干教师的培养为重点，采取人才引进、人才培养、学科带头人的重点资助培养等方式，来打造江西蓝天学院一流的高素质师资队伍。

学院成立教师发展中心，紧紧围绕"学习力、执行力、凝聚力、创新力"的提升，制定培训计划，出台鼓励措施，举办各类别专项培训，每年用于教师全员培训经费达200余万元。

在此基础上，全校高度重视教学团队的建设。注重深化校企合作，成立产学研合作办公室，组建产学研合作为主的专业建设委员会，聘请本专业领域的专家、教授、行业高级管理人员等作为专业建设委员会成员，指导专业改革与建设。建立了专业带头人制度，明确了专业带头人工作职责。同时建立课程责任人制度，加强课程管理。设立教师团队建设特区，在高层次人才的引进、骨干教师的工作条件、业务培训、生活待遇等方面给予政策倾斜，以适应高水平、高层次办学发展的需要。

2006 年，按照"充实数量、优化结构、提升水平、稳定队伍"的思路，江西蓝天学院又启动了四项人才工程建设，大力实施"人才强校"战略，着力建设一支规模适度、结构合理、素质优良、开拓创新的高水平师资队伍。

这四项人才工程建设分别为：青年教师硕士化工程；中青年骨干教师培养工程；高层次拔尖人才引进工程和"双师素质'教师培养工程。

中青年骨干教师培养工程，着力培育一批院级、省级乃至国家级"百千万人才工程人选"、"教学名师"、"高校中青年学科带头人"和"高校中青年骨干教师"，以点带面，推动学院教师队伍的教学、科研水平和实践能力，从整体上提高教育教学和人才培养质量，为学院创"中国高等职业教育和应用性本科教育一流品牌"奠定坚实基础。

青年教师硕士化工程，旨在整体提高该院青年教师的学位层次。今后招聘新教师，主要招聘具有硕士学位的人员。学院将有计划地对 35 岁以下未取得硕士学位的教师提出分期分批达标的要求，将逐步被更换。

双师素质教师培养工程，旨在适应学院培养应用型人才的要求，强化学院教师的实践指导能力。每位教师都要获得与自己所授课的专业相关的职业技术证书。无特殊原因未获得职业技术证书者都不能继续担任教学工作，停教学习职业技能，取得证书后再行聘任。

高层次拔尖人才工程，引进一批高校的教授、中青年学术骨干、博士相继来学院，成为学院教学与科研的中坚力量。

自 2006 年起，江西蓝天学院平均每年引进具有研究生学位的教师100 多名。

对于来学院工作的博士研究生，年收入不低于 9 万元，给予安家费补贴 2.5 万元，提供购房补贴 15 万元或每月提供 550 元的住房补贴。博士研究生，提供相配套的科研启动经费 30 万元，优先享受国内外考察，参加学术（专业）研讨会、专业业务培训，按照国家有关政策申办职称、享受学院其他福利。

一名优秀的高职教师，既要有扎实的理论知识，更要注重实践经验的积累，既要把握专业领域学术发展前沿，又要与行业及企业保持密切联系，时刻关注行业发展动态。为促进应用型人才培养目标的实现，学校重视聘请企事业单位的专家和有经验的工程技术人员参与实践教学，初步建立起一支相对稳定的兼职教师队伍。

学科是人才队伍的载体，人才是学科水平的体现。

为优化专业结构，江西蓝天学院形成了在"十二五"时期努力打造支持汽车产业和先进制造业、现代服务业、城市化建设、信息产业和文化创意产业发展的五大学科专业群的学科专业建设思路。一方面，进一步实施高层次人才建设工程，加大对优势特色专业人才的引进和培养力度；另一方面加大学科资源整合力度，对院系进行了重大调整，在原 22 个教学系的基础上，整合组建成 12 个二级学院，集中优秀师资力量建设优势特色，集中优势资源抓好普通本、专科教育，逐步形成具有我校特色和有社会影响的民办高等教育品牌。

为优化职称结构，在省人社厅和省教育厅的大力支持下，江西蓝天学院于 2009 年获得了教师中级专业技术资格评审权，出台了《江西蓝天学院专业技术职务（职称）申报办法》和《江西蓝天学院专业技术资格评审计分办法（试行）》等文件，积极引导青年教师过好教学关。

此后，每年有 200 余位教师职称通过认定、推荐和评审得到晋升，其中晋升讲师的有 100 余人。

2009 年，江西蓝天学院在自有专任教师队伍中讲师的比例达到 40.8%，比 2008 年提高了 20 个百分点。

对于不同类型教师，培养侧重点不同。学院的专业带头人和骨干教师等，优先被安排参加国内外进修、学术会议或专业考察活动，优先聘任为高一级专业技术职务并可享受每月额外的绩效奖励等。对于青年教师培养，学院注重以老带新，通过教学技能培训、说课比赛，组织教师赴企业实践锻炼，参与技术应用研发，使得他们在职业教育领域深入学习、理解，提升执教能力。学院推出科研项目管理办法、科研工作考核办法等，给予配套经费，营造宽松的科研环境，鼓励教师承接企业的技术服务、技术开发、技术咨询等项目，跟踪了解相关专业领域的新技术、新工艺，从而改进教学内容。

实训教学对高职院校培养实践型人才十分重要。根据世界各国的职业教育经验，同时能教理论课又能教实训课的教师，也就是"双师型"教师教学效果最好。

为打造一支过硬的"双师型"教师队伍，江西蓝天学院专门发文，要求实训教师在规定时间内要拿到相应的职业技术资格证书，否则不能上岗；同时，人性化的是，学校尽可能帮助教师尤其是青年教师在技术上有所长进。从 2006 年到 2010 年前后，学院先后输送了 50 余名教师赴沿海企业跟班培训，另外还选送了 3 名教师到德国学习数控技术，学院已有 120 名青年教师取得了"高级工"以上各类职业技术资格证书。

这些负责实训的老师，既具备一定的理论知识、教学水平，还用大量的精力和时间，研究新工艺来提高自己的应用能力和技术能力。

"从纵向来看，要搭好学院教师队伍骨架；从横向来看，每一名教师都有使用、培养、评价、再聘用等过程，过程中不断流动构成循环体。"江西蓝天学院大力组织实施"青年教师的国内访问学者计划""青年骨干教师出国研修计划"和"中青年教师专业实践能力培养计划"。

参与国际交流是件双赢的事，对青年教师个人能力的提升、对学科发展都大有好处。几年中，江西蓝天学院分别有 2 位教师成功入选教育部组织的国内访问学者和出国访问学者；派出 17 位青年教师前往英国、德国、日本和韩国参加短期和长期培训；有 68 人次参加了由教育部、省教育厅组团的出国访问。

自升格为本科院校后，江西蓝天学院每年投入 1000 多万元，用于改善教学实验条件，每年投入 300 余万元加强图书馆建设，不断充实馆藏资源，较好地满足了教师的教学和科研需要。

同时，学校每年拿出 200 万元科研专项经费，用于支持教师的科研立项和科研奖励；对获得省（部）级及以上立项的纵向课题经费在 4 万元以内（含 4 万元）的，学校按 1：1 经费配套资助；学校每年均拿出近 70 万元作为年终科研业绩津贴奖励，调动了教师参与科研工作的热情。

民办高等学校难以聘请和留住人才，关键在于没有建立一套完善的保障机制。于果认为，留住人才不但要有完善的保障机制，同时还要坚持事业留人、感情留人、待遇留人的理念，将工作做到细处，把关心落到实处。

在坚持"五险一金"全员覆盖的基础上，江西蓝天学院实施"职业年金"制度。学校每年支出 2300 余万元为教职工办理"五险二金"，较好地解决了教师普遍关心的养老保险问题，消除他们的后顾之忧，促进了队伍稳定。学校连续四年荣获"江西省劳动保障诚信登记 AAA 单位"称号。

截至 2011 年，江西蓝天学院已引进硕士、博士近 500 人。

高层次人才数量快速增长，一支数量适度、结构合理，素质优良、的高水平师资队伍日渐形成，其中具有硕士和博士学位教师占到 47.6%，在全国民办高校中稳居前列。

通过采取以上措施，江西蓝天学院师资队伍水平和办学水平明显提升。

让于果尤为欣喜的是，学院青年教师在教育教学实践工作中得到了健康成长，一批优秀教师脱颖而出。

到 2011 年，学校已有 2 人入选江西省百千万人才工程，3 人入选省级学科带头人，7 人入选省级骨干教师。

学校的科研成果逐年丰硕，先后获江西省高等教育教学成果一等奖 1 项，省级实验教学示范中心 3 个，省级人才培养模式创新实验区 2 个，省级精品课程 4 门，省级高校教学团队 2 个，省级特色专业 6 个，省高校重点学科 1 个，国家级特色专业建设点 1 个，国家自然科学基金 1 项。

此外，学院还有一批教师入选省百千万人才工程、省学科带头人、省级骨干教师、院级学科带头人、院专业带头人。其中，1 人被评为全国优秀教师，400 多人次获得院级优秀教学质量奖。

高素质师资队伍的打造建设，为江西蓝天学院的快速发展坚定了坚实基础。也正因为有雄厚的师资力量作保障，学院教学特色与质量一直走在全国民办本科院校的前列，培养出来的学生不仅具有扎实的专业素质，在非专业素质方面也有突出表现。

全面构筑师资人才队伍高地，也铸就起了学校持续发展的坚实基石。

第三节　海阔天高任鸟飞

一个人没有特色，难以给人留下深刻的印象；一个地方的经济没有特色，难以富有竞争力；一个城市没有特色，难以展示魅力。同样，一所没有特色的学校，难以培养出个性化、多样化的高素质各种人才。

办职业教育要"以服务为宗旨，以就业为导向"，高职学生毕业后能否顺利就业，是检验办学成败的标准之一。

"毕业生的就业问题涉及学校本身的生存和发展，而提升学生的自身能力是解决就业问题最根本的办法。"从办学伊始，于果就强调能使学生"进得来、学得好、出得去、用得上。"

"要坚持专业跟着市场跑,课程围绕岗位转。"为了源源不断地向社会输送合格人才,"蓝天"着意研究市场,抓好专业建设,从刚开始的服装、会计、文秘、幼师到 1996 年的计算机、机电一体化、商务英语等;以及为迎合我国加入 WTO 对人才的需求的国际金融、国际贸易、电子商务等;到如今的汽车、高级护理、动漫设计等专业,无一不是应市场之需而设置的。

要了解市场需要什么,岗位需要什么,就一定要到市场去,到生产第一线去。于果提出,学院的专业设置不能一劳永逸,对已经设置的专业要进行复审,专业不符合市场需要的就要调整为符合市场需要。课程也一样,不符合岗位需要的也要迅速作出调整。这样才能避免盲目性。企业盲目生产就要造成产品的积压,而学校盲目培养人才也会造成人才的浪费。

"蓝天"有个好传统,就是从于果开始,有关院领导、系领导每年都要走访用人单位,看望毕业生。深入了解和掌握企业岗位对专业课程、设置的要求,了解企业领导和毕业生对学院教学的意见、建议。

这种做法,为避免教学的盲目和被动起了较好的作用。

学校专业特色的构建牵涉方方面面,绝不只是某一专业的问题,而是学校办学方向和整体建设的问题。民办高职院校要在市场经济的社会条件下求得发展,就必须培育自己的核心竞争力,而构建专业特色是培育学校核心竞争力的关键。

在这一思路之先,以升格为本科院校为契机,江西蓝天学院根据人才培养定位,积极探索专业特色的建设,逐步形成了学科专业上的"一型二特三优四双"特色和优势。

一型:以培养"应用型"人才为主。

二特:所设专业有较明显的"两个特点"即专业设置紧贴市场和专业人才的社会需求度高。

三优:所设专业有较明显的"三个优势"。学科优势,支撑专业的学科有优势（有国家特色专业、省级特色专业等）;师资优势,各专业教师硕、博士比例高,"双师型"教师比例高;资源优势,各专业有非常优质的办学资源（如现代化的实验实训室、实习基地、合作企业等,有省级实验教学示范中心等）。

四双:实行"四双"培养模式。双场教学,"理论课堂"与"实践课堂"结合;双师执教,由具有"教师资格"和"工程师资格"的"双师型"教师承担教学工作;双向培养,学校"教学活动"与企业"顶岗实习"相结合;双证就业,学生持"学业证书"和"职业资格证书"走上工作岗位。

按照"服务社会、适应需要、突出重点、发挥优势"的原则,江西蓝天学院对市场有需求,学院有优势、就业形势好的工学类专业重点扶持,突出以工科为重的办学特色,文理工经多学科协调发展。

专业优势彰显着江西蓝天学院的办学特色,也逐渐成为学院的一大亮点。

早在1994年办学之初,于果就说过:"把学生培养成为外向型、应用型、复合型的新型人才,坚持'学校有特色、专业有特点、学生有特长'的办学方向。"

2002年,于果又在《求是》杂志上撰文对此作了具体地阐述:针对我国目前最需要的大量的高、中、初级技能型人才,高职院校应当从应试教育转到素质教育上来,使自考与职业教育相结合,使水平与文凭相统一,使培养与使用相一致,培养出有专业特色与竞争能力的应用型人才。

"学校好比是工厂,学生好比是产品,是产品就有一个适销对路的问题,也有一个质量优劣的问题。"怎样才算质量合格呢? 于果说:"职业教育要以能力为本位,不能以文凭为本位,一切都要看结果,能力强了,就业就强;就业强了,教育就成功。"

为此,江西蓝天学院把实训教学摆在教学过程中的重要位置。

"工欲善其事,必先利其器。"实训教学要搞好,那就离不开实训基地和设备。随着办学规模和实力不断增强，江西蓝天学院在升格为本科院校后，先后投资数亿元建成了涵盖计算机、电子电工电信、现代制造技术、艺术设计与制作、汽车技术、护理实训、服装设计制作、汽车驾驶培训、基础实验等各类试验中心和实训基地。

其中，现代制造技术中心还被教育部列为数控实训示范基地，汽车技术实训中心设施在全省本科院校中处于领先地位。

2006年新年前夕，经教育部、财政部批准，"蓝天"现代制造技术中心正式成为国家级数控技术示范实训基地。

而为了打造这个现代化的制造技术实训中心，"蓝天"投入了2000多万元。

除了数控技术，汽车技术也是"蓝天"的特色技术之一。

为了搞好汽车实训教学，"蓝天"先是以8000万元巨资建成了一个国家一类驾驶培训中心，后又投入2000多万元建立了汽车技术实训中心，并建成了一座面积14000平方米的汽车实训楼和面积7500平方米的汽车教学楼，使"蓝天"的汽车实训基地进入了全国最先进行列。

江西蓝天学院在实训教学花钱上从来不吝啬。

按机电专业的教学要求，实训时学生们使用"快走丝线切割机"即可。但因为沿海发达地区的大部分企业在操作上用的则是"慢走丝线切割机"。"慢"和"快"一字之差，价格却相差10倍。

为此，江西蓝天学院决定购置"慢走丝线切割机"用于实训教学。仅此一项设备，就要多花40万元。

到2010年，江西蓝天学院已建成120多个配备一流设施的现代化实验中心和实训基地，在全国民办高职院校中名列前茅。

实训教学的直接受益人是广大"蓝天"学子，让他们在求职就业过程中拥有了过硬的实力。

一次，在东莞的一家企业，一批来自各地求职的大学毕业生共同面临一道考题："有谁操作过电火花？能不能上来操作一下？"众人面面相觑，唯有"蓝天"的学生坦然走上操作台。

同样是在广州的一次大型大学毕业生招聘会上，江西蓝天学院的几位毕业生就是靠着熟练的动手操作能力，同时赢得了一家企业的同一个岗位。这家企业的这个岗位招聘3人，结果企业看中的全部都是来自江西蓝天学院的学生。

江西蓝天学院的实训教学，逐渐享誉全国，中央电视台为摄制一个反映全国高等职业院校实训教学情况的节目，选择了以江西蓝天学院为案例，前来学院实地采访拍摄。时间长达20多分钟的这一节目播出后，引起了广泛影响。

于果认为，高职教育一定要有企业参与。因为没有"销"就没有"产"，"订单教育"就是一种很好的"产销"形式。

江西蓝天学院的"订单教育"始于2002年，第一个在"蓝天"办订单班的是东莞新永塑料制品厂，"订单班"以企业的名字命名，校企双方选拔学生入班，按照企业要求修改教学计划，添置教学设备，培养企业所需人才。同时，企业发给"订单班"学生奖学金、助学金等，并给予学校设备和技术上的支持。"订单班"学生经企业考核后上岗，并按照校企合作协议，为企业服务至规定年限。

这种"无缝对接、零距离"的教学形式，从2005开始在江西蓝天学院大力推广，到2010年前后先后已经有30多家企业与学院合作办班，参加学习的学生超过2000多人。它对毕业生就业发挥了稳定剂的作用，同时还走出了一条'产学研一体化'的路子。"

与此同时，江西蓝天学院还逐步与数百家企业建立了相对稳定的校企合作关系，其中包括富士康、华硕等世界500强企业、上市公司。学院根据这些企业的用人需求，结合学院的教学、实训实际，实行校企互动教学。

实施"订单教育"，与企业建立广泛的联系。江西蓝天学院还建立了"国家职业技能鉴定所",把职业资格证书的考核融入专业教学内容,互相衔接,强化学生技能训练,提高学生动手能力。

此外,江西蓝天学院十分注重帮助学生树立正确的就业观——先就业,后择业,再创业。于果说,现在大学的门槛越来越低,就业的门槛越来越高。读大学已不再难,想读大学可以通过很多途径实现大学梦。而因为国家的经济总量不足,社会提供的就业岗位有限,因此,现在找工作难,找一个好工作就更难。这就要求我们的毕业生调整就业思想、就业观念和期望值。

"一专多能",在江西蓝天学院技能型人才培养过程中同样占据重要位置。学院要求学生除了拿到毕业证以外,还要拿到英语等级证、计算机等级证、职业技能资格证和驾驶证。并且还鼓励学生多拿几个职业技能资格证书,做复合型人才,什么都会;做应用型人才,拿起来就能干。

学生的职业能力包括职业技能和职业道德两方面。"现在用人单位很看重毕业生的人品,强调对企业的忠实度、稳定性,我们要加强这方面的教育。"于果认为,加强对学生职业道德教育十分必要。

江西蓝天学院制定了《品德培养教育方案》,根据不同层次学生的不同学习阶段,有针对性地开展学生品德培养教育。通过开展家书活动,要求入学新生在军训期间给父母写信,表达自己知恩、感恩的情感;通过营造新家活动,引导新生主动为班级和宿舍做几件好事,增进同学之间的理解和友谊。

坚持"学院有职教特色,专业有应用特点,学生有动手特长"的办学思路,大力推进教学改革,创新人才培养模式,不断提高教学质量,江西蓝天学院树立起了"中国高等职业教育一流品牌"的一面旗帜。

江西蓝天学院的毕业生由于基本素质好、动手能力强和上岗适应快,受到用人单位的普遍欢迎。

值得一提的是,2010年4月,广东省党政代表团到江西开展考察暨开拓市场活动期间,在江西蓝天学院实地考察并深入了解到学院培养技能型人才的特色后，主动为学院毕业生前往广东东莞等地的企业工作牵线搭桥。

走过新千年第一个十年的江西蓝天学院，在校学生已达5万多人，教职员工有3000多人，学院已成为我国民办高校乃至公办高校中的一艘"巨型航母"。

更为重要的是，专业优势和技能型人才培养的模式特色，让江西蓝天学院以鲜明的办学特色而格外引人注目。

第四节　跻身全国一流民办高校

不得不承认这样一个现实，自教育部提出"对高等学校的办学水平进行评估"后，有关机构就开始了对国内大学的排名。

尽管教育部不赞成，更不支持大学排行榜。然而，大学排名的影响力却越来越大。

当"大学排行榜"越来越受到社会关注时，实际也就成为反映一所大学综合实力水平的衡量指标之一。

对此，也有人这样说，从另一方面来讲，中国确实需要一个大学排行榜，来对各个大学的真正实力进行评价，帮助高考考生对各所大学有更全面客观的了解，也促进大学的建设。但这个评价必须更为全面，更有说服力，这就需要规范大学排名。

对大学综合考评并排名的主办机构，主要有两类。一类是以杂志和门户网站为主的社会媒体，另一类是研究机构。

自2002年起，中国校友会网联合21世纪人才报、《大学》杂志等国内多家媒体连续7年开展中国大学（含民办大学和独立学院）评价研究工作，七年来"中国校友会网大学评价课题组"发布研究成果得到了国内外两百多家新闻媒体的跟踪报道，引起了社会各界特别是广大学生家长和高等教育界的广泛关注，已经成我国有关教育主管部门制定政策，高校提升办学水平和社会影响力，学生及家长报考院校、企事业单位选才及教育投资等重要参考，在我国高等教育评价领域已经形成了品牌和影响力，中国校友会网中国大学排行榜已成为我国最具影响力的大学排行榜之一。

"中国校友会网大学评价课题组"发布的大学评价研究成果，先后得到了国内外两百多家新闻媒体的跟踪报道，包括人民日报、光明日报、中国青年报、中央电视台、中国教育电视台等权威媒体在内。

2007 年 5 月 21 日，"中国校友会网大学评价课题组"发布《2007 中国民办高校评价研究报告》。

在最重要的"2007 中国民办大学排行榜"上，江西蓝天学院位居榜首。

"中国民办大学排行榜"采用的是三级评价指标体系：一级评价指标由人才培养、办学设施和综合声誉三个指标构成；二级评价指标由师资力量、学科建设、培养数量、培养质量、投入资金、硬件设施、软件设施和学校声誉等 8 项指标构成；三级指标包括固定资产、图书馆生均藏书、教学仪器设备价值、毕业生就业率、师生比、新闻搜索数和人均学费 20 多个指标。

与每一次"中国民办大学排行榜"发布后随即引起广泛的社会热议一样，这一次"排行榜"发布后，江西蓝天学院很快成为社会热议的对象。

"蓝天学院的实力让她无可争议地荣登榜首。"对于江西蓝天学院位居榜首，有评论这样说。

"从创办到发展为本科院校，13 年完成'三级跳'的江西蓝天学院，学生规模已达 5.3 万人，生源覆盖全国 30 个省（市、区），为国家培养了 8 万多名毕业生。"民办教育领域人士认为，江西蓝天学院居于榜首可谓众望所归。

地域优势和办学水平决定民办大学的社会影响力和媒体关注度。

同样受人关注的还有，在这一次发布的《2007 中国民办高校评价研究报告》中，虽然所处地域优势不太明显，但是江西蓝天学院凭借自身的办学水平和办学规模，受媒体关注程度很高。所以，在此次推出的"2007中国最受媒体关注民办大学排行榜"上，江西蓝天学院也位列第五。

　　这一年，在由中国教育家协会、中国教育网、江西日报大江网主办，中国校长网、搜狐网以及全国 30 余家地方网站联合协办的"感动教育——首届中国（江西）十大杰出校长"大型调查评选活动中，于果还被评为"最佳社会影响"的大学校长。

　　对江西蓝天学院来说，2007 年是硕果累累、收获欣喜的一年。首次位居全国民办高校排行榜之首的排名，这意味着学院已跻身全国一流民办高校之列。

　　如果说，第一次登上"中国民办大学排行榜"榜首，在外界看来江西蓝天学院多少有些"幸运"的因素在其中。那么，接下来，当每年"中国民办大学排行榜"公布时江西蓝天学院都稳居榜首，则不得不让人信服。

　　2008 年 2 月 25 日，反映 2008 年我国一般大学及民办高校竞争力状况的评价报告——《我国一般大学及民办高校竞争力分析》正式出炉，该报告由权威机构武汉大学科学评价研究中心主持，在最重要的民办大学竞争力排行榜上，江西蓝天学院又高居 2008 年中国民办院校排行榜榜首。

　　同年 5 月 28 日，中国校友会网、《大学》杂志和 21 世纪人才报发布《2008中国民办高校评价研究报告》，这是中国校友会网大学评价课题组连续第6 年发布大学研究报告。江西蓝天学院蝉联 2008 年中国民办大学排行榜榜首。

　　接下来的 2009 年 1 月，在国内权威的评价机构武汉大学中国科学评价研究中心发布的"2009 年中国民办大学排行榜"上，江西蓝天学院再次名列第一。

　　同年 2 月，中国校友会网、《大学》杂志和 21 世纪人才报等机构发布

《2009 中国大学评价研究报告》，江西蓝天学院连续三年蝉联该机构评出的 2009 中国民办大学排行榜榜首。

…………

连续五年位居"中国民办大学排行榜"榜首，全国各大媒体以及新浪网、腾讯网、中国广播网等国内各大网站竞相进行了深度报道。

有媒体总结出了江西蓝天学院十大优势：

旗帜优势：教育学院陶行知说，"一个好校长就是一所好学校"。于果董事长为第九、十、十一届全国人大代表，屡获"中国十大杰出青年"、"全国劳动模范"等殊荣，他以其永不言败的精神深深感召着全院师生奋力拼搏，这已成为江西蓝天学院稳健发展的巨大动力。

品牌优势：连续四年蝉联中国民办大学排行榜榜首。

规模优势：占地 2000 多亩，拥有来自全国（含港、澳、台）的全日制在校生 53000 余人，是全国在校生人数最多、规模最大高校之一。

师资优势：拥有教师 2000 多名，专家、教授治校治教，以确保教学质量。

专业优势：拥有工、文、经、管、艺、教、法、医、体等 100 多个市场紧俏专业。

技能优势：要求学生一专多能，毕业时拥有毕业证和英语等级证、计算机等级证、各专业岗位等级证、汽车驾驶证等多证书，即"文凭 + 技能证书"。

就业优势：已向全国输送毕业生 10 万余人，就业率连年保持在 97% 以上，蓝天毕业生成为就业市场"抢手货"。

环境优势：生态校园，环境幽雅，景色别致，人文气息浓厚，是一所陶冶情操，怡情治学的现代化校园。

助学优势：为品学兼优及家庭困难的学子提供国家奖学金、学院奖学金、于果扶贫金、校友奖学金、校企奖学金等等。

后勤优势：公寓式住宿、自助式就餐，便利店、银行、网络、通讯、各种体育场馆、影剧院等等生活设施一应齐全。

江西蓝天学院不仅以出色的办学成绩，得到了社会的广泛认同，更是受到江西省和国家有关部委的表彰。

学院先后多次荣获"江西省普通高等院校毕业生就业先进集体""全国'五四'红旗团委""全国高等教育自学考试先进集体""全国职业教育先进单位""全省大学生思想政治教育工作先进集体""江西省园林单位""江西十大和谐校园"等称号。

2009 年，江西蓝天学院顺利地获得了本科学士学位授予权，2010 年又顺利地通过了教育部的本科教学工作评估

于果本人，分别荣获"中国十大杰出青年""全国劳动模范""全国优秀教育工作者""江西省改革开放三十周年十大杰出建设者"等荣誉称号。

在全国民办教育领域，江西蓝天学院已被视为一面旗帜！

第五节　再添一道亮丽风景

回望新千年第一个十年里江西蓝天学院取得辉煌办学成果的历程，人们可以清晰地看到，于果踏准全国民办高等教育改革发展的时代脉搏，以敏锐的眼光、果敢的魄力和探索精神，一次次抓住了机遇。

与此同时，于果对社会职业教育技能型人才培养的执着探索，还成就了另外一所拥有广泛知名度和响亮品牌的学校。

这所学校就是江西蓝天驾校。

历经改革开放 20 多年的发展，到新世纪之初，小汽车已渐渐不再是人们高不可攀的奢侈品，开始走进人们的生活中。

随着南昌市机动车数量，尤其是私家车数量的迅猛增长，驾培市场的切实规范，驾培质量的提高，如何培养出技术过硬的汽车驾驶员，也随之

成为社会关注的热点。

"办一所正规的驾校，为预防和减少道路交通事故尽一份社会责任。"在于果敏锐意识到驾驶培训的社会意义和未来具有广阔天地时，他随即考虑充分利用和借鉴江西蓝天职业技术学院的技能人才培养力量，决定创办一所具有现代化水平的驾驶培训学校。

这是于果在职业技能教育领域的一次大胆创新，也是一次成功的延伸。

2004 年，于果投资近 8000 万元，建成了占地 500 亩的全国一流、江西最好的驾驶学院——江西蓝天驾校。

一所汽车驾驶学校的投资如此之大，起点之高，在那时的确出人意料！

当年春天，第一批学员，迎着阵阵和煦的春风，兴致勃勃地走进了设施一流、师资雄厚的蓝天驾校。

他们惊奇地发现：在南昌，居然有如此规模宏大、设施一流与规范的现代化驾驶学校！

尔后，是江西蓝天驾校日渐广泛的社会知名度和美誉度。

…………

将"正规"作为办学的基本宗旨，在硬件、软件、管理等方面大手笔投入，高起点建设，这是蓝天驾校一开始就确立的办学理念之一。

江西蓝天驾校的校内考试设施，严格按照交通行业标准化和最新公安部、交通部颁布的有关驾培和考试规定要求进行建设：无纸化考场、场内驾驶电子化、实际道路智能化考场等等一应俱全。

由此，江西蓝天驾校也成为全省首家通过国际质量管理体系认证的驾校，后来，又成为南昌市车管所直属的机动车驾驶人考试考场。

在此后的过程中，蓝天驾校在教育设施上不断投入，各项教学培训、考试、生活服务设施一应俱全，其水平已超过了行业标准。

此外，将高等职业教育的理念融入驾校管理中，又使得江西蓝天驾校得以形成了一种与校园文化相互融合、相互推动的企业文化。

这也是于果职业教育理念进一步延伸,在驾驶培训这一领域的再一次成功实践。

在教学队伍建设过程中,蓝天驾校逐步建立健全了各项规章制度,开展岗位培训和技能竞赛、优质课比赛,并将创先争优、星级教练员评选活动作为提升员工自身素质和提高工作积极性的推广,建设了一支思想觉悟高、业务水平高、工作业绩高的教练员队伍,为教学质量提供了可靠的保障。

以优质特色服务唱响"蓝天"品牌。蓝天驾校就瞄准国内服务业的最高水平——空乘服务、中国移动服务和招商银行服务模式,以他们为学习的榜样,打造蓝天服务窗口的第一抹亮色。

驾校学员来自于各个行业和岗位,需求多样。

为充分考虑并满足这些学员的不同需求,江西蓝天驾校建立了 VIP 服务中心,一对一的客服人员,一对一的教练员,专属的教练场地,灵活的学车时间,完善的就餐、休息、休闲设施,充分体现出了"人文服务"的亮点特色。

此外,蓝天驾校为方便学员,服务社会,实行报名、培训、考试、发证一条龙服务,还在全省率先开设了残疾人、聋哑人的机动车驾驶培训,为残疾人朋友学车开通绿色通道,创建优质服务。学员俱乐部为学员代办驾驶证年检、补证、换证、邮寄驾证等延伸服务。

学校 20 多辆大巴校车贯穿南昌市各条道路,分早中晚三个时间段免费接送学员学车。学校还设有空调休息室、免费无线上网、餐厅、超市等相关配套服务设施。蓝天驾校的人性化服务链,为学员提供了便捷的服务,赢得了社会和广大学员的认可,成为市民学车首选的品牌驾校。

当年,难怪一位驾培专家第一次到江西蓝天驾校时惊叹地说:别的驾校一进去就像个市场,蓝天驾校一进去就像个校园。

以办学的理念和标准来办驾校,让江西蓝天驾校很快就脱颖而出。

此后短短几年时间里,江西蓝天驾校就在江西全省一枝独秀,在驾培行业声名鹊起，被行业专家誉为"有品位的驾校"。

至 2006 年，江西蓝天驾校创办三周年，硕果累累，喜获"江西省职业教育先进单位""江西省十强驾校"之首、"江西省大学生素质拓展训练技能培训基地""青年文明号"等荣誉称号。

蓝天驾校鲜明的办学特色和突出的办学成绩，得到了中国道路运输协会等有关部门和社会各界的广泛关注和赞誉，被授予"中国道路运输协会优秀会员单位"，荣获了"全国文明诚信优质服务驾校"称号。

在多年的实践后，蓝天驾校已经沉淀出成系统的企业文化：有"为社会培养合格驾驶员"的企业使命，有"打造中国最值得信赖的驾校"的企业愿景，有朗朗上口的校歌，有不断刷新的优秀教练员榜，有统一的工作制服与服务礼仪，有定期的文艺汇演，有不定期的技能竞赛……

依托于高校背景和校园文化，江西蓝天驾校还建立了完善的党、团、工会组织，作为塑造企业文化的强力推手。

通过高等职业教育理念的运用，蓝天驾校培养出一大批优秀的教练员，不断带动着江西蓝天驾校乃至整个驾培行业的发展。蓝天人始终认为，机动车驾驶员培训并不只是对车辆操作方法的简单传授，而是始终立足于人与车之间的和谐互动，并在这种互动中注入安全、文明、科技的内涵。

蓝天驾校在国内做到一流驾校，得益于其独特的办学理念：那就是，用办高等职业教育的方法来办驾校！

2011 年，江西蓝天驾校又扩建了昌北校区。

至此，江西蓝天驾校的总投资追加到了 1.5 亿元，校园面积由 500 亩扩展到 630 亩，教学车辆由 70 辆增至 500 余辆，职工人数由建校初期的百余人发展到现在的 700 余人。

如今的江西蓝天驾校，东临瑶湖之畔、北濒白水湖之滨、南倚抚河东岸，已崛起"一校三区"，成为江西驾培的龙头企业，跻身于全国一流驾校。

"600 余亩的校园面积诠释江西驾培规模之大，500 多辆教学车辆展示江西驾培实力之强，蓝天驾校生态园林的恬静与现代都市的繁华彰显驾培环境之优美。"高起点、高品位办学，规范的管理，高质量的培训，诚信优质服务，赢得了社会一致的广泛赞誉。

蓝天驾校特色鲜明的办学成果，在江西引起广泛社会关注的同时，也引起了全国各地驾校的注目。

2013 年 7 月，由国家交通运输部主办的全国机动车驾驶培训工作会召开。其中，驾培工作会的规范化教学管理现场展示就被选择在江西蓝天驾校。

来自全国各地驾校的创办者，走进蓝天驾校，绿树成荫、鸟雀啼鸣，人气旺盛、车流不息，灯火辉煌、星光灿烂。现代省会都市的繁华与近郊生态园林的恬静相得益彰，省内外同行的这些参观者纷至沓来，无不交口称赞。

"我们走了全国很多驾校，一直都觉得蓝天驾校不一样。当然，每个驾校其设施、管理理念、企业文化、培训质量等都各有特色，但对蓝天驾校应该有另一个评价，就是'品位'不一样。"一位来自湖北省某驾校创办者的这番话，可谓代表了全国驾校同行对江西蓝天驾校一致的认同。

与江西蓝天学院的稳健发展同步，江西蓝天驾校为于果的办学事业又再添了一道亮丽风景。

第七章

"蓝天"迈入"科技"时代

改革开放赋予民办高等教育发展的机遇是客观的，这对全国任何一所民办高校都一样。

而抓住机遇又是主观的，在新世纪第一个十年过程中，江西蓝天学院在全国民办高校中快速崛起稳步发展，十分重要的一个方面就是抓住了高等职业教育和民办本科院校发展改革的重大时间先机。

民办大学是中国教育改革的成果之一，同时也要成为推动我国民办高等教育改革发展的参与者、探索者和改革者。

在近20年办学实践的探索中，于果体会最为深刻的就是，对于民办本科高校而言，首先需要准确把握高等教育的发展趋势和时代特征，进一步明确本科教育的基本定位。

2011年前后，于果以拓荒者和实践者的强烈使命感，面对《教育部"十二五"教育改革与发展规划》为民办高等教育发展改革再次呈现出的重大机遇，果敢确定了江西蓝天学院未来发展的全新定位。

这一全新发展定位，即在应用型本科院校建设的优势已较为鲜明的基础上，今后重点凸显"科技"这一特色，让江西蓝天学院沿着这一清晰方向，朝着"打造中国应用型本科教育一流品牌"定位稳健前行。

2012年，江西蓝天学院正式更名为江西科技学院。

这一更名，标志着"蓝天"迈出了坚坚实实的一大步，17年克难奋进三次跨越，现在又站在了奋力实现第四次跨越的起跑线上。

这一更名，凸显了"科技"的战略地位，更准确地体现出其在建校之初就提出的"以科教兴国为己任，为振兴中华而办学"的办学宗旨和办学方向，更直接地表达了追寻时代发展的强烈意愿。

走向成年的"蓝天"，终于告别了金色的童年和少年时代，以豪迈的青春激情迈出了立志实现未来高远壮阔梦想的步伐。

第一节　更名背后的宏远之思

2005 年，在学院升格为全国普通本科高等院校之后，于果深知，办学水平的全面提升对江西蓝天学院的发展而言，既是严峻挑战同时又是前所未有的重大机遇。

在此后挑战与机遇并存的 5 年里，江西蓝天学院以令人瞩目的姿态崛起于全国民办高等教育百花园，成为全国民办高校中当之无愧的领跑院校之一。

走过新千年的第一个十年，于果办学取得的辉煌成果有目共睹。

而于果体会最为深刻的就是，对于民办大学的创办者来说，首先需要准确把握高等教育的发展趋势和时代特征，进一步明确办学的基本定位。

于果就是这样，始终把目光瞄准包含民办教育在内的全国高等教育发展趋势和时代特征，在办学过程中超越了一座又一座高峰。

于果对国家高等教育发展趋势和时代特征的准确把握，一方面来自于对国家每一个时期的宏观教育改革政策的解读，另外一个重要方面就是依据教育部每五年发布的"五年"改革与发展规划。

2011 年 3 月,教育部发布了《国家"十二五"时期教育改革与发展规划》。

从上一个五年开始，于果就把江西蓝天学院的发展以五年为一个时间节点，制定"江西蓝天学院五年发展规划"，保持与《国家"十一五"时期教育改革与发展规划》中的高等教育发展方向同步。

以《国家"十二五"时期教育改革与发展规划》为依据，制定《江西蓝天学院"十二五"时期发展规划》，随后成为于果工作日程中的一件大事。

然而，就是在制定《江西蓝天学院"十一五"时期发展规划》的过程中，于果深思的重点内容，却由"未来五年的学院发展"，逐渐转向了另一个重大问题——江西蓝天学院今后与未来发展更为准确的办学定位。

而且，在于果看来，历经17年的探索发展，无论是从江西蓝天学院自身的发展现状还是从国家高等教育改革发展趋势而言，江西蓝天学院更为准确的办学再定位已到了水到渠成之时！

近16万毕业生，在校生已达到数万人，17年三次大跨越，江西蓝天学院以她的成长历程，见证着中国民办高校在改革开放进程中稳健崛起的轨迹。

在江西，社会各界几乎一致都认为，对于江西这样的一个中部省份之所以能在全国能异军突起为民办教育大省和强省，与于果创造的享誉全国的这一方民办"蓝天"密不可分。

那么，于果为何会在此时产生"江西蓝天学院更为准确办学再定位"这一深思呢？在江西蓝天学院即将步入下一个五年发展的重要时间节点，于果将怎样更为准确对办学再定位呢？

这一切，是于果对办学而来17年历程的全面总结开始，从而产生宏大深远之思的。

追溯"蓝天"的发展历程，17年的时间，学院演绎了由量到质的传奇巨变，在与时俱进中成功地进行了三次跨越。

第一次跨越（1994年1月—1999年6月）——江西省高级职业学校、江西东南进修学院时期。

1994年，江西省高级职业学校应运而生。于果开始了办学校、育人才的艰辛之旅，从起步租赁教室到建京东校区，目标明确艰苦创业；这一时期，"于果找党"的故事成为美谈，1995年5月，学校成立了中共党支部，这是江西省民办学校中最早建立的党组织。

1996年，学校乘势发展，更名为江西东南进修学院，举办自考助学和学历文凭教育试点。1996年，学校荣获国家教委授予的"高等教育自学考试先进集体"称号，成为全省民办学校唯一获此殊荣的单位。1997年，学校成为国家高等教育学历文凭考试试点单位。

第二次跨越（1999年7月—2005年3月）——蓝天职业技术学院时期。

1999年7月，经教育部批准成立蓝天职业技术学院，成为江西省民办第一所高等专科学校。于果用五年时间实现了办学从中职教育、自考助学、学历文凭教育到纳入国家统一招生计划的高等职业技术学院的历史性跨越。

这也是学校规模扩展的一个重要时期。2003年在江西省建设高校园区时，学校抓住机遇，投资10多亿元，完全按照现代大学的设置标准，高标准、高质量、高速度建成了生态型、数字化的瑶湖新校区，占地面积119.26万平方米，校舍建筑面积76.32万平方米。

2001年6月12日，蓝天职业技术学院在全省民办高校中第一个成立中共党委。

第三次跨越（2005年3月—2012年2月）——江西蓝天学院时期。

2005年，对于"蓝天"是个拐点。是年3月，蓝天职业技术学院升格为普通本科，更名为江西蓝天学院。

学校用五年时间，实现了从专科教育到本科教育的又一次历史性跨越，于果带领"蓝天人"开始了创建全国应用性本科一流品牌的第二次创业。2009年获批学士学位授予单位，2010年作为试点单位，在全省民办高校中率先通过教育部本科教学工作合格评估。

17年来，学校秉承"自信、自强、创业、创新"的"蓝天精神"，坚持走"特色＋精品"品牌之路。"特色"，就是建立有特色的学科专业体系、有特色的人才培养模式和管理机制；"精品"，就是人有我优，人优我精，立足江西，面向全国，为区域经济发展和社会发展服务，培养高素质、具有创新和创业能力的应用型人才。

内涵建设，让学校积淀了坚实的办学基础，并构筑了品牌特色。学校自 2005 年升格为普通本科高校以来，主动把握好发展的节奏，从规模扩展转向内涵建设，始终按照"以工学和管理学为主，多学科协调发展，特色鲜明，省内有优势，国内知名的应用型民办本科院校"的发展定位，大力加强学科专业和师资队伍建设，努力提高人才培养质量，增强学校的核心竞争力，增强为区域经济建设和社会发展服务的能力。

优化学科专业结构，五大专业群对接区域经济。学校根据江西省和区域经济社会发展、产业结构调整对人才的需求，从适应鄱阳湖生态经济区建设出发，提出了努力打造支持汽车产业和先进制造业、现代服务业、城市化建设、信息产业和文化创意产业发展的五大学科专业群。目前，学校设有机械、信息、土木、管理、文学、艺术等本科专业 27 个。

推进教学改革，打造特色专业。"以质量求生存，以特色求发展"，大力推进教学质量与教学改革的"六项工程"，即教学名师培育工程、精品课程建设工程、品牌专业建设工程、网络教育教学资源建设工程、实验教学示范中心建设工程、教育教学研究与应用工程；大力实施"品牌专业建设工程"，汽车服务工程专业已成为国家级特色专业建设点，土木工程、机械工程及自动化、计算机科学与技术、材料科学与工程等 6 个专业为省级特色专业。

创新人才培养模式，培养复合型应用人才。进一步完善了"两平台+N 模块"的人才培养模式，使方案更加科学合理。以市场为指南，以就业为导向，突出"应用型"特点，打造出"蓝天"品牌。为进一步加强复合型人才培养，2011 年，学校开展双专业、双学位教育。同时，强化了产学合作。2011 年，引进合作企业 20 家，开设订单班 20 个，该校国际贸易应用型人才培养模式创新实验区入选 2011 年度省级人才培养模式创新实验区。

这些改革，让学生就业有优势，创业有本领。"蓝天"的办学理念得到了社会的认可，长期的内涵发展和特色发展赢得了社会声誉。在大学生就业困难的现在，"蓝天"却可以连续保持97%的就业率。从这里也走出了一批创业明星：名列2009年中国大学生创业富豪榜第10、11名的谢琦（1999届毕业生）和胡树腾（2002届毕业生），"从来就没想过做打工仔"的李华领（2003届毕业生），"在世界地图上插满小旗"生意做到海外的张泉东（2001届毕业生），生产、销售规模排全国同行第5名的罗淇（2000届毕业生），23岁创办软件公司当年产值就超过2000万元的"娃娃老板"彭参（1999届毕业生）……

人才是兴校的第一资源，人才是强校的第一战略。17年来，"蓝天"着力打造人才聚集"强磁场"，为广大青年教师提供了更好的科技创新平台和更大的事业发展空间。近年来，学校每年投入1300多万元，用于改善教学实验条件和图书馆建设；每年引进100名左右的研究生，"十一五"期间引进硕士、博士500余人，专任教师队伍中具有研究生学位的达50%以上。

人才工程确保了教学质量。为实现培养高素质、应用型人才的目标，学校实施了四项人才工程建设项目：即青年教师硕士化工程、中青年骨干教师培养工程、高层次拔尖人才引进工程以及"双师型"教师培养工程，为"蓝天"打造一流品牌奠定了坚实的人才基础。

创新人才提高了科研水平。目前，学校拥有机械电子工程研究所、材料与应用技术研究所、信息技术研究所、软件研究所等教学科研平台，为教师特别是青年教师提供了更好的创新平台和更大的事业发展空间，据统计，目前该校省级以上项目立项153项、获批专利30余项。

零的突破、国内首创、国际水平……一项项科研成果，为"蓝天"腾飞插上了科技的翅膀：

国家自然科学基金项目实现了零的突破。教授许祥云博士申请的"家庭高等教育投资行为实证研究"项目，2011年被国家自然科学基金委员会正式批准立项，资助经费33万元。这不仅是"蓝天"首个获批立项的国家自然科学基金项目，而且也是全国民办高校首批获批立项的国家自然科学基金项目之一，意义非同凡响。

脑机接口研究部分成果达到国际水平。35岁的教授胡剑锋博士领导的脑电研究团队，在脑机接口、生物识别等研究领域取得了丰硕研究成果，部分成果达到国际水平。基于Android手机的脑电综合应用平台，在国内尚属首创；"基于脑电信号的身份识别方法"和"基于多特征算法的脑纹身份识别认证方法"两项发明为国内首创，通过人的思维作为密码，独一无二。

"蓝天发明"首次亮相中国国际科交会。机电研究所副总工程师黎友盛研高工主持发明的"单码道增量式光电编码器"运用广泛，涉及机器人制造、电动汽车、数控机床、风力发电、"三表"集抄等多个领域；机电研究所机械总工程师张歧生教授主持发明的"直线行波磁选机"，用来进行铁矿提纯，大大提高了资源利用率，目前这项技术不仅国内唯一，在国际上也是唯一的。

在国际铜业协会喜中头标。材料研究与应用技术研究所所长张洪涛博士，2008年以"泡沫铜CPU散热器的研制"项目，获得了国际铜业协会对这个项目技术、资源、资金及后期推广上的支持，该项目可对电子行业提供更好的散热解决方案。

科研向前冲，回归教学中。信息工程学院软件研究所所长姚磊岳带领学生搞软件开发，成功开发了全省水库移民信息管理系统、南昌铁路局货物检验系统等四个大项目，他坚持科研服务教学理念，该校京东校区2005级计算机专业的自考生杨威，在姚磊岳带领下做项目，现已成为该所身兼多个项目的应用程序师。"项目牵引式"教学法，让教与学无缝对接。

…………

至此，于果在时间纵深之处全面回顾办学的三次重要跨越总结中，也渐渐触及到了一个事关江西蓝天学院未来发展长远战略中的核心重大内容。

　　这一内容即是：准确把握我国高等教育的发展趋势和时代特征，进一步明确本科教育的基本定位，让江西蓝天学院朝着"打造中国应用型本科教育一流品牌"定位稳健前行！

　　让时间再回到2010年。

　　这一年，"应用型本科教育"这一课题的提出与热议，在全国高等教育领域广受关注。

　　所谓应用型，就是面向整个经济活动的人才类型，应用型人才所面向的当然不止于经济领域，但主要是经济领域。

　　"应用型本科教育"这一命题，是在我国高等教育连续扩招、教育部对普通本科院校进行教学工作水平评估、高等教育人才培养出现结构性矛盾、以市场为基础配置生源的方式和机制开始形成的背景下而提出的。这一新的办学理念和办学模式的提出，是新设本科院校实施"异轨竞争"的需要，是在新的竞争环境中争取优势、谋求进一步生存和发展的重要举措。

　　"从江西蓝天学院未来的办学发展方向上，走应用型本科教育发展之路，可以说我们已具备了自身优势。从全国各类本科院校差异化发展的角度看，这是今后打造江西蓝天学院特色品牌的一个重大机遇！"

　　在对高等教育发展的趋势和时代特征准确把握中，于果总是能一次次敏锐意识到挑战与机遇。

　　也正是在2010年这一年，于果明确提出了"打造中国应用型本科教育一流品牌"的办学目标。而且，于果更是把这一办学目标，与深藏于自己内心深处的办百年名校的愿景紧密联系在了一起！

　　"现在，正值江西全省加快转变经济发展方式的攻坚时期，根据《江西省国民经济和社会发展第十二个五年规划纲要》，江西将以汽车、装备制造等行业为重点，加快传统产业结构调整，大力发展新能源、新材料、新动力汽车等战略性新兴产业。"2011 年 3 月之后，当于果在思考江西蓝天学院下一个五年以及更为深远发展的规划蓝图时，这样说道："可以预见，汽车、机械制造、信息技术、新材料等行业对人才、智力和科技需求将日趋迫切，这就必然要求以工科和管理学科为主，培养基础扎实、实践能力强、综合素质高、具有创新创业精神的高级应用型人才。"

…………

从国家高等教育的时代发展特征和趋势，到全国本科院校在十多年中由规模化快速扩张所带来的同质化发展弊端，再到江西蓝天学院历经 17 年的三次跨越与优势积淀，于果在打造民办高等教育强校的宏大叙事中，一步步确立自己的目标与方向。

当于果完成这宏大深远之思后，江西蓝天学院下一个五年及远景发展蓝图，也豁然跃现于眼前：科技引领未来，凸显江西蓝天学院"科技"的战略地位，坚定地朝着"打造中国应用型本科教育一流品牌"目标迈进！

就这样，在 2011 年江西蓝天学院行进到一个全新转折点的重要时刻，于果为学院的下一个五年以及更为深远发展，做了更为准确的发展再定位。

这将是学院要实现第四次跨越式发展的全新起点。

由此，又一个重大的思考也随即产生。这也是上文所提到的，于果认为是水到渠成的一件大事。

于果提出，将江西蓝天学院更名为江西科技学院。

一所大学的校名演进中，往往蕴含着深远的变迁发展史。

正如江西蓝天学院 17 年发展历程中的前三次学校更名，每一次更名，都代表了一段突飞猛进的办学历史。

"科技引领未来,将江西蓝天学院更名为江西科技学院,有利于凸显'科技'的战略地位,有利于为江西构建产业体系提供智力和技术支持,有利于为江西企业培养更多高素质的应用型科技人才。当年取名'蓝天',重在励志，说起'蓝天'更名，我是最舍不得的。随着学校事业一步步向前推进，这个校名宽泛了，反映不出学校的办学内涵。为了更准确地表达学校定位，更好地彰显我校的办学特色和优势，更名为江西科技学院，使之名实相符，也是水到渠成。"

2012 年之初，当江西蓝天学院更名为江西科技学院的思考完全成熟之后，于果对学院更名向外界作了以上深刻阐述。

学院的这第四次更名，于果是要把打造一所科技特色卓著的百年名校之深远夙愿，鲜明地彰显于校名之中。

这一更名，凸显了"科技"的战略地位，更准确地体现于果在建校之初就提出的"以科教兴国为己任，为振兴中华而办学"的办学宗旨和办学方向，更直接地表达了追寻时代发展的强烈意愿。

第二节　奋飞科技"蓝天"新开篇

一所大学的命名或是更名，有着严格的审批程序。

更名为"江西科技学院"，正好盘活了江西省高等院校闲置的软资源，彰显了学校的"科技"特色，也标志着学校教育事业发展进入了一个新的时代，同时有利于巩固江西民办高等教育在全国的优势地位和学校在全国民办高校中的榜首地位，有助于学校在更广阔的国际舞台上交流和参与竞争。

2012 年 2 月 20 日，经教育部对江西省人民政府江西蓝天学院正式更名为江西科技学院。

新的平台带来新的机遇，新的起点孕育新的希望。

带着"打造中国应用型本科教育一流品牌"的美好愿景，江西科技学院在"蓝天"下开启了发展的新征程。

党的十八届三中全会明确提出，全面深化改革的总目标是完善和发展中国特色社会主义制度，推进国家治理体系和治理能力现代化。这是国家改革的总目标，也是各领域改革的总要求。

教育改革作为全面深化改革的重要领域，一切改革的举措和行动，毫无疑义都要自觉围绕这一总目标、落实这一总要求，从教育部门自身改起，完善科学规范的教育治理体系，形成高水平的教育治理能力。

围绕教育治理体系建设、教育治理能力提高，深化教育领域综合改革；通过深化教育领域综合改革，实现教育事业科学发展；通过教育事业科学发展，更好地促进教育公平、优化教育结构、提高教育质量；通过促进公平、优化结构、提高质量，更好地为打造中国经济升级版、全面建成小康社会提供坚强有力的人才支撑和智力支持。

"江西民办教育在经济欠发达地区教育中走出了一条创新之路，成为江西教育发展的亮丽名片。面对新的发展、新的机遇，江西民办教育要继续保持领先优势，关键靠改革、出路在改革。"

综合《江西科技学院综合改革试点实施方案（2015—2020年）》，一项项举措可圈可点：

针对学校专业人才培养同质化，人才培养模式单一等问题，《方案》提出，江西科技学院将开展技术技能型人才培养模式改革，努力培养适应经济社会发展急需的技术技能型人才。另外，通过开展综合改革试点，实现学校由规模发展向内涵发展、特色发展的转变，进一步提升学生的综合能力、专业能力和创新创业能力，努力把学校办成工程师的摇篮、企业家的摇篮、生产知识产权的摇篮。

按照"优化结构，提升内涵"的原则，提高生源质量，调整本专科生结构比例，力争到2020年，学校本科招生占招生总数的70%左右；

探索高层次技术技能型人才培养新模式，积极与南昌大学、江西师范大学合作培养专业硕士学位研究生。争取学校进入下一轮专业硕士学位研究生培养单位，到 2020 年成为专业硕士学位授予单位。

根据《方案》提出的改革目标，江西科技学院将围绕江西省战略性新兴产业和现代服务业发展，重点打造五大专业集群：

——建设以车辆工程、机械工程等专业为主的专业集群，支持先进制造业和汽车产业发展；

——建设以计算机科学与技术、电子信息工程等专业为主的专业集群，支持新一代信息技术产业发展；

——建设以土木工程、工程管理等专业为主的专业集群，支持城镇化和新农村建设；

——建设以护理学、会计学等专业为主的专业集群，支持现代服务业发展；建设以艺术设计、音乐学等专业为主的专业集群，支持文化及创意产业发展。

同时，搭建校政、校协、校企、校校合作平台，打造"产教融合生态圈"，构建产教融合、合作共育的培养新模式。到 2020 年，学校每个专业至少与一个相关行业或企业建立产教融合、合作共育的产学研合作基地。搭建国际教育合作平台，大力引进国际优质教育资源，推进国际合作交流。

改革教育教学模式，推进重点学科工程建设。

《方案》提出，将制定创新创业能力培育的激励制度。制定《大学生科技创新能力培育实施方案》《大学生创新创业实践活动学分认定管理办法》《大学生创新创业基金管理办法》等制度，设立大学生创新创业活动基金，激发大学生创新创业的积极性。完善科技竞赛机制，实施"115"工程。力争到 2020 年，学校获得国家级竞赛奖 100 项左右、省级竞赛奖 1000 项左右；建立创业孵化制度，实施"小老板创业工程"，扶持 500 名左右的学生实现自主创业。

重点培育车辆工程、计算机应用技术、机械制造及其自动化、产业经济学、结构工程、设计艺术学、企业管理、舞蹈学等重点建设学科。引进、培养学科带头人和高层次人才，设立首席教授，组建教学科研团队，力争取得较高水平的科研成果。

另外，开展创新创业教育。按照国家要求，结合学校实际，编写创新创业教材，开设创新创业教育课程，开办创新班（组），开展创新创业活动，增强学生创新创业意识。建立创新创业教育基地。利用大学科技园平台、知识产权教育基地、创新方法培训基地、大学生创业孵化基地与创新工作室，加大学生创新创业实践活动，提高学生创新创业能力。

第三节　青出于蓝胜于蓝

在国家"大众创业，万众创新"的大环境下，江西科技学院把"打造创新型人才培养的摇篮"作为推进教育综合改革的重要举措。

为此，学校成立了创新工作领导小组。校长任组长，分管学生、教学、科研的校领导任副组长，团委、教务、财务、就业等部门负责人为成员，定期研究部署创新工作，统筹教育资源，决定重大事项。在各二级学院成立大学生科技创新工作小组。院长任组长，分管学生工作的副院长任副组长，团总支书记、教学秘书、学工秘书、教研室主任等参与，负责本学院学生科技创新工作。

创新学院、创新班组、创新社团、大学科技园……一系列创新教育平台的构建，正是基于江西科技学院创新型人才培养模式改革的强力支撑。

上课要轮流"执勤"当老师讲课，每个学生都要参加集中实践，科学研究、学科竞赛、项目调研、专利发明都是第二课堂的课程内容……江西科技学院还在各教学单位内部，成立形式多样的创新班、创新小组，形成"学院+班组"的创新教育管理模式，目前共有各类创新班近50个、创新小组100余个。创新班采取导师制，原则上每5~10名创新班学生配备一名专业指导老师，指导学生开展创新活动。学校每年为每个创新班配套 1 万元创新基金，鼓励学生参与创新活动。近年来，师生参与科技创新活动热情高涨，以创新创业类竞赛为例，2014 年共组织学生 12786 人次参与竞赛 72 项，获省级以上奖项 402 个（国家级 21 个，省级 381 个）。其中，创新班、创新小组有 82.3% 的成员参与其中。

如果说创新班组、创新社团为创新创业教育实践活动搭建载体，那么，大学科技园则为推动学生的技术创新、科技成果转化等增添了助推力。

"作为省内首个获批省级大学科技园的民办高校，学校切实为大学生和校友提供创新创业服务，鼓励学生通过头脑风暴，凝聚智慧、自主经营管理和开拓创新，在创新活动中提高创新意识、积累创新经验。"江西科技学院大学科技园负责人介绍，科技园配套制定 20 余项管理制度，为大学生创新创业提供免费代办工商执照、税务登记等多项优惠政策，成为大学生创业孵化基地。现入驻企业 60 余家，其中师生自主创办的占入园企业比例的 44%，校友创办的占入园企业比例的 31%。

为响应国家"2011 计划"的总体精神和要求，江西科技学院于 2015 年 5 月，联合清华大学、江铃集团、江西省科学院等单位组建的汽车服务工程及产业省级协同创新中心被列为江西省"2011 协同创新中心"。

铺设"快车道"，激活协同创新"双引擎"。

一方面整合已有的学院和研究所的学科、科研平台和团队资源，另一方面加大经费投入和人才引进，为协同创新中心独立自主开展研究提供政策保证等，激活协同创新的"双引擎"。

——实行"特区"管理。中心在人事、财务、科研、人才培养、行政管理等方面保持相对独立，各项工作直接由学校管理。

——配套专项经费。学校为中心设置独立账户，下拨 2000 万元用于中心建设与运行，专款专用。

——配置专用场所。总面积达 2000 平方米的办公场所可容纳 100 余名科技人员开展科研工作，配置了总价值达 3000 余万元的仪器设备。

　　——搭建创新平台。依托学校业已组建的 5 个工程技术研究中心和重点实验室，整合了该校汽车、机械、信工、管理、艺术等多学科和研究所等，搭建协同创新平台。

　　——畅通人才聚集渠道。在"流动不调动"的原则上，实现与高校、科研院所和企业等协同单位之间人员的聘用与流动。

　　于果亲自担任中心主任。以建设"2011 协同创新中心"为契机，江西科技学院围绕国家和江西经济社会发展需求，加强与省内外高校、科研院所及企业等单位的协同，全面提升人才、学科、科研"三位一体"的创新能力，在不到 3 个月的时间里组建了五大研究中心：

　　——汽车安全及故障诊断技术研究中心。依托江西省汽车安全工程技术研究中心与南昌市移动互联开发重点实验室、南昌市汽车安全工程技术研究中心，联合江铃集团，开展汽车"人车耦合""车路耦合"以及动力机械故障诊断等问题的研究。

　　——车联网技术研究中心。依托江西省行车安全辅助工程实验室，联合清华大学等协同单位，研究汽车辅助安全驾驶技术、汽车安全预警技术以及"人–车–路"信息交互技术。

　　——汽车再制造技术研究中心。依托南昌市 3D 打印重点实验室、南昌市材料研究与结构检测重点实验室，联合江西省科学院等协同单位，开展 3D 打印技术与汽车再制造技术研究。

　　——汽车水平事业体系研究中心。协同江西省汽车流通行业协会、江西省汽车维修协会等，致力于汽车快修服务标准、汽车置换、汽车评估标准等组成的整个汽车水平事业价值链的理论和应用研究。

　　——新能源汽车技术研究中心。协同江铃新能源汽车有限公司，以节能环保为研究宗旨，围绕新能源汽车配套设施建设规划以及省域新能源汽车共享模式开展研究。

中心现有骨干成员 54 名，分别来自清华大学、江铃集团、江西省科学院、同济大学及江西省汽车流通行业协会和我校各学院、研究所等，主要由具有高级职称或博士学位的中青年教师及相关行业专家组成。

2015 年，江西科技学院被正式批准为设立博士后创新实践基地单位并已招收了博士后学生；被列为国家级高校学生科技创业实习基地、国家知识产权试点园区、国家优秀成果转化基地。

这一切显示，江西科技学院在"打造创新型人才培养的摇篮"的目标上又奋进了一步。

2015 年 10 月，由国家教育体制改革领导小组办公室编发的《教育体制改革简报》第 92 期，以《江西科技学院：打造创新人才培养的摇篮》为题，专门报道了江西科技学院创新人才培养工作。

这篇报道是该简报"深化高校创新创业教育改革"系列报道之一，全面系统地展示了江西科技学院创新人才培养工作的全貌。

报道《江西科技学院：打造创新人才培养的摇篮》内容如下：

江西科技学院以培养高素质应用型人才为目标，采取九大措施，着力打造"三个摇篮"（工程师的摇篮、中小企业主的摇篮、知识产权的摇篮），强化创新创业教育，取得显著成效。

一、加强组织领导。一是成立学校创新工作领导小组，校长任组长，分管学生、教学、科研的校领导任副组长，团委、教务、财务、就业等部门负责人为成员，定期研究部署创新工作，统筹教育资源，决定重大事项。二是在各二级学院成立大学生科技创新工作小组。院长任组长，分管学生工作的副院长任副组长，团总支书记、学工秘书、教研室主任等参与，负责本学院学生科技创新工作。

二、强化创新教育。制定提高在校学生创新能力、教师创新意识的意见，从三个方面贯彻创新教育理念。一是编写校本教材。成立由校长牵头的创新教育教材编写小组，编写符合学校实际情况的创新教育系列教材。二是开设"创新方法"等必修课程。突出学生创新能力和核心职业能力培养，提升学生适应经济社会发展、技术进步、岗位变化以及创业发展需求的水平。三是将创新学分纳入人才培养方案。制定大学生创新实践活动学分认定管理办法，在培养方案中增加创新实践活动学分，要求大学生在校期间必须获得至少 6 学分方可毕业。

三、成立"创新学院"。统筹开展大学生创新创业工作，管理创新创业基金使用，组织大学生创新创业能力训练计划，组织开展各类大学生创新创业活动，建设维护创新创业工作信息服务平台等。

四、设立"创新班组"。在各教学单位内部，成立形式多样的创新班、创新小组，形成"学院 + 班组"的创新教育管理模式，目前共有各类创新班 23 个、创新小组 100 多个。学校为每个创新班配套 1 万元创新基金，鼓励学生参与创新活动。近年来，师生参与科技创新活动热情高涨，以创新创业类竞赛为例，2014 年共组织学生 12786 人次参与竞赛 72 项，获省级以上奖项 402 个（国家级 21 个，省级 381 个）。创新班、创新小组有82.3% 的成员参与其中。

五、加强师资建设。出台《教师指导学生参加大学生科技创新与职业技能竞赛活动工作量计算方法》和《关于鼓励师生参加课外科技创新及职业技能型竞赛活动的奖励办法》，将指导学生创新活动作为考核教师工作量的重要内容。创业导师每结对一名大学生或一个大学生创业团队进行创业阶段指导服务的，给予课时辅导补助，认定教学工作量，计入年终量化考核，并且在评优评先、职称评定等方面给予倾斜。

六、鼓励专利申报。把专利申报作为推进创新教育的重要抓手，2014年，学校与江西省知识产权局签署战略合作框架协议，鼓励在校学生积极参与专利申报，申报费用享受教师同等资助政策，还在评先、评优、评奖助学金等方面优先考虑。截至 2015 年 4 月，学生已获专利授权 46 项。

七、建设大学科技园。建立省内民办高校第一个省级大学科技园，为大学生和校友提供创新创业服务。配套制定二十余项管理制度，为大学生创新创业提供免费代办工商执照、税务登记等多项优惠政策。利用科技园平台建设大学生创业孵化基地，现入驻企业六十余家，其中师生自主创办的占入园企业比例的 44%，校友创办的占入园企业比例的 31%。

八、强化学生社团建设。以学生社团"蓝色技术工作室"为模式，组建、改建一大批创新创业类学生社团，为创新创业教育实践活动搭建载体。2014 年首届江西省高校专利成果交易会上，大四学生熊博带领蓝色技术工作室团队研发的"无人运输车"引起各方关注。

九、完善激励制度。设立大学生创新创业活动基金和专项奖金，定期组织专家评选认定学生创新创业成绩与成果，定期评选大学生"学术科技创新之星"、"自主创业之星"、"创新创业之星"等，对优秀学生、优秀指导教师、优秀项目（活动）、优秀组织单位予以表彰奖励。

在第 19 届江西青年五四奖章表彰座谈会上，来自江西科技学院国际经济与贸易专业的新疆籍维吾尔族学生米拉迪力·麦麦提阿伍拉特别引人注目，他拍的微电影《做梦都想》，告诉外界一个真实的新疆；他第一个月卖切糕就挣了 15 万元，把新疆特产带向全国；他倡议成立的"新丝路创客驼队""新疆丝路创客网络联盟"，连接起全国的新疆创客；他策划的首届高校新疆文化周快闪活动，一个小时，全世界 20 万人参与……

这个 23 岁的维吾尔族小伙，是中共预备党员，先后荣获江西省首届互联网＋大学生创新创业大赛金奖，入选"创客中国——寻找最具投资价值项目全国十强"，被授予全国"向上向善好青年"等。

2015 年初，米拉迪力同 4 个创业小伙伴一起成立了南昌阿布瑞科技发展有限公司，销售新疆特产。在学校的扶持下，他的公司入驻了该校省级大学科技园，还成立了全国首个在校大学生企业团支部。

"我就读的学校江西科技学院出台了很多扶持大学生创业的政策，实施了创业学分，这让我既能安心创业又不会担心学业。"作为本届"江西青年五四奖章"获得者中唯一一位在校大学生，米拉迪力在座谈会上作典型发言，对学校的感激之情溢于言表："学校帮助我们注册了公司，入驻了学校的大学科技园，提供免费代办工商执照、税务登记等多项优惠政策，还安排了导师和专家为我们指点，让我们少走了很多弯路。"

在江西科技学院，像米拉迪力这样的大学生创客还有很多。

学生社团"蓝色技术工作室"熊博等人，创办的南昌酷尔科技有限公司也入驻了该校大学科技园。"学校鼓励在校学生积极参与专利申报，申报费用享受教师同等资助政策，还设立了大学生创新创业活动基金和专项奖学金。"熊博他们已有四项专利应用到了企业产品中。

除了近百个各类创新班组，该校还以"蓝色技术工作室"为模式，组建、改建了16个创新创业类学生社团，为大学生创新创业实践活动搭建载体。

截至2016年3月，江西科技学院师生获得专利授权达1282项。

在校生在"挑战杯""创青春"等各类竞赛活动中获得国家级奖项55项、省级奖项1366项，其中在首届江西省"互联网+"大学生创新创业大赛，该校斩获"一金二银三铜"，在全省79所参赛高校中排名第四。

毕业生自主创业率居全省高校前列，高于全国高校毕业生自主创业率8个百分点。

第四节　续写更辉煌的"春天故事"

关于教育，我们一直处在思考中、学习中、努力中、探索中、进步中！

——于果

改革开放进程中应运而生的中国民办教育，由 1980 年代初的各类培训机构而起，至 1990 年代在民办高等教育领域迅猛崛起发展，成就了中国高等教育园地中的璀璨芳华。

而自 21 世纪初年以来，民办教育再向基础教育领域发展延伸。其中，以精英人才培养为主要目标、注重人才培养特色模式的民办中小学校，已成为经济发达大城市中优质教育资源的重要组成部分。

正是在这样的背景趋势下，于果密切关注着民办基础教育领域的发展。

随着关注的深入，于果渐渐对民办基础教育展开了众多研究，并做到了不少对策研究调研。

民办中小学不仅是实现基础教育均衡发展的一支重要力量，也是全面实现教育现代化和均衡化目标的重要组成部分。

办一所江西顶级中小学校，引领全省民办基础教育的发展。在新千年第一个十年过程中，于果就萌生了这样的想法。

…………

党的十八届三中全会，把"更好的教育"摆在人民"十大期盼"首位。

扶持、鼓励民间资本进入教育领域，形成民办学校和公立学校并存的教育格局。国家出台一系列政策大力支持民办教育，鼓励和引导民间资金进入基础教育教育，积极扶持民办幼儿园和民办中小学校。

"民办基础教育的春天已经来临！"

于果敏锐而深刻地意识到，多年前自己想"办一所江西顶级中小学校，引领全省民办基础教育的发展"的时机已成熟。

敏于机遇而又果敢抓住机遇，这是于果风格。于是，一个投资 5 亿元创办一所顶级中小学校的规划随后形成。

教育的核心在"人"，任何一所学校的灵魂都是它的老师。

实行最先进的教学理念、汇集最顶尖的教师团队，选拔最拔尖的学生群体，打造最前沿的智慧校园。

打造高水平、现代化、示范性的一流名校，培养明孝修德、精学健体的社会英才！

2015年3月，春意盎然，生机萌发的春天。

"中国民办教育的领军人物于果宣布将创办江科附中！"3月18日，江科附中创办新闻发布会召开，这一消息随即传遍英雄城南昌、传向江西和全国各地。

犹如二十一年前的那个春天，于果心中跃动着一种激动与感怀。

"二十一年前的那个春天，我创办江西省高级职业学校时，我告诉自己，我是为民办教育而生的。三年前的那个春天，蓝天学院正式更名江西科技学院时，我告诉自己，我是为民办教育而生的。今天，当又一个春天来临，江科附中诞生了。"

是的，斗转星移，岁月变换，不变的是于果追寻民办教育的一颗本真的心。

于果在民办高等教育领域中的卓然成就，让他在教育界早已有着广泛的影响力。而如今他对民办基础教育办学的理念，尤其是要再创民办教育在基础教育领域中卓越学校品牌的探索之举，让一大批基础教育领域中的专家学者和名师们深为称道。

于是，在江西乃至全国享有盛誉的一批基础教育专家、名师们，纷纷响应，先后加盟江科附中：

校长胡云翔，江西师大附中原党委书，中学化学特级教师，江西省首批学科带头人之一，江西省中学化学教学专业委员会副理事长，全国化学青年教师优质课大赛一等奖获得者；

名誉校长喻恺，全国教育科学研究优秀成果奖获得者，教育部新世纪优秀人才，英国牛津大学教育学哲学博士，世界银行咨询专家，上海交通大学博士生、博士后导师；

副校长谢弘，全国首届陈香梅"优秀教师奖"获得者，物理特级教师，曾任南昌三中任教务处主任、校长助理和南大附中副校长、南昌大学与江西师大硕士生导师，分管江科附中教学工作并任高一物理教师；

副校长周玉梅，副教授，江西财大经济学硕士，曾任江西科技学院系主任、商学院副院长兼学工处长、总务处长，具有丰富的高校教学和管理经验，分管江科附中的后勤工作；

西方教育顾问 Stefan Merciez（美籍），毕业于美国约翰布朗大学，精通汉语和多种语言，多年从事教育教学管理研究，对中西方教育理念的融合与运用造诣颇深，现任江科附中西方教育顾问。

中学数学高级教师、奥数高级教练邓峰；

中学物理特级教师、南昌市十大名师谢弘，

中学物理高级教师、全国初中物理竞赛金牌教练黄荣胜，

…………

来自江西全省的60多名各学科顶尖名师汇聚到了江科附中。

在薪酬待遇方面，首席教师年收入35万元，骨干教师年收入10至30万元；福利待遇上，首席教师享受100万元的住房补贴，并为其一次性缴清养老保险和医疗保险费用……

江科附中科技夏令营招生火爆，吸引了全省800多名优秀学子参与，此举也意味着新诞生的江科附中当年秋季招生的正式启动。

学校迎来了来自全省各地的700多名评学兼优的各年级段学子。

我们拥有精心设计的优美校园、先进的教学设备、全方位的信息化管理、现代化的生活和文体设施。

全面采用小班教学，让每位学生得到的老师关注时间较现有优质学校提高一倍以上，大幅提升教育教学效果。

与国际上最顶尖的中学一样实行寄宿制，通过注入英美精英寄宿学校的管理经验，为学生打造舒适、和谐的学习和生活环境。

高度重视与家长的沟通，设立家长委员会参与学校管理和政策制定，

为家长开设家庭教育讲座，让学校教育和家庭教育真正形成合力。家长还可通过微信、手机 APP 或电脑随时了解孩子在学校的各方面情况及学校的通知等，使家长能轻松关注孩子的成长。

为学生提供丰富的国际交流机会，走进世界名校，结识其他国家的同龄优秀孩子，和他们合作、交流，提高世界公民意识，感受多元文化，大胆说练外语，为成就国际化人才做准备。

鼓励学生参与国内各类科技活动和科学研究，提高学生解决实际问题的能力。开展丰富多彩的课外活动，使所有学生都能找到自己喜欢并擅长的体育、艺术领域，在快乐成长中全面提高素质。

教学数字化、信息化、智能化是江科附中最大的办学特色之一，如主辅互联网教室、电子白板、ES 教育平台。学校所使用的信息化系统已受到同行和专家的一致好评。

学校优乐餐厅有条不紊地准备着早餐，包子精心蒸好，豆浆耐心熬好。

答疑解惑、改作业、出卷、备课、找学生谈心，晚上 9 点多钟，教室依旧灯火通明，老师们还在陪伴孩子晚自习，为孩子们答疑解惑。为了给孩子一个近乎完美的课堂，他们仍会在深夜继续备课、刷题。

作为班主任，他们不仅关心孩子们的学习，更关心他们的身体身心的成长。

深夜 11 点左右，待整栋宿舍楼的灯全都灭了之后，生活老师们才回去洗漱。

他们总是起得比学生们要早，又总是在孩子们睡去后再入睡。

让每一位入住江科附中的学生，都能在这里找到家的感觉。

他们倾尽全力呵护、培育着每一位孩子的成长。

2016 年，江科附中师生获得国家级、省级和市级各类奖项达 100 多项。

国培计划，博采中西方教育精粹。

Dariusz 曾担任一所英国国际学校的科学学科主任和一所高级中学的

校长；拥有长达 35 年的学科教学经验，理论知识扎实，擅于将学科知识与实践结合，深受学生喜爱，并且多次被学生票选为最受欢迎老师；所教课程 A-level 物理学科通过率 100%，70% 的学生获得 A 及以上成绩；所教的一位学生物理学科获得 A+ 成绩，被牛津大学录取。Amazing！很明显，这不是一所典型的传统意义上的中国式学校，学校在某些方面很有意思的融合了西方学校才有的特点。

所教的班级中，有三位学生拿到了牛津面试资格，最终只有一位学生拿到了牛津大学的录取通知书。

江科附中剑桥国际部应邀参加在香港大学举行全球剑桥国际学校会议，来自世界数十个国家的剑桥国际学校代表齐聚一堂。

这也标志着，江科附中剑桥国际部正式融入了全球剑桥国际学校大家庭，成为江西省唯一拥有剑桥教师发展中心（PDQ）的一所国际学校！

未来与全球各地的剑桥国际学校，在师资和教学上展开深度交流、资源合作以及江科附中国际高中招生正式启动。

就读于江科附中初中一年级（6）班的一位学生家长，写了这样一段文字：

有人说，人生就是选择。选择就意味着取舍，意味着冒险。放弃传统的公立中学，开启全新的中西方教育结合的教育模式；放开孩子的手，让他独自生活，这取舍间，冒险的感觉，相信很多家长同这位妈妈一样犹豫过、纠结过。

当决定将杨溢送入江科附中的那天起，我的心就一直悬着，他能否适应学校生活？离开父母的督促，他能否适应全新的教育模式？但是孩子到了学校之后，我才发现，所有的疑虑都是多余的，同时，也证明只有放开孩子的手，你才会知道，其实孩子他也在学着长大。

"妈妈，今天中午让我睡两个小时好吗？我要好好补补觉。"

这一周，儿子因忙于作业与演讲，早上六点钟就起床赶作业，虽然忙碌，但他是快乐的。

待我午休起床后，还未到两小时，儿子已经起床做完美术作业。此时，心中一暖，看着他专注地画画，想想这一个月以来，儿子成长、懂事了很多，变化的确很大：学习更主动了，作业更工整了，更爱阅读了，上进心也更强了，还会关心人，知道感恩了……细数着他的种种变化，心中升腾起愉悦和欣慰。

附中建校时间虽短，但它却是一所成熟的学校。

一开始送孩子来到这所学校，我曾想，这里的老师，会照顾好我的孩子吗？事实证明，凡做大事者，必作于细，江科附中就是这样一个典范。

何其有幸来到初一（6）班这个大家庭，遇到张敏珠老师这么好的班主任。从她的一言一行中，我们都能感受得到她独特的教育方法，至今还记得她说过这样一句话：00后的孩子个性张扬、思维独立。初与孩子们接触，需要打开他们的心门，走进他们的内心，需要和孩子们成为朋友，这是情感育人；之后，则需加之以威，尤其在教学上，确立师威，让孩子们有所亲、有所惧，恩泽兼济。

与其说来到来到这个班级是一种幸运，倒不如说能进入江科附中就是我们最大的一个收获，这个学校给了我太多太多惊喜，因为在这里，像张敏珠这样的老师不胜枚举。

近一个月以来，江科附中的学习节奏之快，氛围之浓，我全然看在眼里，喜在心里。这里学习虽紧张，但学校的安排张弛有度，每周两节的兴趣课，孩子既放松又快乐，紧张忙碌中得到了调节。剑桥英语、外教口语、语文阅读课是江科的最大的特色与亮点，也是儿子的最爱，特别是在外教口语课上，儿子更是找到了学习英语的乐趣与自信。

与此同时，学校安排了丰富多彩的校园活动，为孩子们搭建了更多展示的平台，赋予了孩子们更多的活力。短短一个月不到，精彩的军训及军歌表演还历历在目，班会比赛、手抄报比赛、英语演讲比赛等各种各样的活动接踵而至，让孩子们"忙"得不亦乐乎。

现在回想起那段既甜蜜又烦恼的小升初时光，依然记忆犹新，在两所学校间的选择曾经那样苦苦地纠结过。那时，有幸被附中（省内另一所名校）录取，我们一年前就认定并为之一直努力着的目标学校。但就在遇到江科的时候，我动摇了。作为父母，只想给孩子作出最好的选择，一个百年名校，一个有着更广阔视野的新兴民校之间我左右摇摆，就在与儿子同样考入江科平行班的孩子全部放弃江科选择去这所学校，留下我孤身抉择时，我的选择更加的痛苦。在几番综合考量后，我还是听从了内心的声音，但还是带着些许忐忑作出决定：即使是平行班，我仍选择江科附中。

作出这个选择后，很多人不解，很多人称赞我的勇气，但所有的人都疑惑：江科附中到底是什么吸引了我的眼球？让我的改变如此之大，有着如此大的勇气放弃大家梦寐以求的名校。我想说的是，这所学校吸引我眼球的是它努力超越的拼劲，它多元化的教育与国际化的视野，这一切，与我一贯追求的综合发展的教育理念相符。

希望也相信儿子在江科的三年能成就最好的自己。

看到江科附中学生家长写的此文，纯粹是一个偶然机会，起初也并没有太在意。然而，一次在互联网上查阅江科附中有关情况的过程中，不曾想到，竟意外看到了不少家长对江科附中的评论文章或网帖：

江科附中一位学生家长写的"给你最好的，莫过于选了一所好学校"一文，讲述儿子刘文锴如愿走进江科附中后，在学习及德、勤、体、美等各方面的欣喜成长。

江科附中学生周妙兮的家长，在一个教育论坛与家长们分享关于自己孩子教育成长的话题中，有这样的话："一所好学校，在家长的心中是多么大的期盼。名孝修德,精学健体,江科附中带给我们家长的是莫大惊喜！"

…………

在这些家长们的字里行间，分明看得出也让人那样强烈地感受得到，自从孩子进入了江科附中读书,孩子在江科附中学习及各方面成长的变化,让他们眼中满是憧憬,满是期待。

于果深信,学生杨溢家长文中所写,可谓代表了江科附中家长们的心声。

2017年8月21日,第二十六届全国中学生生物学竞赛在河南省郑州外国语学校圆满落幕。

张管义同学斩获此次大赛金牌,全国第11名,并顺利入选国家集训队,同时获免试保送清华大学。陈力瑗同学以优异成绩斩获此次大赛银牌,并获清华大学降60分录取优惠政策。

时光不语,静待花开。

创办两年多来的江科附中,如此精彩,这样受到注目。

筑梦起航,于果满怀信心。

他坚信,在民办基础教育领域自己一定能续写更辉煌的"春天故事",写就江西民办基础教育史上的江科传奇!

第八章

倾情为民办教育代言

.

回望改革开放绘就的时代发展恢弘画卷，民办教育的应运而生和发展壮大是其中浓墨重彩的一笔。

作为中国民办教育事业的参与者和推动者，于果见证了改革开放以来中国民办教育发展壮大的整个历程，他为之荣光的人生事业与这一历程紧密相连。

而在这其中，最让于果为之深感荣光的还有，从 1998 年到 2012 年在连续担任第九、十、十一届全国人大代表期间，他始终为推动民办教育的健康发展而倾情建言献策。

"人民代表不单是一项荣誉，更是一种责任。作为民办教育界的代表，我肩负着推动我国民办教育健康持续发展的历史重任，必须履职尽责，当为民办教育事业发展鼓与呼。"

于果始终坚信，中国民办教育的"蓝天"将天更蓝，花更艳。

在他的深刻理解里，为民办教育的发展深情鼓与呼，这不仅是自己情之所系，更是责任使命所在。

1998年，作为九届全国人大中唯一的一名民办教育界代表，在九届全国人大一次会议上，于果联合其他30名全国人大代表向大会提交了"关于尽快出台民办教育法的议案"。这份被列为江西省代表团的1号议案，最终推动了新中国第一部民办教育法律——《中国民办教育促进法》的诞生。

在此后的十几年间，于果每年都会围绕民办教育发展提出议案。而于果的这些提案，立足于改革开放进程中民办教育发展的现实而又着眼于未来发展，触及的都是事关全国民办教育发展关键或重大层面的问题。

从建议变革民办学校法人身份性质到提议加大公共财政对民办教育的支持力度，再到希望加快推动"国家级示范性民办高校建设工程"建设、探索让民办本科院校参与自主招生进程等，于果的这些议案产生了广泛而深刻的影响，对推动民办教育政策完善提升和促进民办学校发展起到了积极促进作用。

第一节 一项议案催生民办教育立法

2002 年，中国民办教育发展史上的一个里程碑。

这一年，《中华人民共和国民办教育促进法》的出台成为我国民办教育发展史上具有划时代意义的大事，标志着我国民办教育事业开始走上法制化轨道。我国民办教育发展从此翻开了崭新的一页。

那一具有里程碑意义的时间——2002 年 12 月 28 日，对于于果而言，是心中永远珍藏的荣光记忆。那一天，九届全国人大常委会第 31 次会议表决通过了《中华人民共和国民办教育促进法》。

纵然时隔至今已 15 年，但于果仍清晰地记得，当年那天得此消息时，他心中是何等的激动！

而那些几年中为推动这部法律出台的努力，也随之一幕幕浮现在眼前。

让时间回到 1998 年。

这一年的 3 月 5 日，新当选为全国人大代表的于果走进庄严的人民大会堂，参加九届全国人大一次会议。当选为全国人大代表，而且是第九届全国人大中唯一一名来自民办教育界的代表，于果倍感荣光。

但在于果心里，更深知这是一份沉甸甸的责任使命。

办学四年过程中，作为民办高校的创办者之一，于果对民办教育的发展有着太多的深刻感触：

改革开放以来，国家每年对教育的财政投入都在增加。然而，国家财力有限，我国教育财政的投入总额长期以来都低于国际认可的国民收入总额的 4%~5% 水平。而且，我国财政教育经费主要向义务教育倾斜，远远不能满足全民接受各级各类教育特别是非义务教育的需要。民办学校在举办不同形式、层次、类型、内容的教育过程中，依靠社会资金投入教育事业，客观上减轻了国家投资教育的压力。

在公办高校远不能满足人数众多青年学子对接受高等教育强烈需求的情况下，民办教育高校为更多青年学子打开了希望之门，圆了他们的大学梦，让他们重塑人生的自信，很多民办大学学子走向社会后，成就了人生精彩。

民办学校尤其是在职业教育领域，类别众多，专业设置、课程设置与市场经济接轨紧密，通过学习，学生的普遍能掌握一技之长，就业问题基本得到保障。这为青年实现自己的人生转折，服务社会、创业成才创造了条件。

…………

对于民办学校尤其是民办高校在助推我国教育事业发展中所显示出的越来越显著的成效，作为一位民办高校的办学者，于果既倍感荣光，更看到了其未来发展的广阔前景。

是的，于果已深刻洞悉到民办教育对国家教育事业发展的重要意思。也正因为如此，于果以极大的热情，那样不遗余力地全身心投入到办学之中去。

然而，在四年来的办学过程中，于果也有另外一种深切的感触。

这种感触就是，因为民办教育是新生事物，社会公众对民办教育发展重大意义认识的程度还不统一，社会上对民办学校的偏见甚至是歧视客观存在。更为重要的是，几年来，全国各地一些民办学校在创办和发展过程中，由于种种原因而发生民办学校权益受到侵害问题。

这些现象和问题的出现，对民办学校的办学者和投资方是伤害，对民办教育的发展产生了一定的障碍和负面影响，同时也在一定程度上客观影响到了社会力量办学的热情和积极性。

导致这些问题的根源是什么？

于果认为，主要原因就在于，社会对民办教育发展的保障力度不够。因为社会保障力度不强，社会公众对民办教育事业重要性的严肃认识程度和统一就不够；因为社会保障力度不强，一些地方一些部门对民办学校的权益就相对淡漠。因为社会保障力度不强，有志于投资创办民办学校的投资者就会心有顾虑，犹豫不决……

在几年的办学过程中，于果有很多这方面的亲身感受。比如，在《社会力量办学管理条例》颁布之前，于果的学校要向有关管理职能部门交纳2%的管理费。而《社会力量办学管理条例》颁布后，其中规定，各地各部门不能收取民办学校的管理费。然而，一些职能部门却依然收取。还比如，在学校的建设过程中，按照《社会力量办学管理条例》中的有关规定，一些相关手续方面的费用是可免交的，但有些部门依然要收，其理由是，《社会力量办学管理条例》的只是部门条例，而他们部门按国家的相应法律法规要收。

…………

"改革开放以来，随着经济社会快速发展，国家各项事业被纳入法制化发展的进程也在加快，以法律作为保障，成为推动这些领域事业持续健康发展的强大助推器。"

"《社会力量办学管理条例》中的很多规定，在具体实施中很难真正落实。为什么？因为不少部门认为这不是法律法规。"

"从1980年代到现在，十多年时间，我国公办教育事业发展这么好、这么快，全社会都如此重视教育，一些部门对学校的事情也是高度重视。这是为什么？一是因为人们越来越认识到教育的重要性，另一方面，这也与教育方面法律法规的出台分不开，如《义务教育法》规定了适龄学生必须完成九年义务教育，这让家长们意识到，不让孩子接受九年义务教育，那是违法行为。还有《教育法》的出台，规定了有限支持教育事业发展，对具体各个方面做了法律规定。"

"再看《社会力量办学管理条例》，其中对'民办学校财产归属'以及'教育行政部门对民办学校管理权限'等许多焦点问题没进行详细阐述。"

"国家大力倡导依法治国，民办教育和公办教育一样，都属于教育事业。通过立法，民办教育将纳入法制化建设发展轨道。

…………

在进行一系列深思的过程中，于果开始逐渐触及一个重大层面问题——如果从国家法律层面来保障民办教育事业的发展，那将为加快我国民办教育的发展起到十分重要的意义。

1998年，在于果当选为全国人大代表时，他随即想到，将自己的这一想法形成议案，向九届全国人大一次会议提交。

为此，在赴京参会前，他经认真准备，形成了《关于尽快出台民办教育法的议案》。

让于果没有想到的，九届全国人大一次会议开幕前的一天，他在全国人大代表驻地和来自江西省的其他全国人大代表们交流自己的议案内容过程中，《关于尽快出台民办教育法的议案》立即引起了大家的强烈共鸣。

教育是关系到国家发展大计的重要问题，每年的全国"两会"期间，教育问题总是人大代表和政协委员们重点关注的问题之一。

"建议国家立法推动民办教育事业发展，这个问题意义十分重大！"有来自江西省的全国人大代表提议，和于果联名签字提交《关于尽快出台民办教育法的议案》，以更加引起重视。

于果欣然同意！

结果，有30位来自江西省的全国人大代表在这份议案上签名。

于是，在九届全国人大一次会议开幕后，于果向大会议案组郑重提交了包括自己在内共有31名全国人大代表联名签字的《关于尽快出台民办教育法的议案》。

这也是九届全国人大一次会议收到的，唯一一份关于民办教育发展主题的议案。同时，由于这份议案是江西省人大代表团向大会递交的第一份议案，因而又被称为江西代表团的"一号议案"。

于果递交的"一号议案"，引起了中央高层的重视。

接下来，全国人大常委会将民办教育立法工作列入立法规划，教科文卫委员会成立了《民办教育促进法》起草组。

尤其值得一提的是，时任全国人大常委会主要负责同志多次过问此事，并亲自率调研组到天津、河北、福建等地调研。

至此，《民办教育促进法》的立法进程迈出了实质性的步伐。

在此后接下来的 4 年过程中，全国人大法律委员会、教科文卫委员会、国务院法制办、教育部、劳动和社会保障部等有关单位负责人，也就此议案展开深入讨论和广泛调研。

作为议案提交者，在《民办教育促进法》起草、修改和定稿的整个过程中，于果多次受邀参加座谈会。

为此，在异常繁忙的工作状态下，于果抽出大量时间，广泛走访江西与全国各地的民办学校，倾听调研这些民办学校创办者的心声和建议，就《民办教育促进法》起草中的众多层面问题与他们展开广泛深入的交流探讨。

每一次调研，于果都要将这些来自民办教育一线的调研情况进行系统整理，分门别类，形成一份份调研报告。

因为于果在扎实深入调研基础上形成的调研报告，既立足于民办教育发展的当前实情，又着眼于全国民办教育的未来发展，因而在每一次座谈会上，他的调研报告总是受到高度重视，对《民办教育促进法》的起草起到了积极作用。同时，于果关于《民办教育促进法》起草中的不少建设性意见，也得到了采纳。

《中国民办教育促进法》从立法规划、调研、起草，其间数易其稿，前后历时 4 年。

2002 年 12 月 28 日，《民办教育促进法》终于在全国人大常委会得以表决通过，该法律于 2003 年 9 月 1 日正式实施。

这标志着，规范和促进民办学校的发展从此有了法律层面的保障。

一项议案，催动了我国第一部民办教育法律——《民办教育促进法》的诞生，有力地推动了全国民办教育事业的发展进程。

回望时光中的这一幕，于果为此而深感自豪！

第二节　为民办教育发展障碍破冰

2008 年，于果再次当选为第十一届全国人大代表。

"作为民办教育界的全国人大代表，为推动我国民办教育健康持续发展而建言献策，是义不容辞的责任，我当为民办教育事业的发展鼓与呼。"在于果的深刻理解里，这不仅是自己办学的深情，更是人大代表的责任使命。

这一年，《民办教育促进法》已经实施了五年。

一部新法需要在实施过程中不断完善成熟。五年过程中，民办教育在实际发展中又逐渐呈现出新特征、新趋势与新问题。这其中，因民办学校法人身份性质而导致民办学校在发展中遇到越来越多无法解决的障碍问题，已逐渐成为一个突出问题。

实际上，对于这一问题，于果在办学过程中感触深切。

民办学校的法人身份登记为"民办非企业单位"，如此，实际上民办学校长期以来就被视同为企业对待。

这样，就造成了民办学校管理上的诸多问题。

有时候，学校一项事务，按学校属于教育系统管理部门范围，应该和上级教育部门有关单位对接，但因法人登记为"民办非企业单位"，却又要在其他系统的管理部门解决。还有的时候，同样一个问题，教育系统有关部门要求学校这样处理，而其他系统有关部门又要求学校那样处理，这往往造成学校不知如何是好的情况。此外，也会遇到这样的情况，一个问题，学校找教育系统有关部门，可被告知这属于其他系统管理的问题，而找到其他系统的有关部门，却又被告知，这属于教育系统部门管的问题。

…………

办学和学校发展中，于果在处理学校事务过程中经历了很多的折腾。而他也知道，其他民办学校的办学者对此也感同身受，这是一个具有普遍性的问题。

最为重要的是，这一问题对学校的发展造成了不少困难。

2005年，江西蓝天学院升格为本科院校，学校的发展开始进入新的阶段。其时，从这一时期开始，全国民办教育也进入一个全新的发展阶段——以内涵建设为大方向，全面提升民办学校的办学水平与办学层次。

在启动江西蓝天学院朝着建设一流民办本科院校目标的发展过程中，于果越来越感到，民办学校因法人身份而导致在发展中出现的诸多现实困难问题，已成为制约学校提升办学水平、上水平上层次发展中的一个很大潜在障碍。

比如，建设高素质师资队伍是提升民办高校办学水平极为重要的一个关键问题，然而，民办大学在吸纳高素质师资人才的过程中，始终存在一个难以突破的瓶颈，这对民办学校教学质量提升造成较大影响。

再比如，办学发展实际过程中，对民办学校的学校财产产权、人事、会计制度等等本应按照教育系统领域来管理，但管理上又有很多方面被划分到企业管理系统领域。不少方面，还处于多系统领域管理。这些问题，长期以来困扰着民办学校的发展。

还有，税务部门要向民办学校收取企业所得税，而学校办教育本身属于社会公益事业性质。

…………

针对这些问题，于果展开了多方面的深入调研：

民办高校待遇比公办院校高，但为什么招聘教师尤其是优秀教师却那么难呢？这是因为，民办学校没有编制。人家优秀教师不来，你民办学校给的待遇高人家也不来，因为没有编制，一是觉得自己教师的身份尴尬，二是心里总觉得没有事业的归宿感。

还有，民办学校的法人登记为"民办非企业单位"，民办学校在给教师买养老保险时就只能买商业养老保险。而公办学校教师，却是买社会保险。这样，那同样是每个月交100多元的养老保险金，到将来领退休金时，民办学校教师与公办学校教师少得多。

…………

于果发现，所有这些问题的深层根源，依然在于民办学校的法人身份性质问题上。

"民办学校法人身份性质这一问题，是一个关涉到民办学校众多发展层面的关键问题。"而且在深入调研过程中于果更意识到，这一问题也是影响制约我国民办教育未来发展的一个深层问题。

"现阶段，全国民办学校的整体发展已经进入了全面提升的新阶段。在这样的情况下，民办学校法人身份的变革已势在必行！"于果认为，民办学校法人身份性质问题不突破，那么民办学校进入新阶段实现发展突破也就始终存在潜在的障碍。

为找到解决这一问题的突破口，于果进行了长久的深入思考研究，与此同时又与包括教育界人士在内的社会各界人事展开了广泛的深度探讨。

任何问题的突破解决，都要首先在找到依据的基础上从而找准突破口。

《民办教育促进法》就是推进民办教育发展的大依据。终于，于果在

《民办教育促进法》中找到了突破口："按《民办教育促进法》和《民办教育促进法实施条例》中的规定，民办学校与公办学校具有同等的法律地位。那么，是否可以以此为依据，找到民办学校法人身份性质改革的方案思路。"

沿着这一思路，于果渐渐形成了解决问题的路径——将民办学校"民办非企业单位"这一法人身份注册登记，变更为"自收自支事业单位"注册登记。

于果认为，这一解决方法，一方面是对《民办教育促进法》的落实，另一方面并不需要国家资金的投入，同时，民办学校与公办学校享有同等的法人地位，处于国家教育发展的同一层面。

民办学校法人身份性质变革，可谓牵一发而动全身的一项民办教育改革措施。为慎重起见，于果并没有急于将自己形成的思路方案形成议案，从2007年到2008年初，他围绕民办学校身份性质变革问题的方方面面，广泛和民办教育界人士等各方人士进行探讨、论证。

让于果十分欣喜的是，各方人士对他的思路方案纷纷赞同，认为不但抓住了推动民办教育实现新发展的一个关键问题，而且"自收自支事业单位"的注册登记改革，也是从我国国情实际出发解决这一关键问题的切实可行方法。

至此，于果认为自己的思路方案已趋于成熟。

2008年，于果再次当选为第十一届全国人大代表。他决定，就民办学校法人身份性质变革问题形成议案，向十一届全国人大一次会议提交。

2008年3月，于果向全国人大提交了《关于进一步明确民办学校法人身份的建议》，建议对《民办教育促进法》和《民办教育促进法实施条例》的有关条款进行修改，将民办学校的法人身份明确规定为"自收自支的事业法人"。

一石激起千层浪。于果的这份议案随即引起了各界的热议：

全国教育主管部门人士表示，于果关于民办学校法人身份性质变革的建议，准确触到了全国民办教育新阶段发展中的一个重大问题。

"民办学校也是社会主义教育事业的一个重要组成部分，同样是为国家培养各类人才，在办学实际过程中已充分证明是践行教育事业公益性原则。"不少很有社会影响力的教育界人士认为，法人身份性质应该根据其从事事业的性质来界定，民办学校和公办学校所从事的事业性质是一样的，这是最为重要的客观事实，按照"民办学校与公办学校具有同等的法律地位"，两者的法人身份就应该是具有同样性质的。

有法律界人士在谈及于果的这份议案时提出：民办教育法人身份这种分类，既与《民法通则》相违背，又事实上造成了民办学校与公办学校在法人属性和身份上的差别，以及在人事制度、社会保险、税收和会计核算制度等诸多方面的法律上的区别，导致民办教师的养老、医疗保险、住房公积金和人事档案管理等方面与公办学校教师在事实上存在着不平等。

在民办教育界人士中间，于果的议案更是引起了强烈的共鸣。

此外，新华社、人民日报、中国教育报、光明日报等媒体，对于果的议案内容纷纷进行报道。

　　…………

长期以来，制约民办教育发展的民办学校法人身份性质这一潜在问题，开始成为一个备受瞩目的社会问题。

据笔者了解，于果的《关于进一步明确民办学校法人身份的建议》这一议案，受到了全国人大法制委员会、教育部的高度重视，并着手对这一问题展开深入调研研究。

当然，于果也始终热切关注着这一问题解决的推进。

2016年，对于民办学校法人身份性质改革终于有了重大进展。

这一年的11月7日，在十二届全国人大常委会第二十四次会议上，备受瞩目的新修订的《民办教育促进法》获得通过。

人们欣喜地发现，修改后的《民办教育促进法》规定：民办学校的举办者可以自主选择设立非营利性或者营利性民办学校。

从民办学校法人身份性质这一问题改革的角度，这是一个重大突破。

因为，对民办学校按照非营利性和营利性进行分类管理，从法律上破解了困扰民办教育发展的学校法人属性不清、财产归属不明、支持措施难以落实等等这些瓶颈问题。这一重大突破，明确了民办教育的发展形式，也有利于政府加大扶持的力度，来落实差别化的扶持政策，促进非营利性和营利性这两类民办学校各安其位、健康发展。

也是在这一层面视角，《民办教育促进法》的修订被社会各界认为是我国民办教育发展史上又一具有划时代意义的大事，再一次翻开了我国民办教育事业发展的新篇章。

在修订的《民办教育促进法》颁布之后，浙江、广东及上海等省市随即加快了对民办学校法人性质注册登记改革试点的探索——最引人注目的是，这些地方的部分民办学校正在试行按自收自支的事业单位登记注册民办学校。

例如，在浙江宁波市就开始了改革试点，宁波上海世界外国语学校已成为该市第一个登记事业单位法人的民办学校。在广东，数所民办大学的法人身份改革正在积极推进之中。在上海，浦东新区率先开展了改革试点。

制约民办教育长远发展的民办学校法人身份性质这块"坚冰"，正开始被打破！

而民办学校法人身份性变革，在试点过程中，对民办教育发展的成效也正显现出来：

"这样的变革，营造了民办与公办公平竞争、开放有序的政策制度环境，促进民办公益事业发展，满足人民群众优质、特色、多样化的需求。实际办学中，无疑也降低了民办学校的办学成本，提高了社会公益事业项目资金使用的效能，必将吸引更多的资本进入非营利的民办教育领域。"上海市教育界人士说"就现阶段民办地教育发展和从长期来看，民办学校法人身份的变革，显得意义重大而深远。"

广东省民办教育主管部门人士表示，"对全社会而言，此次改革有利于激发社会力量举办公益服务机构的积极性，缓解财政支出和机构编制压力，促进社会公益事业的繁荣发展，实现供给与需求的有效对接。同时，也有利于倒逼公办事业单位加快改革，为社会提供更加优质的服务"。

针对民办学校法人身份改革试点的成效，宁波市教育局认为，"实行事业单位统一登记后，民办学校法人属性变了，但民办学校性质没变，更注重公益性、非营利性，财政经费保障有所倾斜，教师流动更加顺畅，民办学校教师社会保障将得到加强。政府将在财政补助、人员流动、社会保险参保等方面，加大对实行统一登记的民办机构的扶持力度。"

…………

基于民办学校法人身份变革在部分省市试点中的成效，教育部有关人士表示，教育部正在研究，下一步在条件成熟时逐步扩大改革推进的范围。

定格的历史深情记忆，人们怎能忘记，2008年3月的全国两会上于果郑重提交的那份议案——《关于进一步明确民办学校法人身份的建议》，正是这破冰之举的开端。

这是在推动国家民办教育发展进程中，于果写下的又一倾力之笔。

第三节　融注在议案中的深情期待

千秋大业，教育为基。

在于果内心深处，自己所从事的民办教育事业乃是推动国家民族当前和未来发展的大事业，一个人的事业能与自己国家民族的发展与未来息息相关，这是何等荣耀的责任使命。

正是心中这份荣耀的责任使命，让于果在20多年的办学历程中从不敢有丝毫懈怠，他把"努力办好人民满意的教育"这一责任使命始终牢记在心底，为之执着努力。

"民办教育虽已做大，但远未做强。"

"我们要认识到，从民办教育大国走向民办教育强国，目标深情可期但仍任重道远。"

"这其中，还有一项项发展课题需要破解，有政策层面的，也有实践层面的，作为民办教育的实践者，我希望把来自于办学实际中遇到的那些带有共性的问题进行思考总结，更多地提交到地方政府和国家层面，为中央和地方决策民办教育更好更快发展提供参考。"

············

于果倾情倾力办学，一心想的就是创办出一所特色卓著、有实力有规模的一流民办大学。他为民办教育鼓与呼，就是热切期盼全国的民办教育做大做强，做出特色和影响力。

为此，于果一方面从自己的办学实践探索中总结出制约民办教育发展的一系列制障碍问题，向全国人大提交提案，希望从国家层面实施高位推动来破解这些障碍问题。另一方面，他又从民办教育对于推动国家教育发展的重大意义层面，热切呼吁国家对民办教育的发展不断加大支持力度。

《国家中长期教育改革和发展规划纲要（2010—2020年）》指出：要"健全公共财政对民办教育的扶持政策；政府委托民办学校承担有关教育和培训任务，拨付相应教育经费；县级以上人民政府可以根据本行政区域的具体情况设立专项资金，用于资助民办学校；国家对发展民办教育做出突出贡献的组织、学校和个人给予奖励和表彰。"

但在自己的办学实践和对其他民办学校发展的调研中，于果发现，由于从国家到地方，具体扶持政策尚未出台，民办高校在发展过程中出现了一些制约其持续健康发展的问题：

办学经费紧张。民办学校经费来源较为单一，主要靠收取学生的学费来维持学校的正常运转，只能走"以学养学"的道路。而且这种经费供应渠道会因生源数量变化而变得不稳定，给民办学校财务的预算、计划与分配带来困难，影响学校的正常运转。

教师队伍建设存在难点。由于学校资金投入不足、国家扶持不够等原因，民办学校教师存在"四不"问题：即数量不足、结构不优、水平不高、队伍不稳。民办学校在高层次人才的引进、教师薪酬机制的维持、教师培训机制的构建以及基本社会保险体系的建设等方面面临着很多自身难以应对的问题。

还有，国家资助在民办学校的长期缺位问题。虽然《民办教育促进法》规定"民办学校的受教育者在升学、就业、社会优待以及参加先进评选等方面享有与同级同类公办学校的受教育者同等权利"，但在学生资助方面，由于国家没有出台相关措施，导致在民办学校还是出现了贫困学生失学的现象。由此可见，建立健全公共财政扶持民办教育发展的相关政策迫在眉睫。

"作为推动地方经济建设和社会发展的一支不可或缺的教育重要力量，民办高校特别是优秀民办高校，也应享有与优秀公办高校同等的权利，获得中央财政的直接支持和奖励性资助。"于果认为，这既符合国家关于教育公平性原则，也有利于民办教育的持续发展。

2011年全国两会期间，于果提交提案，建议国家建立健全公共财政对民办教育的扶持政策，畅通公共财政进入民办学校、支持民办教育发展的渠道：

首先，建立国家示范性民办高校建设专用资金，重点支持办学定位准确、办学信誉优良、改革成绩突出的30至50所民办高校建设。

其次，赋予国家示范性民办高校更大自主权，允许自主设置部分市场急需专业或面向市场改造传统专业，允许在政策许可范围内适当浮动收费标准，允许有条件的民办高校开展研究生教育试点。

再次，支持国家示范性民办高校开展科学研究，实行科研经费专项划拨制度。此外，应鼓励各地因地制宜地建立民办高等教育发展和奖励基金。

同时，鼓励国家示范性民办高校探索集团化发展路子，壮大办学能力。

于果的这一提案，同样引起国家有关部门和地方政府的高度重视。

其中，江西省提出建立健全公共财政对民办教育的支持，而且提出了具体的时间表。决定对民办学校教师"五险一金"及社保上给予支持，把教师的奖励、培训等也纳入到公共财政支持对象中。

"给钱多少并不重要，重要的在于其象征意义。"对此，于果深感欣喜。

因为在他看来，这只是一个开始，可以预见的是，以后随着国家和地方经济发展实力的不断增强，公共财政对民办教育的投入会也会越来越大。

纵观于果对推动民办教育发展的一系列提案，往往触及的都是事关民办教育发展的重大层面问题，这也是这些提案一经提出便引起强烈社会反响，产生深远影响的重要原因。

而鲜为人知的是，在于果对民办教育发展的深情关注里，还有很多民办教育发展中的具体问题：

比如，关于设立民办教育发展专项资金的建议。于果建议尽快出台政策，明确规定各级政府应设立民办教育发展专项资金。专项资金主要用于两项：一是对民办学校日常运行管理给予直接的财政扶持，包括民办学校的规模发展和内涵建设、示范性民办学校的建设、民办学校办学经费的补助、民办学校的实验室、实训基地、教学仪器设备、教育信息化等重点建设项目以及新建和扩建项目贷款贴息等；二是对为民办教育发展做出贡献的单位和个人进行奖励和表彰。

于果始终对民办学校的教师充满关切之情，也深知师资队伍建设对民办学校发展的重大意义。为此他建议，对民办学校教师的养老保险、医疗保险以及住房公积金等，在现行的缴费比例基础上，政府追加一定比例的缴费额度。鼓励有条件的民办学校在"五险一金"的基础上推行"年金制度"，建立和完善"五险二金"保障体制。政府可以在骨干教师或高水平高层次教师的学校缴费额度基础上，追加一定额度的补助，以提高教师的年金受益。

"我自己是民办高校的创办者，身在民办教育领域，我和民办教育界的同仁、民办学校的老师、同学们打交道最多，听到他们对民办教育和民办学校发展的思考、反映和声音自然也多。"

于果说，作为人大代表，为民办教育界同仁们、民办学校老师和同学们代言，在他的理解中就是为民办教育的发展代言，而且这是义不容辞的责任。

心中对学生充满大爱真情的于果，在向全国人大提交的提案中，多次为民办高校的学生们代言。

他建议将民办学校学生的资助纳入国家资助体系，民办学校的学生不仅应在学籍管理、表彰奖励、升学、就业、户口办理以及乘车（船）票价优惠等方面享受同级同类公办学校学生的同等待遇，还应该享受与公办学校学生同样的国家奖助学金、困难补助和国家助学贷款，所执行的助学贷款贴息和风险补偿金制度也应与公办学校学生一致等等。

⋯⋯⋯⋯⋯

改革开放 30 多年来，民办教育沐浴在党的教育方针下兴起、发展，伴随着国家改革开放的步伐前行、壮大。经过全国民办教育工作者的辛勤努力和不懈探索，我国民办教育事业有了长足的发展。因改革开放应运而生，在改革开放进程中探索前行与不断发展，民办教育从一开始，就具备了开拓创新和大胆探索的内生驱动力。

从当年的江西省高级职业学校到如今的江西科技学院，一路风雨兼程、写就辉煌，一所民办大学的发展历程，堪称是改革开放进程中国民办高校发展的一个缩影。

从时光深处一路走来，于果锲而不舍行进在办学的路上，他是中国民办教育发展历程中的拓荒者、同行者，也是领跑者。

而在这拓荒与领跑的进程中，于果又始终把自己的办学实践探索置于全国民办教育在改革开放进程中探索前行的宏大背景之下，他为民办教育的发展深思求索，为民办教育的发展倾情鼓与呼。

从1998年到2017年，于果连续担任第九、十、十一届全国人大代表，在此期间，于果始终倾情倾力，为推动民办教育事业的健康发展建言献策。

从催动新中国第一部关于民办教育的法律——《民办教育促进法》的诞生，到提出民办学校法人身份性质解决的破题，再到为国家建立健全公共财政对民办教育的扶持政策而积极努力，见证着于果为改革开放进程中的民办教育发展所作出的积极贡献。

更为重要的是，于果心中对民办教育的未来发展充满信心。在他担任全国人大代表期间，提交的一份份议案无不是融注着深情的期待。

第九章
大爱情怀蓝天见证

　　对于于果而言，他拼尽全力要去实现的，不仅在于为心底立下的那份"绝不向命运低头"的誓言，更有对于自己人生价值追求的深切渴望。

　　这一切，于果终于以自己坚强的毅力与奋力拼搏做到与证明了。而且，一路而来取得的成功，让他一步步走向了越来越精彩的人生事业大舞台。

　　然而，于果也深知，如果没有改革开放的时代所赋予的机遇，并通过自己锲而不舍的努力，那就不可能有自己所拥有的这一切。

　　"以教育者的高尚情怀举办教育，用感恩之心去回报社会！"于果把社会责任放在第一位，把社会责任当作工作的压力和前进的动力，热爱民办教育，将深厚的责任使命情怀深融于血液中，推动学校和民办教育事业的不断发展。

　　"捧着一颗心来，不带半根草去"。

　　在 20 多年的办学过程中，于果以著名教育家陶行知先生的这句名言作为自己人生追求的境界。他始终坚持以博大的奉献精神办学，始终秉承办学的社会公益性原则。

从办学一开始，于果就在学校创立"于果扶贫助残奖优教育基金"，以资助贫困学子完成学业，后来又在这基金的基础上成立江西蓝天学院基金会（现为江西科技学院基金会），帮助万千学子圆了大学梦。

"助残扶弱，爱心大学"，也早已经成了于果办学过程中的一个响亮品牌。

除此之外，多年来于果始终热心社会公益事业，从向"希望工程"捐资，到捐资建设希望小学，再到每遇有社会救急救灾时他总是慷慨而为。

于果用自己的爱心善举诠释崇高美德境界。

因为在公益办学和对慈善事业方面的积极贡献，他屡获"中国青年志愿者十年特别贡献奖"、"江西希望工程十周年十大爱心人士奖"等殊荣。

于果博爱天下、倾情倾力相助残疾与贫困学生的高尚情怀，受到全国各地学生及家长的衷心赞誉与爱戴，在江西社会各界乃至全国都产生了巨大而广泛的影响。

第一节　倾力相助志者奋飞

办学是于果为之奋斗的教育事业，其中又融入了他广博人生情怀。

沿着于果办学起点，走进他25年执着奋进的民办教育事业历程，可以清晰发现其中有一个重要方面贯穿始终，那就是倾力相助那些身有残疾、家境贫困却胸中有志向的学子们，让他们在自己创办的大学里圆大学梦，放飞人生梦想，实现人生命运的改变。

"将来有一天，如果要是我能办起一所大学，我要让那些因身体残障被大学拒之门外，或是因家境贫困而无法上大学的有志学子们在我所创办的大学里圆他们的大学梦。"当年高考考出优异成绩却因身体残疾而被大学拒之门外时，于果在心底悄然刻印下了他这样的人生设想。

原本只以为这是心底一生的遥想期许而已，就像许多人将自己沉重的理想失落置换成一个童话般的设想珍藏在心底某个角落那样，因为失落的理想太刻骨铭心了以至于一生都无法释怀。

但让于果没有想到的是，改革开放赋予的机遇成就了当年他心中的遥想期许，他真切地实现了自己办大学的愿望。

"坚持教育的公益性原则，坚持'助残扶弱，平民教育'的办学理念。其中最为重要的方面，就是让那些因身体残障被大学拒之门外，或是因家境贫困而无法上大学的有志学子们，来江西省高职实现他们的大学梦，让他们在这里放飞人生理想，将来走向社会成为有用之才！"

1994 年 1 月 3 日，江西省高级职业学校获江西省人民政府批准成立。那天，于果在向新闻媒体记者阐述学校办学理念时真诚地说道："因为我自己的不幸经历，我深深理解那些渴望成才的残障生、贫困生，对于能走进大学，实现自己人生梦想的渴盼。"

随后，于果通过媒体向社会传达江西省高职的心声："今天的失意，不等于明天的失意。今天的太阳与昨天的不一样。明天的你必然胜过今天的你！我校愿与失意的人交朋友。来吧，年青的朋友！"

由此，于果也走向了倾力相助志者奋飞的大爱办学之路。

…………

对于那些因身体残障被大学拒之门外，或是因家境贫困而无法上大学的有志学子们，怎样去帮助他们实现大学梦？

"我们是要尽可能多地帮助这些学子们，那就必须要有充分的资金作为保障。现在我们办学刚起步，帮助的人数会少一些，以后随着学校发展要逐年扩大人数……"

在这样的整体长远考虑下，于果决定设立"于果扶贫助残奖优基金"，作为专门帮助那些因身体残障被大学拒之门外，或是因家境贫困而无法上大学的有志学子们的专项资金。

1994 年，江西省高级职业学校的"于果扶贫助残奖优基金"的资金定为 30 万元。

要知道，当年的这 30 万元可谓是一笔巨款，而且当时学校初创，租校舍、搞装修、购置所有必备的办学设施，还有聘请教职人员……一切从零开始，各方面投资在实际都超过原来的预算，办学资金十分紧张起来。

就是在这样的情况下，于果毅然出资 30 万元设立"于果扶贫助残奖优基金"，实属不易。

这一年，在"于果扶贫助残奖优基金"30 万专项资金的资助下，45 名身残志坚及家境贫困的学生作为免费生，被录取进入了江西省高级职业学校，实现了他们的大学梦。

此后每一年，"于果扶贫助残奖优基金"的资金额都逐渐增加，资助入学的学生人数逐年扩大：

1995年，"于果扶贫助残奖优基金"的资金额增加到了40万元，当年有60名身残志坚及家境贫困的学生得以顺利入读江西省高级职业学校；

1996年，"于果扶贫助残奖优基金"的资金额超过一百万元，受到资助就读的学子近200人；

…………

2006年，"于果扶贫助残奖优基金"达到600多万元，受到资助就读的学子人数1500多人；

到2009年，蓝天学院已取得了令人惊叹的发展，"于果扶贫助残奖优基金"的资金总额也随着增扩到近3000万元的规模。

因为"于果扶贫助残奖优基金"的资助，一批批身有残障或家境困难的学子走进了江西省高职、走进了蓝天学院，圆了他们的大学梦。在"于果扶贫助残奖优基金"设立运行15的过程中，每一笔资助款的背后，其实都有着一个感人的故事，也是一个催人奋进的励志故事：

在"于果扶贫助残奖优基金"的资助下，被誉为"中国典子"的成洁，顺利通过了全部大专课程的考试，接着又取得了江西教育学院的本科文凭、南昌大学的研究生文凭。于果倾力倾情帮助成洁圆大学梦，实现精彩人生的故事，感动了许许多多的人，在全国广为人知。

其实，像成洁这样的例子还有很多，不胜枚举。

比如，荣获"江西青年五四奖章标兵"的石红。

儿时的一次意外，使石红失去了双臂，面对巨大的打击，石红在父母的鼓励下选择了勇敢地面对，没有手，就练习用脚吃饭穿衣、写字翻书。靠着顽强的毅力，石红完成了初中学业。此后，她选择了蓝天学院继续求学。

而蓝天学院在向石红展开热情欢迎的温暖怀抱同时，于果也向这位身残志坚的强者伸出了倾力相助的双手。

在"于果扶贫助残奖优基金"的资助下，石红在江西蓝天学院奋发求学，成绩优异且生活方面自强自立。在读书期间，她获得了2005—2006年度江西蓝天学院特等奖学金，成为入党积极分子，高票当选了江西蓝天学院"首届十佳团员自强之星"，荣获"江西青年五四奖章标兵"称号。

在校庆十周年那晚会上，在一个叫《感恩》的节目中，石红客串演出了一名残障学生（实际上也是她自己），她噙着泪对观众说："我感谢于果校长！感谢关心我的老师同学！"

再比如，把江西蓝天学院视为自己另一个命运转折点的张志平。

2003年的一天，就读于安徽宿州工业学校的18岁的张志平，在一场突如其来的意外中失去了双臂。其时，她还有半年就毕业了，而毕业的工作去向也定在了她大姐工作的珠海。

犹如即将展翅高飞的鹰突然折断翅膀，张志平的所有美好人生梦想瞬间破灭。张志平昏天黑地在病床上度过了3个月，而妈妈的眼泪也流淌了3个月。

"我不能再让妈妈揪心！"双臂的创口初愈后，张志平没有哭泣，没有呻吟，只有一种从天堂掉进地狱的感觉，但她一遍遍地在心里告诉自己：要坚强起来，走出人生的谷底，走向人生的精彩。

之后，张志平得知于果的人生故事，在巨大的精神感召下，张志平选择了走进江西蓝天学院求学，她立志要通过读大学来书写自己精彩的人生。

这样自强不息，身残志者的学子，于果当然要倾力相助。在"于果扶贫助残奖优基金"的资助下，张志平终于在江西蓝天学院成为一位品学兼优的学生。

又比如，家境贫困却勤奋好学的学生伍渊，因为得到"于果扶贫助残奖优基金"的资助，心中充满了感动和巨大奋发力量，刻苦求学，后来获得"全国三好学生标兵"。

还比如，学生邹一帆家境贫困，在接到江西蓝天学院的录取通知书后，他不得不流泪放弃读大学的机会。当于果得知他的情况，当即决定把邹一帆列入"于果扶贫助残奖优基金"资助的对象，同时指派学校专人与邹一帆取得联系，让他速来学校报名入学。

…………

在了解"于果扶贫助残奖优基金"情况过程中，倾听这一个个打动内心的温情故事，笔者那样真切地感受到，始终有一股股暖流在心中流淌。

还有一次，在浏览互联网过程中，笔者偶然发现一个名为"于果扶贫助残奖优基金"的百度贴吧。在随后阅读其中的内容时，心中盈满了感动。

"自从来到蓝天读书改变了我的想法，只要我们肯上进，毕了业大家都享有同样的待遇，不管我们选择了什么样的学校，我们只有拼搏上进，别无选择，由于家境不太好，所以每年都会得到于校长给我减免学费。由于学习成绩比较突出，大二时荣获了特等奖学金，大三时荣获了一等奖学金，大四快毕业的时候，学校还给我找了份跟专业相关的好工作，我真的很感激我们的蓝天学院，也很感谢我们的于果校长！"

"双亲均是地地道道的农民，家里经济困难，自己十分想出来读书，如果不是有幸得到了'于果扶贫助学奖优基金'的资助，我是不可能读完大学的。在蓝天学院读书的几年时间里，我学到的不只是知识，还有做人。走上工作岗位了，能有今天的成绩，我心怀无限感恩。"

"你这样的家境情况，我深有同感，因为我当年的家境和你现在所说的家境情况是一样的。但我告诉你，如果有志奋发读书，立志要通过读书来改变命运，那我建议大胆去蓝天学院，'于果扶贫助残奖优基金'会帮助你的，我当年就是在基金的资助下在蓝天学院完成学业的。"

…………

原来，这是多年前学子们在通过网络交流，了解"于果扶贫助残奖优基金"情况的而自发创建的一个"百度贴吧"。

阅读其中的内容，笔者分明那样强烈地感触到，在那些家境贫困的学子眼里，当正处于人生困境中的他们得知了"于果扶贫助残奖优基金"，那一刻，仿佛就是一种让他们顿感惊喜的人生希望在心中升起啊！

对于那些在"于果扶贫助残奖优基金"资助下，完成大学学业的贫困学子而言，他们心中的感恩情愫是刻骨铭心。

一笔资助改变的是一个年轻人的命运，国家也因此多了一个人才。对那些身有残障和家境贫困的学子们来说，托起的也是他们家庭的希望。

每当想到这些，于果内心就感到无比欣慰。

与此同时，他更加想进一步扩大"于果扶贫助残奖优基金"的资金总额，能让更多的学子得到资助，也使得基金在长效运行机制中日益完善。

2008年，于果在对社会公益性基金的建立运营进行深入了解过程中，得知公益基金会的资金来源可通过社会捐赠的方式来筹集。

"这意味着，成立基金会并通过社会募集方式，就可以较快扩大资金来源，这样就可以更帮助更多的学子。"

大爱善行者，行久远。

于是，于果决定决定成立江西蓝天学院基金。

2009年9月18日，江西蓝天学院基金会取得江西省民政厅颁发的基金法人登记证书，标志着《江西蓝天学院基金会》正式成立运行。"于果扶贫助残奖优基金"，也从此被纳入江西蓝天学院基金会。

这是继景德镇陶瓷学院之后，江西全省高校中建立的第二个公益基金会。

江西蓝天学院基金会在江西蓝天学院捐赠的原始基金下，很快步入良性发展。从基金会运行的一开始，于果就深情关注，倾力推动发展。经过他和基金会工作人员的共同努力，基金的规模不断扩大。

而随着基金的规模不断扩大，江西蓝天学院基金会资助的学生范围也不断扩大。据统计，到2017年，基金受助的学生总人数也超过一万人次。

江西蓝天学院基金会，每一笔资助款都映照着于果内心深处"扶残助弱"的温暖博大情怀,点亮了那些得到资助的一位位莘莘学子的人生希望。

不只是设立"于果扶贫助残奖优基金"、成立江西蓝天基金会,只要是能帮助更多贫困学子圆大学梦的途径,于果总是不遗余力去推动。

国家助学贷款是党和政府加大对经济困难学生资助力度采取的一项重大措施,但自推出这项助学政策后,一直仅限于公办高校。2004 年,民办高校终于能和公办高校一样享受这项政策。

得知这一消息,于果立即放下手头的重要工作,为此而多方奔走。

在于果的亲自安排下,学院专门成立了"院助学贷款办公室",配备了助学贷款专职干部,制定了"学生助学贷款有关规定",并向贷款银行提供了学生助学贷款风险补偿金,同时还为贷款同学承担了在校期间的全部贷款利息。

通过助学贷款,又使得一大批家境贫困的学生得以顺利完成学业。

第二节 大爱洒向蓝天下的大地

年少岁月时艰辛苦难经历的刻骨铭心,让于果内心深处对于困境中的学子们有着深切的感同身受,他始终以学校为平台,倾情倾力去相助那些身有残疾、家境贫困的莘莘学子。

而实际上,于果心中的这种真情大爱和师者情怀,也渐渐由他创办的学校这方平台向着"蓝天"下广袤远方一步步延伸。资助方式也由"于果扶贫助残奖优基金"专项资助,逐步扩大到多种方式资助。

1998 年 6 月底开始,长江流域连降特大暴雨,整个流域地区遭遇百年一遇的特大洪灾。这场特大洪灾,受灾面积之广、受灾成都之重,历史罕见。其中,江西、湖南、湖北、浙江四个省的灾情最为严重。

灾难无情,人间有爱。长江流域特大洪灾牵动着社会各界爱心人士的心，也同样牵动着于果的心。于果以个人和学校的名义数次捐款捐物，先后出资 30 万元支援抗洪抢险和救助灾区群众的生活。

但那场洪灾中，于果在向灾区积极捐款捐物的过程中，心底还关注着灾区的学子们。这或许是他心中的师者情怀使然。

"这场严重的洪涝灾害，使得许多地方城乡的人们家园尽毁、田地颗粒无收，对于那些因受灾严重而导致严重困难的家庭，尤其是农村地区的家庭，他们的孩子上学肯定会因此而受到影响。"

"对于那些因为家庭受灾严重而无法继续上学的学生们来说，那就等于是一场洪灾冲毁了他们的家园，也冲毁他们的人生希望啊！"

"要尽量帮助那些因受灾严重而面临失学的学子，让他们全部重新回到学校，重新回到课堂中来。至少，要确保那些在我们学校就读的每一位学生，不让一个学生因家境受灾而辍学。"

……………

当洪水慢慢退去，社会各界对灾区的关注，随之逐渐转移到帮助灾区群众恢复生产生活上来时，灾区因家庭受灾程度严重而面临失学的学生境况，又时时牵动着于果的心。

当年 8 月初，长江流域洪水刚开始退却，于果就专门召集由学校教务、学工、各系及后勤等有关部门在内的专门会议，详细商讨如何帮助洪灾地区学生顺利返校入学的问题。

"我深知，面对灾区那么多因家庭受灾而面临失学的学子，要让他们都避免因家庭受灾而失学，仅靠我们的力量，那无异于杯水车薪，但我想，我们要拿出对灾区学生实实在在的真情帮扶举措，来发起和引导全社会都来关心和帮助灾区学生的氛围和热潮。"于果满含真情地说，"这些天来，我一想到这件事，就觉得寝食难安，不倾尽全力来帮助灾区学生，我内心深处无法宁静……"

于果的这番真情之语，深深打动了会议现场的每一位工作人员和老师。

根据于果的提议，这次会议作出了这样的决定：学校各年级各班班主任负责，对在蓝天学院就读的灾区每一位学生家庭展开详细走访调查，列出清单，凡是因家庭受灾严重而交不起学费的学生，一律免费入学！

　　"学院要精心组织和安排，派出由精干工作人员组成的若干支摸底调查小组，小组的摸底调查工作，一定要做实做细，调查覆盖的面一定要做到灾区全覆盖，不能落下一个受灾学生的家庭……"在亲自部署这项工作的过程中，于果几乎考虑到了每一个细节，反复叮嘱。

　　对此，学校参与这项工作的每一位教职工都丝毫不敢怠慢，尤其是各摸底调查小组的教职工们更是冒着高温潮热天气，把调查统计工作做得扎扎实实，清清楚楚。因为他们知道，这项工作，饱含着校长于果对莘莘学子的深情大爱。

　　最后的调查统计结果出来，在江西蓝天学院就读、因家庭不同程度受灾的学生有300多名。

　　"绝不能让一个学生因受家庭灾而失学！"

　　于果当即作出决定，全部减免这300多名因家庭受灾而面临失学学生的学费，确保他们全部按时返校入学。

　　9月，学校新学期入学报名工作开始了，那是于果工作事务异常繁忙的几天。

　　尽管如此，但于果的心里却时刻牵挂着灾区那300多名学子，他几乎每天都要对着名单，逐一询问一遍系里负责人学生们的返校情况，再三叮嘱系里负责人，要把灾区学生返校得工作做得细致再细致。

　　新学期正式上课的前一天，在江西蓝天学院就读的灾区300多名学生，全部都返校入学。

　　当于果得知这一情况后，他的心里如释重负。近一个月来的努力和关注，使得300多名灾区的学子得以顺利入学，凡在学院就读的灾区学生，没有一人因家庭受灾而失学，这怎能不让于果倍感欣慰！

是的，于果连素不相识的有困难的学生都要想着去帮助他们，那么他怎会忍心让自己身边的学子因遇到困境而辍学，他是无论如何都会尽一切努力去帮助他们的。

同样的情况，在 2008 年汶川地震发生之后，更是那样感动了整个社会。

地震发生后，于果积极布置学校组织捐款捐物向汶川灾区献爱心，学校党委还组织"向四川灾区人民献爱心——江西蓝天学院共产党员交纳特殊党费仪式"，全院党员共交纳特殊党费 8.97 万多元。

与此同时，于果想到了在江西蓝天学院就读学子中，那些来自地震灾区的学生们。

于果要求，全校各院系对来自汶川灾区的学生要特别关爱，对他们的家庭情况作详细了解，包括他们家庭是否受灾，受灾学生家庭的灾情具体情况。对于家庭受灾的学生，切实做好学习生活和心理安慰等各方面的关心。同时，还对江西蓝天学院来自地震灾区的教职工个人和他们老家的情况作详细了解。

调查统计情况显示：在江西蓝天学院就读的汶川地震灾区的学生中，有 750 名学生家中不同程度受灾；在江西蓝天学院教职工中，有 11 名来自汶川灾区的教职工老家不同程度受灾。

对此，于果做出决定，学院对这 761 名教职工和学生给予资助。

2008 年 5 月 29 日，江西蓝天学院专门下文，对扈远阳、薛鹏等 11 名受灾教工、750 名受灾学生发放资助金。资助标准为教工每人 1000 元，学生每人 800 元，共计 77.38 万元。

此外，江西蓝天学院学工处、团委和各院系，又随后对受灾学生和教职工进行各种帮扶，给予他们学习生活和工作各方面的关照。特别是对在地震中失去亲人的学生和教职工，学校团委还成立特别关爱小组，对他们给予包括心理安慰等在内的无微不至的关爱。

于果对自己学校学生的关爱，历来都是那样真切和细微，他生怕因为调查统计有疏忽而遗漏对任何一名需要帮助的学生和教职工的关心帮助。于是，随着灾区情况在后期越来越明朗，江西蓝天学院又组织相关部门进行了一次详细调查了解。

果然如于果所担心的那样，因为地震发生后一段时间，一些师生和家中信息不畅而不知家中是否受灾或受灾情况而没有向学校上报。

结果，经审定学校还有 3 名教工和 263 名学生家中不同程度受灾，江西蓝天学院随后向这 266 名师生发放资助金 21 万多元。

2008 年 6 月，汶川地震灾区灾后重建工作陆续展开。

"我们如何帮助汶川地震灾区重建，为此，我想帮助灾区今年高考的学子尤其是因地震而致残致孤的学子，只要他们符合高考成绩上线，江西蓝天学院就热忱欢迎这些学子前来就读，我们将尽最大努力给予他们帮助，完成高等教育学业。"

于果的这一想法，得到了江西蓝天学院全体校领导的支持！

于是，江西蓝天学院和四川省教育等有关部门联系：对四川省成都市、德阳市、绵阳市、广元市、雅安市、阿坝州等 6 个重灾区中受灾严重的 40 个县（市、区），参加 2008 年高考上线的孤残考生实行资助，热情欢迎他们来江西蓝天学院就读。学院将免收学费，并酌情给予一定的生活费补助。

而且，江西蓝天学院还同时作出决定，对已在江西蓝天学院就读的，汶川特大地震所有受灾地区的学生，视家庭受灾情况，以减免学费、生活困难补助、提供勤工俭学岗位等形式予以资助。

当年，汶川地震灾区有 400 多名高考上线的孤残考生来到了江西蓝天学院就读。加上已在江西蓝天学院就读的 900 多名家庭不同程度受灾的学生，江西蓝天学院对汶川地震灾区学生的资助总额，达到了 200 多万元。

…………

江西蓝天学院，以这样博大的爱心情怀帮助汶川地震灾区，在社会上产生了强烈反响。

"那些贫困学生、残疾学生，同样有受教育的权利，为什么要把他们拒之门外呢？只要好好地培养他们，他们同样可以成才，为社会做出贡献！"办学这么多年，这句话总是萦绕在于果心里，为此他希望自己能帮助更多的贫困学生、残障学生，还有社会上那些自己不曾谋面的贫困学子和有志青年。

沿着于果办学的办学历程一同前行，他主要围绕帮助学子和青年们成才而做的那些慷慨之举，在时光岁月中也留下了一串长长的大爱善行足迹：

当共青团江西省委为让全省下岗青年掌握一技之长，更好地实现重新就业，举办下岗青工培训班，于果捐资 10 万元给予支持。

当得知江西九江某学校"春蕾班"的 32 名同学，因为没有稳定的资助来源而面临失学的消息，于果随即派人和九江那所学院取得联系，承担"春蕾班"32 名同学的学费，而且每人每月给予 150 元生活费的资助。

于果捐资 18.5 万元在江西万安县建了一所蓝天希望小学，捐资 70 万元在江西临川建了一所蓝天希望小学。

于果始终不曾忘怀，自己年少时在江西弋阳县中学得到的温情关爱。为此，他在弋阳县中学捐建了科技楼，还牵头组织发动当年的同学成立"七八届基金"，每年奖励弋阳县中学的优秀师生。

他向九江地震灾区捐资 30 万元，在那里兴建了一所希望小学。

江西省"希望工程圆梦大学"活动开展后，于果第一个积极响应，慷慨捐款 200 万元。

…………

从 1994 年办学伊始至今，在以学校为平台的资助贫困和残疾学子的同时，于果爱心助学的足迹一年年渐行渐广。

大爱洒向蓝天下的大地。而其实，蓝天大地在见证于果善济四方学子情怀的同时，也见证了他多年来对各类社会公益事业的真情之举：

2003 年，于果应江西省兴国县时任县委书记之邀走访兴国县时，听说兴国县塑将军铜像在资金上有困难时，他当即资助 5 万元用于塑五位将军铜像；当他听完县委书记讲述还在农村生活的两位老红军奶奶的悲惨故事之后，立即表示，每年资助这两位老红军各 2000 元，直到她们百年之后。

2008 年 2 月，江西发生历史罕见的冰雪灾害，于果捐赠 30 万人民币，资助全省抗冻救灾。

2010 年 4 月，青海省玉树藏族自治州玉树县发生地震，于果捐赠 10 万元，委托学校工会转交给中华慈善总会。

2016 年，在"千企帮千村精准扶贫行动"中，于果和江西省 40 多位企业家联合发出倡议，号召全省民营企业踊跃参与到"千企帮千村精准扶贫行动"中来。他自己更是在精准扶贫行动中倾情倾力。

…………

很多年来，说起于果，许多从未见过他的人会这样脱口而出说道——"在媒体上都读到过关于他大爱善行的感人故事"。

经年累月，那些令人感动的故事依然留在人们的记忆深处：

比如，于果和远隔几千外一位身患白血病的黑龙江青年的故事。

2000 年 6 月的一天，在黑龙江某医院，一位护士在看《中国青年报》时，读到了上面的一篇报道感动不已。于是，她对自己病区里一位家庭境况十分困难、患白血病的青年说："你不妨给这个人写封求助信，我想肯定能得到他的帮助。"

于是，一个多月后的一天，于果收到了一封来自黑龙江的信。这是一封求助信，信正是那位身患白血病的黑龙江青年写来的。信中，这位青年表达了自己想早日康复，以回到学校求学的深切渴望。

信中虽然没有提到"希望得到帮助"这样的话，但于果懂得，这是一位热爱生命、追求上进而且自尊心很强的青年人。

于果很快给这名白血病人汇去了一笔钱，并附信鼓励他树立信心，积极治疗，早日康复走进校园。

2001 年上半年的一天，一对夫妻突然来到于果的办公室，并且带来了两封用毛笔书写足有 2 米长的感谢信。他们说，于果是他们夫妻俩的救命恩人。他们特意赶到江西南昌、一路问到江西蓝天学院来的，是来当面感谢救命恩人于果校长的。

原来，这对夫妻中的丈夫是一名从事绘画艺术的年轻人，几年前被检查出患了一种重病，原本家境就不宽裕，高额的治疗费后来让他们几乎陷入了绝境。就在因无钱继续治疗而准备放弃时，她的丈夫在报纸上看到了于果的报道。于是，他们抱着试试看的心理向于果求助。

后来，于果接到了他们的求助，向他们汇去了 1 万元钱。

因为得到于果的相助，治疗继续，年轻人渐渐康复了。

于果每天工作繁忙，加上事情过去很久了，直到这一次他们为感谢而专程赶来……

2005 年 3 月，于果在北京参加全国人大会。

当时，全国闻名的好民警邱娥国也是全国人大代表，他也在北京参加全国人大会。

于果和邱娥国很熟。参会期间的一天，邱娥国告诉于果，在他当民警时，资助了一对孤女。现在老大许凤已高中毕业，差几分没被录取，能否到江西蓝天学院读书？

于果热情答应：“没问题！我接你的'棒'！我不但免去她读大学的全部费用，而且每个月给她 500 元生活费！”

在于果的安排下，许凤顺利地进了“蓝天”，就像进了幸福的家。江西蓝天学院的办公室对她说：“你不管有什么困难，尽可打电话给我！”

十分懂事的许凤，深知唯有刻苦自强方能回报，她用心攻读国际经济与贸易专业，不但成绩优秀，而且担任了班导助理、系外联部部长。

…………

沿着时光深处阅读于果的创业史，阅读由江西省高职至江西蓝天学院到今天的江西科技学院的发展史，让人们那样清晰而强烈地感受到，这也是一部厚重的大爱之歌。

这大爱之歌的乐章那样深情感人。

第三节　教育报国赤诚可鉴

教育影响着一个国家的未来。

正所谓："根本不美，枝叶茂者，未之闻也。"强调一项事业的重要可以使用不少有分量的词语，而用"根本"来形容教育事业可谓是再恰当不过了。

也正是因为教育事业的崇高使命与深远意义，从古至今，兴学办教育一直被人们视为是一种情怀博大的善举。

改革开放进程中应运而生的中国民办教育，从其一开始的教育领域责任使命定位，就决定了这是一项社会公益事业，跟办企业有着很大区别。因而，相比较之下，投资办学者当胸怀为民办学的博大情怀，处理好社会效益与经济效益的关系，坚定地把社会公益性质摆在首位。

投资创办民办大学不是以赢利为目的的事业，否则，抱着投资赚钱的目的最好就不要办学。

对于这一点，在毅然做出办学决定之前，于果已全然知晓。

不仅如此，于果当时还知道，国家对民办教育没有投资，办学者的一切资金来源都得靠投资者个人出。而如果投资办学失败了，那损失也将全部由投资办学者个人来承担。

更何况，1994 年在于果从俄罗斯回国之前，他正遇到了一个利润回报十分丰厚的商业项目。然而，虽然朋友一番番力劝，他最终还是选择了放弃，义无反顾地踏上了回国的旅程。

那么，当年于果带着在俄罗斯打拼数载所赚的数百万元巨款回国时，他为何要义无反顾地选择去创办一所民办大学呢？

"为实现心中那由来已久的梦想，我更渴望自己的人生事业与时代同行，自己将来努力去成就的一番事业，对社会的发展有所贡献！"这是于果发自肺腑的心声。

从办学之日起，于果就把自己人生事业的座右铭，定位在了社会价值层面这一高度。

在于果的内心深处，他崇尚这样的人生道路和境界追求，他渴望成就自己人生事业的高远壮美！

而教育，具体地说是大学在他心中的神圣，让办学对他产生了有着朝圣般的虔诚和郑重，也与他心中对追求人生事业的高远壮美完全吻合。

1990年代之初，当时于果手里已拥有数百万元资本，可谓实实在在的财大底气足。况且，历经跨国贸易数年的商界实战历练，他已眼界开阔，商场经验丰富，正可谓要本钱有本钱、要经验有经验。加之，其时正值改革开放真正春天开启的大好时期，商机遍地，凭于果当时的财力、商业眼光与商业头脑，他投资哪个领域的行业都可赚得盆满钵满。

但心中对于人生事业价值的崇尚，让于果义无反顾地选择了办学。

是的，正如一位深深知晓于果的朋友所说的，若非成就人生高尚事业追求的情怀使然，于果又怎会毅然走上创办民办大学这条路。

1994年，刚过而立之年的于果选定了自己人生事业追求的方向，他是确定了方向就坚定前行的人。

"在人生的道路上，每个人都有自己的选择，但不论选择什么，都应该努力争取成功。"于果那样坚定地认为，既然自己选择了以民办教育为人生事业方向，那就理当无怨无悔地要"始终把社会责任放在第一位，把社会责任当作工作的压力和前进的动力，热爱民办教育，让责任心流淌于全身血液中！"

"捧着一颗心来，不带半根草去。"这是著名教育陶行知先生的一句名言，在于果的理解里，这正是自己对即将开始的人生事业价值的最好诠释。于是，陶行知先生的这句名言也从此成为于果珍藏心底、激励他以满腔深情去办学的事业格言。

1994年的那个春天，于果就是心怀着这样的赤诚情怀，迈出了自己人生事业的脚步。

…………

接下来，时光见证了于果在办学历程中创造的传奇，也见证了他那满腔热忱的人生情怀，那是一种与国家教育大业紧密相连的赤诚的家国情怀。

1999年，经过六年的不懈努力，凭借着锐意改革的闯劲，于果创办的民办大学以令人惊叹的发展之势，实现了从高职（中专层次）到东南进修学院（学历文凭试点单位）再到蓝天学院纳入国家计划统考统招的三大跨越，成为中国一流的民办大学。

在倾情民办教育事业的奋进岁月里，于果心怀赤诚的教育报国情怀，也刻印在了那一行行闪光的足迹里：

1997年荣获"全国自强模范"和"中国杰出青年志愿者"；

1998年荣获"中国光彩事业奖章"；

2000年荣获第十一届"中国十大杰出青年"；

2001年荣获"全国高等教育自学考试先进个人"；

2002年、2004年两次荣获"江西省五一劳动奖章"；

2003年荣获首届"全国民办教育十大杰出人物"；

2004年荣获"第八届江西省职工职业道德建设十佳标兵""中国青年志愿者十年特别贡献奖""全国优秀教育工作者"，12月份被中共中央统战部等五部委评为"优秀中国特色社会主义事业建设者"；

2005年荣获"全国劳动模范"光荣称号；

2008 年 11 月，荣获江西省改革开放三十周年十大杰出建设者；

2009 年 12 月，荣获"新中国 60 年来江西最具影响力的 60 位劳动模范"；

2010 年 01 月，荣获"中国教育 60 年成就奖评选活动""中国教育 60 年 60 人"

…………

荣誉带给于果的，是更强烈的责任感和使命感。

也正是于果心怀赤诚的教育报国情怀感召，感动了一批又一批的学者、教授来到他创办的大学倾情执教育英才，吸引了四面八方的成千上万莘莘学子来此求学深造。

第四节　桃李不言下自成蹊

始终坚持办学的公益方向，倾情担当社会责任，是于果执着奋进教育事业中感人至深的篇章。

办学 20 多年来，他以教育报国的博大情怀，扶残助弱的真情善举以及深厚的社会责任，深深打动了社会各界人士，在全国产生了广泛的影响。因为在公益办学和对慈善事业方面的积极贡献，他屡获"中国青年志愿者十年特别贡献奖""中国光彩事业奖章""江西希望工程十周年十大爱心人士奖"等殊荣。

弦歌不辍声声起，桃李不言下自成蹊。

于果这种仁爱与自强不息的精神，多年来已形成了学校文化积淀的厚重内容，融入校风，并成为学校精神底蕴的重要组成部分，在广大师生中得到保留、传承和发扬。

著名教育家陶行知先生在阐述教育工作者之于国家民族发展的重要程度中曾说："在教师手里操着幼年人的命运，便操着民族和人类的命运。"

作为一所大学，校长的榜样力量更是巨大的。校长的人生情怀和事业品格，将那样潜移默化而深刻地影响着自己学校的学生和老师。

在江西科技学院，询问学生们对校长于果的评价，笔者发现在学生们中间有一个话几乎是共同的："我们敬重于果校长，因为他身上自强不息的奋斗精神，还有他对学生们的爱心。"

是的，于果把全部的爱都给了学校和学生。

而在学生们心底，也悄然把校长于果作为自己学习的榜样。他们在学校时希望自己能够力所能及地去帮助他人，在他们毕业走向社会后，他崇尚奋进，同时又把对社会的奉献价值观自觉地融入自己的人生事业价值追求之中，体现于自己的实际行动之中。

在江西科技学院，我们那样强烈地感受到了这种氛围。

多年来，校团委以"爱心助学"为主题，与南昌市邮政局联合发行邮资明信片筹集资金，每年的活动中总是得到全校学生们的积极响应。因为学生们知道，自己每购买一份明信片，就传递着对那些贫困同学的一份真情关心。

至今，江西科技学院发行"爱心助学邮政贺年明信片"筹集的资金，已资助了近百名贫困学生。

此外，江西科技学院团委还与江西省慈善总会等社会慈善公益机构联合，发行了"生命的礼物——救助先天性心脏病患儿"等行动主题明信片，通过这样的方式将全校学生的爱心传递给社会各类困难群体。

在江西科技学院一些院系，曾有学生身患重病，从学生所在的班级、院系到全校师生，都纷纷捐款相助。也曾有学生家中突发意外，学生所在的班级、院系到全校师生同样是及时伸出温暖相助的手。

每年的寒暑假中，江西科技学院各院系都会组织开展"大学生社会实践"活动。而每一次活动中，都会有"关爱农村留守儿童""帮助贫困山区贫困学生""爱心助学"等这些内容。在老师们的组织带领下，江西科技学院各院系的学生们走向省内外的偏远农村、山区及贫困地区，开展爱心帮扶活动。

江西科技学院有一个由残疾学生们自发成立的社团组织——"自强者之家"，这是全国高校第一家残疾学生社团。"自强者之家"还请校长于果担任了他们的名誉会长。

得到来自校长于果和全校师生们温情关爱的残疾学生们，组建"自强者之家"这一社团，就是希望通过仁爱互助的各种活动，在力所能及地方面去互相帮助，同时和通过大家集体的力量去尽可能帮助别人。

大力弘扬人道主义，促进残、健者共荣，健康者可以作为志愿者参加，让爱在传递中永恒……

学生龙永清，毕业后开办了一个制衣厂，稍有盈利便寄给于果1000元，捐给母校的同学，并表示"以后等我的企业发展了再多捐一点"。于果把这1000元分给了来自抚州的连报考国际物流师的报考费都拿不出的残障生游勇，和家中仅靠残障父亲127元低保金生活的辽宁开原的田艺同学。

2009年，学校校友会成立，这是毕业生走向社会后与母校联络沟通的情感纽带，同时也是很多毕业生向母校表达感恩情愫、帮助身有残障或家境困难学弟学妹们的桥梁。

通过这一桥梁，身在四面八方的毕业生们的扶残助困的爱心，每年都源源不断汇聚而来：

校友谢琦，创业成功后，在母校设立"谢琦助学奖学基金"，每年向家境贫困、学习勤奋的学弟学妹颁发助学奖学金1万元；

校友胡树腾，创业成功后，向母校捐赠设立100万元的"蓝天腾飞创业基金"及3万元的"胡树腾奖学金"；

校友江期胜，创业成功后，在母校设立"江期胜励志奖学金"；

还有更多校友，通过向学校基金会捐款，表达对学弟学妹们的帮助；

还有校友会深圳分会、北京分会、杭州分会、上海分会……以"创业

帮扶基金"或"励志奖学金"等形式对母校学弟学妹的帮助方式;

…………

在江西科技学院毕业生中,很多创业成功者和各行各业的成功者,在企业发展壮大和工作过程中热心社会公益事业,或捐资助学,或出资帮助社会困难群体,或参加各类公益组织活动。

在人生的艰难阶段里,往往一颗梦想的种子正在孕育催发,或许,一个年轻人正是这样才萌生了未来的抱负与希望。

在江西科技学院,得到校长于果个人资助、得到学校基金会资助、得到校友捐赠资助,或是感受着这温暖资助的学生们,谈到自己对此的内心感受时,他们总是这样动情地说:

"我要好好读书,以后毕业走向社会,也要去帮助残障人和更需要帮助的人。"

"以后我也要向我们学校的这些学长一样,努力奋进,在自己有所作为的同时,也积极去帮助别人。"

"我已深深懂得,不但要做一个事业成功的人,更要做一个对他人、对社会有价值的人。"

…………

在江西科技学院基金会运行中,学生们都知道一项不成文的规定:基金受益者的学生在大学毕业后,要自发在适当的时候通过捐赠的方式反哺基金,让在校的贫困学子继续享受基金。

基金会受益的那些学子们,他们在毕业后,在没有任何一方任何人提醒的情况下,会自觉地履行早已铭记在内心深处的承诺。

…………

"学高为师,德高为范。"著名的教育家陶行知先生认为,一位教育工作者的品格胸襟对学生走向社会后的人生追求目标和价值观有着巨大的影响。

江西科技学院的毕业生们，在毕业走向社会后，他们身上始终有一种奋发向上的精神，心中始终有一种大爱的情愫。这是因为，在求学的时光里，他们沐浴着大爱的阳光，这大爱的阳光照进他们心底，树立了他们人生价值追求中高尚的灯塔。由此，他们在适时的时候，就会把自己受到的爱撒向社会、撒到更多的人身上，让世界充满爱。

"你对学生付出真诚和爱心，他们就会信任你，对你好。爱和被爱都是幸福的！"江西科技学院的一位老师这样说，我们学校的学生就生活在爱与被爱之中，他们在这真诚的、浓郁的爱意之中感受着生命的精彩，并热情地焕发着生命的光彩！爱，是没有边界的。

是的，爱和被爱都是幸福的！

作为一位教育工作者，那样真切感受自己深爱的学子精神世界里有这样高尚的价值追求，在于果内心深处，充满着幸福感怀。

附录
育得英才遍天下

对一所学校而言，最为显著的办学成果，就是体现在其培育的人才数量与质量两方面。

伟大的教育家孔子，有"弟子三千，贤者七十有二"，而且他们皆以在不同方面术业有专攻、风采卓然著称于世。卓越的现代教育家陶行知先生认为，"在教师手里操着幼年人的命运，便操着民族和人类的命运"，他一生孜孜以求的奋进全在为国家为民族培育英才。

在于果心里，这是一种兴学办教育的境界，是一个办学者最大的事业荣耀。

纵览于果跨越两个世纪的办学历程，归结到一点，他兴学办教育的最大精神动力和育人追求目标，就是"奋飞蓝天，把更多有志青年学子托向他们人生理想和追求的高度！"

"如果说办大学是我前半生的理想，那么后半生就是我的责任。我愿意对我的学子们负责！对他们的青春负责，对他们的理想负责，对他们的未来负责！"这是于果心中对万千学子的庄重承诺，也是他教育情怀中为国家社会培育人才的高远境界。

办学今已二十三载春秋，且看于果和他的大学在培育人才上的硕果。

学校已培养了 20 多万学子，这些不同专业的毕业生遍布全国各地，他们或在企事业单位工作或自己创业，脚踏实地、积极进取的拼搏精神，在不同的岗位，努力奋斗，发挥着骨干中坚的力量，为社会发展做出了贡献。

2003 届外语系毕业生马跃征，现任四川卫视主播；2000 届工美系毕业生罗淇，毕业后创办深圳海淇实业有限公司，现公司规模国内前茅；1996 届毕业生谢琦，毕业后创办江西巨元医药有限公司，曾获得江西省首届十大创业先锋称号……远远不止这些，在全国各行各业荟萃的群英里，于果深爱的学子们现已汇聚成一道令人注目的人才风景。

而每每向这人才风景投以深情目光时，于果总是能欣喜看到那令自己感到无比幸福的一颗颗璀璨之星。

一

他是"蓝天"第一届外语专业毕业生。

这是他从学校毕业 8 年之后即 2004 年的故事，8 年中，他即实现了从一位民办大学毕业生到行业佼佼者的精彩蜕变。

他叫刘启长。

1996 年 4 月，离毕业还有两个月，刘启长就因为各方面比较优秀，被广州一家台资鞋厂提前要去当储备干部。

实事求是说，台资鞋厂当时的待遇不错，更何况刘启长是储备干部，在厂里将来发展的空间很大。

然而，在广州这家台资鞋厂工作几个月后，刘启长发现，这里的现实与自己的理想有差距——他认为自己应该有更大的发展空间。

于是，刘启长提出了辞职，随后他来到了上海。

初到上海后，刘启长暂且在一所民办中专学校教书，同时一边寻找工作机会。

一年后，刘启长进入一家台资公司工作。

在这家企业，刘启长凭借扎实的外语基础，使他在同国际性的大公司和外资公司打交道时，表现出色，深得公司领导赞赏。

不久，刘启长被这家企业委以重任，负责企业的质量管理工作。

刘启长工作极其努力。在随后的两年工作过程中，他在各种培训和不同的岗位管理中积累了相当丰富的经验。尤其重要的是，他全程参与了公司 ISO9000 国际质量体系的认证工作。

正是在这一过程中，刘启长发现了国际质量体系认证对一个企业发展的重要意义。同时，他还发现许多国内企业对这方面知识极为缺乏。

更为重要的是，当时，通过相关国际质量体系认证已逐渐成为国内企业发展的一种趋势。

刘启长思量，为企业进行国际质量体系认证服务，这是一个前景广阔的行业，自己当抓住这大好的机遇。

看准机遇的刘启长果敢辞职，开始了自己在上海的企业管理顾问事业。

为了使自己在这一行业更具实力，辞职后的刘启长并没有急于开展业务，而是参加了很多管理领域的专业培训，并通过考试顺利地拿到了国家注册审核员资格证书。这样，刘启长完成自己从一位外语专业毕业生到管理行业人士的顺利转变，为之后在这个行业的发展打下了坚实基础。

接下来的 2000 年，刘启长将自己所有的相关知识和经验在工作中发挥得淋漓尽致。他按照国际质量体系标准，创建的企业人力资源、物料管理、生产计划、生产过程、质量控制、客户服务、采购管理等一整套管理体系，深受众多企业欢迎。

到 2004 年，刘启长的身份已是通过国家认监委认可的管理体系顾问，先后为全国上百家企业做过有关国际认证体系的认证、咨询和培训。

在这些公司中，不乏行业中的佼佼者，如上海飞利浦电子元件有限公司、爱默生（中国）电机、顶津集团康师傅饮料、山东皇明太阳能、上海上好佳、ATM 应用材料、世界 500 强企业圣戈班等。

刘启长凭自己的实力和良好的服务，为他在上海企业管理业界赢得了良好的信誉和很好的口碑。尤其是他用地道的英语给某国际公司的菲律宾员工培训，成为业界美谈。

如今，时光已过去十多年了，刘启长和他的事业发展如何？

2017 年 9 月，经辗转联系终于得知，从 2004 年至今，刘启长始终执着于企业管理体系领域中的发展。

十多年来，他的企业得以不断发展，他现在的企业——上海东泉企业管理顾问有限公司已在上海乃至全国的企业管理体系业界中享有一定知名度。

刘启长个人现在也是企业管理业界的高级顾问。

二

刘水波，南昌人，江西蓝天学院 2005 届商贸系的毕业生。

他的经历很简单，从"蓝天"到蓝天。但这样的简单经历，在一个大学生从求学到就业的过程中却足够精彩。

东方航空公司的空中勤务，年薪 10 万。

"在学校读书时，我认为自己根本就没有什么了不起的。"也许那时太年轻，也许是因为家境太好——父亲承包工程做生意，刚进"蓝天"时，刘水波在班上的表现并不怎么样：班干、团干轮不到他，而批评教育少不了他。"我喜欢睡懒觉，迟到了，常常从后门溜进教室。"谈起这些，后来这位大方的小伙子有点不好意思。

刘水波生性好动，当年班导便有意识引导他参加各种文体活动。

2002 年年末，刘水波代表班级参加全系的辩论赛，不想，一鸣惊人，由于他出色的表现，他们班代表队夺得全系第一。此后，他又进了班里足球队参加全系比赛，结果也勇夺第三名。

就这几下子，老师也好，同学也好，便不禁对刘水波刮目相看了。

自那之后，刘水波觉得别人看自己的眼神也变了，这给他内心增添了无比的自信。从此他像换了一个人似的，学习刻苦勤奋，课余活动积极参与。

真正让人们认为刘水波不简单，却是在 2004 年下半年。

那时，距离毕业还有几个月，同学们也开始为找工作而准备。一天，刘水波走在街上，随意买了一份《信息日报》，一个广告版面赫然出现在他的眼前："东航江西分公司招聘空中勤务人员"。

广告上一架波音 747 飞机直飞蓝天，"我当时问自己，我行吗？不会是白日做梦吧！"刘水波有些怯意。

第二天就要初试。刘水波没有把这件事告诉爸妈，也没有惊动室友，当晚，他只是默默地做好迎接挑战的准备，就像大一时为了参加辩论赛而准备论据那样。他在网上找来一些材料，还特别做了一份英文简历，并把它背了下来。

到了现场，刘水波才知道，为了 8 个"空哥"岗位，竟然来了五六百人，而且几乎全是本科生，几乎全是公办大学的学生。

"请大家报一下各自所在的学校。"一进门，主试官就来了一句。

"我是南昌大学的。"

"我来自江西师大。"

"我是江西蓝天学院的！"

刘水波的回答，音调一点也不比别人低，刘水波心里心想：自己无论如何也不能示弱。

但他看得出，主试官的眼神有点异样。

接着，是用英文作自我介绍，刘水波刚说完，他发现主考官的眼神有了一丝难以觉察的变化。

经过当天的笔试，到次日复试时五六百人便只剩下了 50 人。他们要接受来自东航总部主试官更为严格的考查。

面对一排正襟危坐的考官们，刘水波看到周围好些人都在打哆嗦。但他仍然轻松应对。

一场复试，50 人只剩下 15 人，后来体检又打下了几个，最后刘水波成了所有面试者幸运者中的一位——他成为一位令人羡慕的东航空服人员。

一晃很多年过去了。

2011 年 6 月的一天，突然有一条新闻引起了人们的关注，尤其是让江西蓝天学院为之荣光。

在由乌鲁木齐飞往上海的航班中，一位喝醉酒的乘客挡在机舱口，影响飞机飞行安全。在反复劝导无效的情况下，空乘人员刘水波在紧急情况下挺身而出，制服了这名乘客，保障了飞行安全，获得了东航公司的嘉奖。

后来证实，空乘人员刘水波，正是江西蓝天学院 2005 届商贸系的毕业生刘水波！

从东航公司介绍刘水波的工作表现，人们得知，刘水波多年来在工作中兢兢业业，对工作热爱、极其负责，他多次被评为公司优秀员工和"服务之星"。

三

罗淇，江西蓝天学院 2000 年工艺美术系毕业生。

罗淇的家乡——江西省弋阳县清湖乡，是一个山清水秀的地方。

大概是受家乡秀美山水的启迪，罗淇从小就喜欢画画，后来如愿考上了河北省的一所中专艺校，学习国画专业。

1995 年，罗淇艺校毕业，怀揣梦想的他来到改革开放最前沿的深圳市打工，在深圳大芬村帮人画陶瓷、画油画。

然而，打工之余，罗淇并没有放下大学梦。通过参加成人高考，1997 年考上了江西蓝天学院装潢设计专业。

踏进大学校园，罗淇有了更明确的目标，如饥似渴、查漏补缺地吸收知识，不断提升自我。同时，他一边学习，还一边利用课余时间做专业辅导，赚生活费和学费。他通过给人辅导专业，一个暑假赚了两万多元，不但凑足了学费,还利用剩下的钱在南昌开了一家"青苹果"照相馆。其实,大学期间罗淇就展现了优秀的创业能力。

2000年,罗淇从江西蓝天学院毕业,再一次前往深圳。

一开始,罗淇在一家有国资背景的房地产公司当设计总监。因为专业功底扎实,罗淇工作得心应手,那段日子也过得十分安逸。

但有一次,罗淇回老家,看到年迈的父母在农贸批发市场守夜搬菜,晚上就住在市场公共厕所隔壁的狭小房间里,罗淇心痛不已,背着父母暗自抹泪。

"一定要改变家境,让父母不再为生计操劳!"从老家回到深圳,罗淇横下心,决定走出来创业,趁自己还年轻,闯一闯、搏一搏。

随后,罗淇把打工挣的1万多元和人合伙办了一家房地产广告装饰牌公司。经营两年时间,公司盈利不错。但合伙生意好做,人难交,有难易同当,有福难同享,合同到期,罗淇竟被合伙人一分不给地"请"出了公司。

离开这家公司,罗淇并没有过多的怨言,因为参与公司全程管理,这段时间罗淇在公司学到的比赚到的多。有了办企业的经验,罗淇下定决心创办自己的公司,开始独立创业。

2004年,罗淇向同学借贷10万元,成立了奕杰实业有限公司,公司主营展览展示业务。

因为设计功底扎实,罗淇常能给客户朋友留下深刻的印象。

有一次,一位"三星"的客户由朋友介绍来找罗淇帮忙,在前期和这位客户没有任何交往的情况下,罗淇毫不犹豫地给予客户帮助。而恰恰是这一次相助,让罗淇掘到了深圳创业的第一桶金,"三星"客户只要有催单较紧的货都会拿给罗淇公司做,而且保持了长期的合作,这使得他的公司每个月都能有80万~90万元的保底销量。

那时深圳市场竞争激烈,以罗淇的公司规模,能成为当时三星客户的备选供应商,简直难以想象!

但是，这幸运背后却是罗淇扎实的专业功底和待人真诚的结果。

此后，罗淇在创业过程中展现出过人的胆识和才华，公司业务得以快速扩大。

2009 年，其公司产值已达 3000 多万元。

2010 年开始，罗淇着手将公司产品从单一的亚克力制品，逐步扩大到五金、木艺、型材、电子等多方面产品，以期形成了涉及整个展览展示行业中较为完整的产业链产品结构。

多元产业结构的发展模式，让企业发展步入了发展快车道。

在此基础上，2014 年，罗淇又对企业发展战略进行了全面调整——围绕文化产业全力推进公司产业升级。

至此，罗淇地企业已从展览展示行业产业跃升到文化产业、文化酒店、文化地产行业，成为在文化产业领域中的一家多元化发展企业。

同时，他还开始规划打造全国首个公园领域的展览展示文化创意园。

2015 年，罗淇公司投资打造的融"文化 + 生态 + 科技"于一体的中国首家 DCC 展览展示文化创意园顺利建成，成为全国文化创意业界又一个经典项目，引起了业界广泛关注。

历经 10 多年的风雨创业历程，罗淇的企业现在年产值已达到 3 亿多元，拥有 700 多名员工，在全国文化产业界颇有影响力和品牌知名度。

四

在全国某个行业领域，很多具有代表性的行业企业中的精英人才较为集中地来自一所大学的某个专业，这并不为奇。

但长期以来，这样的情况一般只发生在公办高校。

比如，1980 年代国内第一批 IT 业界中的精英，多来自北京大学、清华大学的毕业生；1990 年代初期国内媒体行业中的佼佼者，多以中国人民大学和复旦大学新闻系的毕业生为多；1990 年代中期，国内首批企业专业管理类人才，又多来自清华大学、北京大学及华中科技大学。

但随着一批专业特色显著的民办大学的出现，这种现象开始逐渐被打破。比如在全国服装行业企业中，很多著名服装公司中的高级设计及管理人才，曾经的江西蓝天学院和现在的江西科技学院中的设计专业人才，就占有一席之地。

1994 年建校之初，于果就把服装设计专业定位为学校的一个重要特色专业。

到 2004 年，学校已向全国服装业界输送了 2000 余名优秀毕业生，分布在全国各地的服装设计和制造企业。如果包括现在江西科技学院培养的服装设计类人才，学校服装设计领域的毕业生总人数已超过 5000 人。

"现在，他们很多人已经成为全国各地各大服饰公司的'顶梁柱'！"谈及学校服装专业人才，江西科技学院一位负责人十分引以为豪。

在江西科技学院寻访毕业生走向工作岗位后工作情况的一份材料中，我们看到了以下的三种情况：

一种是毕业后开办服装公司的毕业生。比如：

1995 届的饶万龙，在上饶地区开办万龙服装学校，曾经多次受到地区传媒的报道，江西日报也曾两次对他的事迹做了相关报道；

1996 届的肖云锤，在上海高琦服饰有限公司担任厂长、负责生产；

1997 届的包辉，在香港喜尔雅休闲服饰有限公司任开发部经理；

1997 届的吴丽华，在长沙自办思碟服饰和思菲戈尔服饰公司从事服装批发业务，并在越南做英国某公司产品的代理商；

1998 届的朱志强，和朋友合伙注册开办梦鑫贸易有限公司，生产销售进出口服装；

....

第二种是毕业后进入全国服装设计和服装制造企业，逐步担纲企业设计和生产岗位的骨干。比如：

在上海服装设计界，如今一批业界颇有知名度的设计专家中，一部分人就是来自于江西蓝天学院的毕业生；

在福建排名前十位的服装鞋帽企业中，都有江西蓝天学院服装设计系的毕业生担纲设计和管理岗位上的骨干或负责人；

在中国服装行业的领军企业——红豆制衣集团，其休闲类服装总设计师之一胡永辉，就是 1999 年毕业于江西蓝天学院服装设计系。

在浙江服装行业的企业中，汇聚了一大批江西蓝天学院服装设计系的毕业生，他们中的不少人主导着企业每年服装新款式、新产品的开发，他们设计的服装款式新品对每年全国服装新品潮流具有"风向标"的引领力；

…………

第三种情况是，毕业后先在国内服装行业发展，后因脱颖而出继续走向国际服装业界。

比如，1995 届毕业生高志群、刘香英在美国服装设计界；1996 届毕业生陈文俊在约旦服装设计界。他们都是具有一定的行业知名度。

…………

一个行业中如此多的精英来自同一个学校的同一个专业，这早已为人们注意到了。《中国青年报》在 2005 年报道当时的江西蓝天学院以特色专业立校时，就对这一内容做了报道。

江西蓝天学院服装设计系毕业生，成就他们人生事业精彩的故事不胜枚举。在此，仅以一位叫谭静华的毕业生的工作经历为例，来代表这个毕业生群体。

谭静华现在同时担纲国内数家著名服装企业的总设计师。

1997 年从"蓝天"毕业后，进了福州一家台资服装厂，工作得到厂领导高度肯定。

但半年后，谭静华应邀到上海拉夏贝尔服饰有限公司工作。因为她的父母在上海，希望她能在上海工作。

在上海拉夏贝尔服饰有限公司，谭静华一开始担任设计助理，根据设计师的设计选料，配饰件和花边，从最基本、最简单的事做起。

但没有多久，她在服装设计专业的才华展现出来，受到公司器重而被委任负责设计部门的工作。

在负责公司服装款式设计过程中，谭静华富有创意的一系列服装新品款式，让公司产品赢得了市场青睐。

1999 年底的一天，一位准备创办华滢服饰有限公司的朋友找到谭静华，希望她能助自己一臂之力，帮忙撑起公司设计部的大旗。

一心想大展身手的谭静华，觉得检验自己设计水平的机会来了。她婉言谢绝了上海拉夏贝尔服饰有限公司的一再挽留，辞职来了华滢服饰有限公司。

公司刚刚开办，设计部人员不全。谭静华包揽了设计助理和设计师的全部工作。从选料、设计到配饰件等，她样样亲自动手。

谭静华经过认真研究，认为定位是淑女装符合公司产品差异化发展的方向，华滢服饰有限公司的负责人听取了她的这个意见。

果然不出所料，华滢服饰有限公司的几款淑女装产品投放市场后，一举成功。

此后，华滢服饰有限公司快速步入了发展的快车道，在服装业界其淑女装服装产品颇有一定知名度。而熟知这家公司创立发展情况的人知道，其公司主打淑女装服装产品的定位是从谭静华开始的。

2002 年 5 月，谭静华又被"富绅服饰"上海工作室高薪"挖"了过去，担任工作室的新产品开发设计师。

众所周知，在服装业界，"富绅"是一个著名服饰品牌。其西服、衬衫两大类服装产品，长期以来引领着国内西服和衬衫的款式潮流。

当然，在"富绅"也汇聚了众多服装设计领域的精英。

因此，到"富绅服饰"上海工作室担任新产品开发设计师，谭静华面对的压力可谓不小。

但此时历经数年服装设计实践的谭静华，已经是一位眼光独到、经验丰富的设计师。"富绅服饰"上海工作室看中谭静华的正是这一点，也深信她能在"富绅服饰"新产品开发的设计上另辟蹊径。

接下来，谭静华的出色表现果然没有让"富绅服饰"上海工作室失望。

通过收集上海及全国市场服装方面的信息，谭静华把自己对"富绅服饰"新产品的开发定位在职业装方向。此后几年中，她研究设计的每一种职业装新款，几乎都深得客户青睐。

对于谭静华的工作，"富绅服饰"厂家负责人非常满意。

不知不觉中，谭静华已在服装设计界有了一定的知名度。由于服装设计职业的相对自由，谭静华后来又在上海海纳服饰有限公司做兼职设计师。

…………

如今，谭静华已同时担任中高档少淑女装品牌"伊·艾梅琳""富绅服饰"等多家服装企业和品牌的设计师，还担任了一些服装品牌设计的顾问。此外，也时常受邀担任各类服装设计大赛的评委。

值得一提的是，谭静华现在中高档少淑女装的设计上自成风格，她设计的淑女装风格简洁大方，颇受上海白领阶层青睐。

其实，谭静华毕业后的从业经历尤其是在服装设计业界的成长历程，在江西蓝天学院服装设计系的毕业生中，有了很强的代表性。

五

多年来，江西蓝天学院各类专业的毕业生在珠江三角洲、长江三角洲地区十分受用人单位欢迎。

对此，各大媒体也从不同角度进行深度解读式报道。

从这些媒体报道文章中，人们也了解到了关于江西蓝天学院毕业生在珠三角、长三角地区工作的整体情况。其中，也不乏很多在各行各业领域取得出色业绩的毕业生个人工作情况详细报道。

因此，虽然珠江三角洲和长江三角洲地区是一个人才汇聚的地方，也是很能反映一所大学毕业生就业质量的考量区域，但在深入了解江西蓝天学院学子毕业后情况的过程中，笔者没有过多地把关注目光投向。

关于考量一所大学毕业生就业质量高低的区域，有一个地方不得不关注。

这个地方就是北京。

"在北京，现在可以说各行各业都能见到我们学校毕业生的身影，从中关村到清华紫光高科技产业园，再到各类企业都有，而且在各行各业还有一批已取得出色成绩的毕业生……"说起在北京的毕业生，江西科技学院毕业生就业中心的老师感到很是自豪。

是啊，北京是各行各业人才济济的地方。自己学校的毕业生能在北京站稳脚，并且取得一定的工作业绩，这的确不易，也值得骄傲。

吴志高是位江西南城来的小伙子。

2002 年从江西蓝天学院毕业前夕，他了解到，北京的工作挺难找，但发展空间却很大。从不服输的吴志高坚信"那么大的北京会没有我的立足之地"。因此，一毕业他就直奔北京来了。

在北京来后没多久，吴志高通过网络找到了一份在"乐百氏"华北地区一代理公司的业务员工作，专门负责为华北地区的许多超市供货。

这的确是一份辛苦的工作，每天奔波于各大小超市，但吴志高想的是，先在北京立下足来，再一边寻找自己想要找的理想工作。

学计算机专业的吴志高，想找的理想工作当然是与自己本专业相关的工作。

3个月后，吴志高终于得到了机遇的垂青——进入了清华紫光公司的分销产品事业部，从事电脑外设如打印机、扫描仪等的分销工作。

清华紫光公司，在众多大学计算机专业的毕业生心目中可谓是高大尚的一个企业，视进入这家公司工作为荣。

吴志高的工作岗位，即要懂计算机相关专业又要有市场营销经验，还需要一定的攻关能力的岗位。这可谓是一份具有一定挑战性的工作。

但这没有难倒吴志高。

在跟同事熟悉了一段时间业务后，吴志高便开始独立跟客户打交道。他的工作就是想方设法让经销商从清华紫光进货，并和他们协调好价格，做好相关的售后服务。

靠着真诚守信的品格和热情周到的服务，吴志高一点点在北京市场打开了自己的业务局面。其中，"大中电器"的大门，就是他独立作战，用"诚心"去"敲"开的。仅此一家，每月就有40多万元的业务量。

几年之后，吴志高成为清华紫光公司分销产品事业部中的一位出色员工。后来，他被紫光公司擢升到其他事业部担任了管理岗位经理。

同样是江西蓝天学院计算机专业毕业的魏平，相对吴志高而言，他初到北京不久，很快就找了自己理想的工作——在北京华陆讯网络技术有限公司做网络管理员。

"文凭只是一块'敲门砖'，一旦进'门'了，靠的全是工作能力。"虽然只是计算机专业的大专生，但魏平却从不自卑。

凭借着扎实的计算机专业知识和勤奋能干，魏平在进入公司不久后就在工作中表现出众。结果，公司来自其他大学计算机专业的本科生毕业生用了三个月时间转正，可魏平却只用了一个月。

正是因为如此，公司老总开始注意到了魏平。

公司老总发现，新来的这个叫魏平的江西蓝天学院计算机专业专科毕业生，专业技术知识功底十分扎实。于是，决定重用魏平。

从试用转正后几个月，魏平被调到公司工程部，负责公司多业务平台项目的硬件安装和调试，并为客户做相关培训工作。

北京华陆讯网络技术有限公司的业务范围覆盖全国各地。自从到了公司工程部之后，魏平经常要出差，山东、上海、河南、江西等地是他负责的主要业务区域，往往一个工程下来往往要一个多月时间在外地。

公司一个工程常常价值千万元以上，作为工程师的魏平知道自己责任重大。而对于领导的信任，魏平心里明白，只有用更加出色的工作来回报。

吃苦耐劳和严谨负责，让魏平负责区域的业务赢得了十分显著的发展。与此同时，他个人也在北京华陆讯网络技术有限公司脱颖而出。

值得指出的是，在北京华陆讯网络技术有限公司，来自北京名校的计算机专业毕业生人数不少。

再说江西蓝天学院计算机专业毕业生舒建云。

毕业后，一开始他曾由学院推荐到东莞长安的一家台资企业搞软件开发，公司待遇很工作环境都十分不错。

但在东莞那家台资企业工作几个月后，舒建云就辞职到广州寻求新的发展。

在人才市场，他找到一家生产控制器的港资企业。

他的日常工作就是用网络控制生产的电路图。在这里工作的一年时间里，舒建云买来大量的计算机方面的书籍，不断地充实自己。他还利用工作的便利，在网上学习了很多网络方面的新知识。每天，他都是最晚一个睡觉的。

随着知识的积累和增长，舒建云觉得自己应该到更广的天地去寻求更大的发展。他觉得北京是最理想的地方。

舒建云在网上看到中关村北京天创鸿业科技发展有限公司招聘软件开发员的信息，他立即"跳槽"过来。

之后，他在公司指派建设中国旅游局交易展览会网络项目中，得到公司高度重视，公司认为他具备负责网络项目建设的能力。

于是，舒建云负责的工作逐渐转向网络项目建设和运营。

六

1986 年出生的江期胜，出生于江西九江的一个偏远农村家庭。

一辈子厚道做人、勤恳工作的父亲为他取名"期胜"，便是希望他能凭借自己的努力，干出一番成就，过上安稳富足的生活。和那个时代许多 80 后的孩子一样，他经历了弹珠和小霸王游戏机陪伴下欢乐童年，经历了高考改革带来的升学压力。

在 2005 年的时候，江期胜考入江西科技学院，成为该高校的升本后的第一批本科生。

在校的那四年，江期胜收获了许多。他一面刻苦地学习商务英语的专业知识，一面积极地参与各种群团活动，锻炼自己各方面的能力。

学校为了支持大学生创业，经常组织创业知识课堂、校友励志讲座等活动，营造创业气氛。受这种创业环境的影响，江期胜内心也躁动着创业的欲望。

江期胜在校和同学一块卖过被子、电话卡，开过饭店，甚至招过生，搞过培训。在校创业的经历让他提前认知了什么是商业。

毕业后，品学兼优的他很快在一家台资企业找到了一份不错的工作，负责公司产品在国内的拓展加盟工作。

按照常理，许多人都会珍惜眼前这份不错的工作，而要强的江期胜却有着不一样的打算。他不愿放弃在大学里辛苦四年所学的专业知识，他期待着能将所学的知识运用到国际贸易业务当中去。于是，在工作了四个月之后，江期胜拿着存下来的五千元工资，和四个朋友在深圳创办了一个进出口贸易工作室，开始了他自主创业的第一步。

一套房子，几台电脑，五个二十三四岁的年轻人，开始为了他们心中的梦想而打拼。那个夏天，在深圳炎热的气流中，江期胜和伙伴们各司其职，购买外贸平台、入驻阿里巴巴、网络推广和营销、联系生产企业和厂家，他们渴望通过自己的辛勤和汗水，能够打出一片属于自己的天地。

或许是天不遂人愿，幸运之神并没有在一开始就眷顾这五个充满拼搏精神的年轻人。在努力打拼了一年的时间后，因为缺乏最根本的核心竞争力，江期胜和伙伴们不得不选择了放弃。时至今日，江期胜并没有因为最终的失败而后悔，在他看来，正是那一年来的辛苦打拼所积攒下来的宝贵经验，才促使了他今时今日的成功。

2010 年 5 月，江期胜回到了江西南昌。当过学生干部，具有一定培训经验的他被邀请到一所学校从事教学工作。面对人生又一次的两难选择，他依然没有向现实屈服，选择了坚持自己的内心。"因为不甘心，因为不愿意自己的人生留下遗憾。"于是，一位朋友在财富广场没到期的闲置办公室成了江期胜二次创业的主战场，让他得以朝着自己的梦想继续进发。

在电子商务崭露头角的时代背景下，江期胜计划着从自己最拿手的培训开始，自己编写教材、招募学员，开始进行电子商务和外贸知识的职业技能培训。在他看来，一方面可以为自己获取一些资金基础，另外一方面也能储备自己所需的人才。很快，三个月的时间过去，江期胜已经完成三期 40 多名学员的培训工作，在教学加实战的培训模式下，他达成了积累资金和人才资本的目标。此时，江期胜预备回归"正途"，继续进出口贸易这条道路。

再次出发，回到这个他充满热血及激情的战场，江期胜一改传统对外贸易的模式，不再是通过展览、电话、邮件等原有方式拓展业务，而是利用电子商务这个新兴的平台。2010 年年底，南昌厚朴进出口贸易有限公司应势而生，而他培训的五名骨干学员便成了他的第一批员工。

公司成立之初，商品涉及服装、药品、电子数码产品、化妆品等多个类别，五花八门，凡是可以赚钱的商品都在经营范围之内。那段时间，江期胜的日子过得非常艰难，总算维持了公司的基本运转。"每天步行两三公里去乘坐公交，只为了省那转车要花的一块钱。有一次，公司员工的朋友过去了，身上只有52块钱的人只够订几份快餐供他们食用，一天没吃饭的自己只能饿着肚子，晚上回到家才吃上饭。"现如今，回忆起当初的那份艰辛，江期胜直言仿佛就在昨天，历历在目。

正是有着这样吃苦耐劳、不畏艰辛的精神，到2011年的时候，公司业务终于有所好转，员工人数也增至12人。在对市场预判之后，江期胜果断舍弃了其他杂乱的商品类别，仅保留专业彩妆这一项。同时，成立研发中心，不断更新自己的产品种类。这次决定，很快让他尝到了甜头，公司的业务量逐渐增大，江期胜毅然创立了魅丝蔻这个属于自己的专业彩妆品牌。

这期间，因为委托存在质量及发货时间无法保证等弊端，为了保证商品的质量及公司声誉，江期胜大胆地注资成立了自己的生产工厂，将研发、生产、销售的主导权完全掌握在自己手中。经过两三年的发展，江期胜已经拥有一个60多人的销售团队、一个30多人的研发工作室及一个上百人的生产工厂，年销售额达到4000万元。魅丝蔻也成为专业彩妆前三甲的著名品牌，在各大电子商务平台拥有自己的品牌店，并在全国拥有一百多家代理，在美国、西班牙等许多国家拥有自己的网点。

接下来，尽管国内许多行业受经济形式的影响，呈现出不景气的现状，江期胜却信心满满，渴望着通过过硬的产品这一核心竞争力，利用电子商务这一形式多样的平台，运用品牌、渠道、团队结合的模式，再一次攀登事业高峰。他坚信，也许在前进的过程中，你会遇到无数困难，但是这所有的辛酸并不会随风飘逝，你终将会实现你那为之不断奋斗的梦想。只要为之不懈地奋斗，即使失败，至少对得起自己洒下的汗水。

现在，业内人称江期胜为"化妆刷王子"，他的企业已从当初的六人团队壮大成长到 200 人，销售业绩从 200 万元做到过亿元，已然成为中国专业彩妆领域的"隐形冠军"。

七

在全国各行各业荟萃的群英里，于果深爱的学子们现已汇聚成一道令人瞩目的人才风景。

江西人民出版社曾出版过一本书《创业明星》，这是一本真实反映江西科技学院毕业生创业的事迹案例。

其中，一位位江西科技学院毕业生创业的故事精彩而打动人心：

李华领（2003 届毕业生），"从来就没想过做打工仔"，早在大二就开始了创业实践，做起了营销生意，毕业时已积累了一笔可观的资金；

张泉东（2001 届毕业生），目标是要"在世界地图上插满小旗"，他在外资企业打拼数年之后，已有了自己的公司和产品，生意做到了海外；

罗淇（2000 届毕业生），所创办的有机玻璃制品公司，在全国同行业排行前三名，还创新了这个行当传统的作坊式生产模式；

彭参（1999 届毕业生），被人称为"娃娃老板"，23 岁时他创办了一家软件公司，当年产值就超过 2000 万元；

…………

《创业明星》一书中选编的人物创业事迹，仅仅是江西科技学院毕业生创业典型中的一小部分。

那些身有残障的学子们，毕业后走向社会的工作及就业情况如何呢？在向他们投以关注目光的过程中，令人格外感动欣喜：

那位失去一条胳膊，另一条胳膊只剩下半截（也仅到肘关节处）的校友陈金义，毕业后留校任班导老师。他工作勤奋，表现突出，而且还经常组织社会公益慈善组织开展各类社会公益活动；

那位由于早产，发育不全而引起的先天性的疾病（左脚脚筋发育不全）的校友王伟，毕业后进入了深圳残友软件有限公司工作。2010年，他受公司委派到海南发展IT项目业务。在海南，王伟在残联数字化管理平台、定安残联移动办公系统客户端Android版、电子菜谱媒体平台Android版省残联OA办公系统残疾人培训等项目中都是主力开发人员，得到了领导和客户的一致肯定和认可。现已成为海南IT业界的知名人物。

那位腿有残障的校友杨海燕，毕业后回到家乡武宁县农村创业，创立家乡农村特产电商平台，不但获得了事业的成功，而且还因带动农民致富而受到有关部门的表彰。

…………

一位位曾因身有残障而感到自卑的学子，在圆梦大学、走向社会后，正那样自信努力地书写着他们人生的精彩……

在举国上下全力推进"大众创业、万众创新"的大背景下，江西《新法制报》记者罗娜从2014年开始，跨10余省市、行程10余万公里，先后赴上海、深圳、义乌等大小城市，寻访了30多位从江西高校走出去的创业学子，集结成《创业·成败一念间》，并经江西高校出版社正式出版。

阅读这本江西大学生创业故事集，其中就有毕业于江西科技学院的学子们的创业故事。

在《人民日报》、中央电视台、《求是》杂志、《中国教育报》、《中国青年报》、《瞭望》周刊及《江西日报》，都曾有关于江西科技学院优秀的校友的报道：

2006年4月初，校友郑健，荣获了微软最有价值专家奖；

2009年6月24日，在中国校友会网和21世纪人才报联合发布的首届"中国大学创业富豪榜"上，校友谢琦名列创业富豪第十位。也是大学生上榜创业富豪中唯一一位来自民办大学的创业者。

2011年10月，校友唐磊创办的"一通"网站，在广东省综合类服务网站评比中综合实力排列前六。

…………

在江西科技学院校友总会和各地分会介绍的校友情况中，或创业成果丰硕或在各行各业取得各种成绩荣誉者，同样不胜枚举。

办学二十多年，江西科技学院已培养各类专业毕业生20多万人，校友遍布全国各地乃至海外多地。这些不同专业的毕业生遍布全国各地，他们或在企事业单位工作或自己创业，脚踏实地、积极进取的拼搏精神，在不同的岗位，努力奋斗，发挥着骨干中坚的力量，为社会发展做出了贡献。

于果今已桃李满天下，名副其实！

聚是一片人海，散是满天繁星。

每每向这人才风景投以深情目光时，于果总是能欣喜看到那令自己感到无比幸福的一颗颗璀璨之星。

那是于果心中无比欣慰和自豪的财富！

图书在版编目（CIP）数据

于果 / 许林著. --南昌：江西人民出版社，2018.4
（当代赣商丛书）

ISBN 978-7-210-10321-9

Ⅰ.①于…　Ⅱ.①许…　Ⅲ.①报告文学－中国－当代
Ⅳ.①I25

中国版本图书馆CIP数据核字（2018）第063310号

于 果

许林 著

组稿编辑：游道勤　陈世象
责任编辑：陈子欣
封面设计：章　雷
出　　版：江西人民出版社
发　　行：各地新华书店
地　　址：江西省南昌市三经路47号附1号
编辑部电话：0791-86898683
发行部电话：0791-86898893
邮　　编：330006
网　　址：www.jxpph.com
E-mail：jxpph@tom.com　web@jxpph.com
2018年4月第1版　2018年4月第1次印刷
开　　本：787×1092毫米　1/16
印　　张：17.75
字　　数：250千
ISBN 978-7-210-10321-9
赣版权登字—01—2018—359
定　　价：56.00元
承 印 厂：南昌市红星印刷有限公司